KB271598

나투 新무협 판타지소설
세작 암류흔

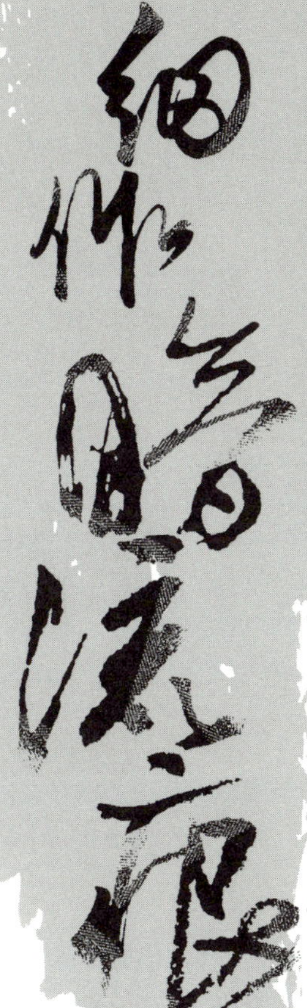

제작 암류흔 4
나투 新무협 판타지 소설

초판 1쇄 찍은 날 § 2007년 2월 9일
초판 1쇄 펴낸 날 § 2007년 2월 20일

지은이 § 나투
펴낸이 § 서경석

편집장 § 문혜영
편집책임 § 장상수
편집 § 서지현 · 심재영

펴낸곳 § 도서출판 청어람
등록번호 § 제1081-1-89호
등록일자 § 1999. 5. 31
어람번호 § 제2-1125호

주소 § 경기도 부천시 원미구 심곡1동 350-1 남성B/D 3F (우) 420-011
전화 § 032-656-4452 팩스 § 032-656-4453
http://www.chungeoram.com
E-mail § eoram99@chollian.net

ISBN 978-89-251-0543-7 04810
ISBN 89-251-0340-0 (세트)

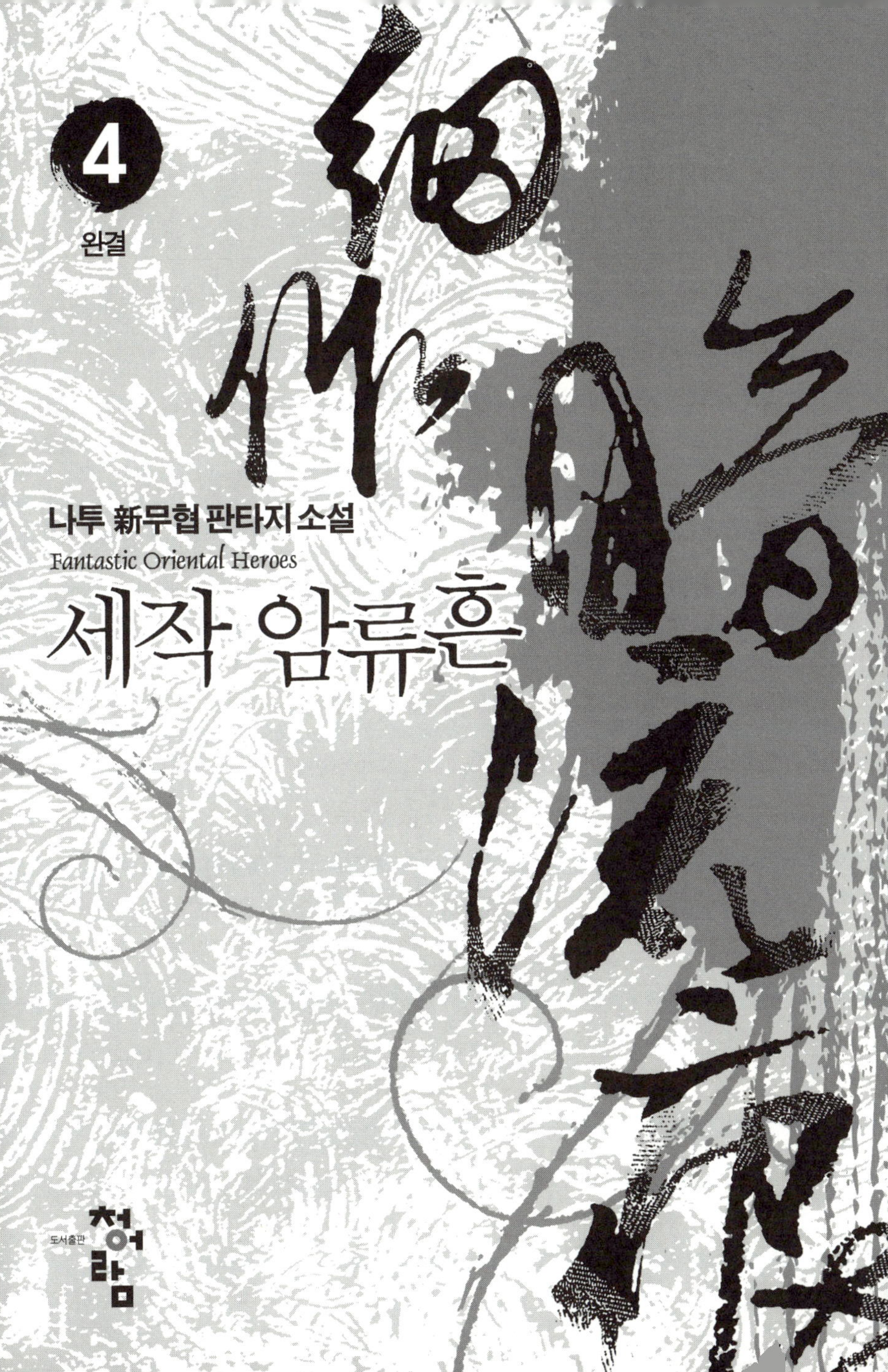
4
완결
나투 新무협 판타지 소설
Fantastic Oriental Heroes
세작 암루흔
도서출판
청어
람

목차

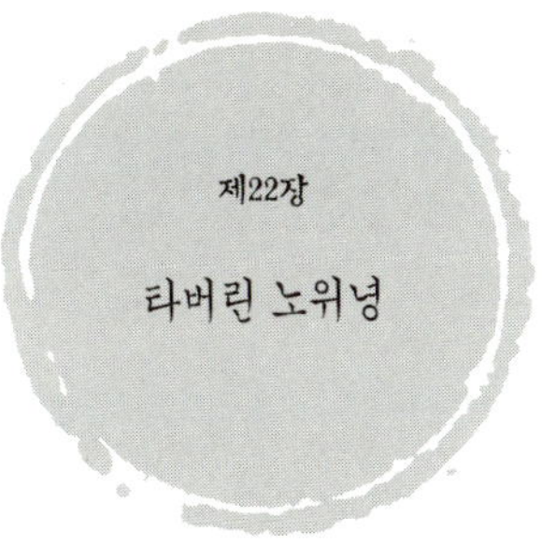
제22장

타버린 노위녕

목 없는 공손웅의 시신을 소금으로 채운 관에 넣을 때 왕국량은 또 한 번 아득한 현기증을 느끼며 비틀거렸다.

'이게 정말 사실일까?

자신의 뺨을 꼬집으려고 올리던 손을 왕국향은 화들짝 놀라 다시 제자리로 돌렸다.

도저히 믿을 수 없는, 아니, 절대로 믿고 싶지 않는 일을 당하면 혈염수라는 이름도 이처럼 허둥거리게 되나 보다.

"관 뚜껑을 닫고 서둘러 마차에 실어라! 한시바삐 맹으로 옮겨야……."

"잠깐, 잠깐만 기다려라!"

누군가 내리는 명을 왕국량은 중간에서 잘랐다.

'과연 목 없는 시신을 이대로 보내도 좋은 것일까?

아들의 시신을 받은 공손휘가 보일 반응은 뻔했다. 당장 자신을 맹으로 복귀시켜 처참하게 죽일 것이다.

"대장, 다른 지시가 있는지요?"

말을 끊고선 멍한 표정으로 돌아가 있는 왕국량에게 좀 전에 명을 내렸던 수하가 조심스럽게 물었다.

"소맹주의 시신을 이대로 보낼 순 없다!"

발작적으로 왕국량은 내뱉었다. 뾰족한 대책이 있는 건 아니었다. 뒷일에 대한 두려움이 섞인 말일 뿐이었다.

"그럼 어떻게 하는 게 좋겠습니까?"

수하도 왕국량의 심정을 환하게 알 수 있었다. 북도맹의 후계자가 죽었다는 사실을 대하는 심정은, 거기 소속된 자들이라면 한결같을 테니까.

"우선 소맹주의 시신이 훼손되지 않도록 더욱 세심하게 손을 보도록 해라!"

이미 공손웅의 시신은 방부 처리가 된 뒤였다. 북도맹에 도착할 때까지 썩어서는 안 되니까 말이다.

그럼에도 불구하고 왕국량은 한 번 더 명을 내렸다. 방금 떠오른 생각이었지만 공손웅의 시신을 가지고 다니며 복수를 할 작정이었다.

"존명!"

수하는 재빨리 복명한 후 총총히 자리를 떠났다. 더 있어봐야 좋은 꼴을 보지 못한다는 판단 때문이었다.

그제야 왕국량은 제대로 생각을 할 수 있게 되었다.

'동상벌도 분명히 포함되어 있었다!'

왕국량이 갔을 때 공손웅은 분명 동상벌 허창 지부의 무사들에게 포위를 당한 상태였다.

게다가 지금은 북도맹을 뺀 나머지 삼세가 연합을 추진하고 있다. 어쩌면 이건 동상벌뿐만이 아니라 삼세가 연합해서 공손웅을 노렸는지도 모를 일이다. 취우당은 그 미끼였고 말이다.

그렇게 되자 왕국량의 뇌리에는 유군으로 활동하라던 공손휘의 얘기가 확연히 되새겨졌다. 비로소 앞으로 해야 할 일이 결정된 기분이었다.

'우선 동상벌을 친다. 그렇게 되면 그 배후에 뭐가 있든 튀어나오겠지!'

데려왔던 금도대 일흔 명은 이제 고작 열 명 정도가 남았을 뿐이다. 그래도 친위대와 은도대는 거의 다치지 않고 전력을 유지하고 있다. 그 정도라면 동상벌 정도는 충분히 상대할 수 있을 터였다.

"여봐라, 지금 곧 출동 준비를 갖춰라! 목표는 동상벌이다. 양주로 간다!"

"존명!"

　복명하는 소리는 제꺽 들려왔지만, 정작 북도맹 인원들의 움직임은 느리기만 했다. 공손웅의 죽음에 대한 충격에서 벗어나지 못했고, 또 왕국량의 명령이 너무 급작스러웠기 때문이다.

　"서두르라고 하지 않느냐! 이건 소맹주의 복수전이다! 소맹주의 시신을 앞세우고 동상벌을 친다. 서둘러라!"

　다시 한 번 왕국량이 고함을 지른 후에야 북도맹은 움직이기 시작했다.

　그 순간 왕국량의 뇌리를 번쩍 스치고 지나가는 또 다른 생각이 있었다. 역시 공손휘의 말이었다.

　'도욱천과 신산자부터 최우선으로 잡아 맹으로 압송하라고 하셨지?'

　솔직히 지금까지는 잊고 있었던 생각이다. 더 늦지 않게 떠올라 준 게 다행이었다.

　"도 궁주와 신산자는 어디 있느냐? 내가 뵙잔다고 전해라!"

　속마음을 숨긴 채 짐짓 정중한 어투로 두 사람을 부르는 왕국량이었다. 우선은 저 둘을 맹으로 압송하고, 그 뒤에 동상벌을 쳐 공을 세운다.

　'그 다음에 맹으로 복귀하면, 엄중한 질책은 있을지라도 처형만은 면할 수 있을 것이다!'

　"두 사람 모두 보이지 않습니다, 대장!"

"뭐라고?"

부하의 보고에 왕국량의 미간은 깊은 주름을 세우며 찌푸려졌다. 어쩐지 처음부터 일이 어긋난다는 생각에 불길하기까지 했다.

"대체 어디로 갔단 말이냐? 샅샅이 뒤져 잡아, 아니, 모시고 오너라!"

"아무래도 도 궁주는 취우당 놈들에게 당한 것 같습니다. 끝까지 소맹주를 모셨던 친위대원의 말이니 틀림없을 겁니다."

도욱천이 죽었다는 말에 왕국량의 어깨가 흠칫 떨렸다. 시체를 가져가는 걸로는 공손휘의 명을 제대로 수행한 게 아니기 때문이었다.

그래도 시신이라도 찾아 공손휘 앞에 대령시켜야 한다.

"시신은 어떻게 되었느냐? 설마 그대로 방치한 것은 아니겠지?"

"그게……. 워낙 경황 중이라 미처 손 쓸 틈도 없이 취우당 놈들에게 당한 것 같습니다."

"그럼 신산자는?"

신산자마저 죽어버렸다면 그야말로 낭패가 아닐 수 없다. 다급하게 묻는 왕국량의 얼굴은 창백하게 질려가고 있었다.

"처음 소맹주와 조우했을 땐 분명 곁에 있었습니다. 그런데 지금은 보이질 않습니다. 어쩌면 취우당 놈들이 달아나면

서 터뜨린 폭약에……."

"그만!"

왕국량은 발작적으로 고함을 질러 부하의 말을 잘랐다. 더 이상은 듣고 있기가 괴로웠다.

이제 남은 건 하나밖에 없다. 동상벌을 치는 걸 기점으로 해서 공손웅의 죽음에 얽혀 있는 자들을 모두 끌어내야만 한다. 그게 삼세를 전부 상대하는 일이 된다고 해도 마다할 수 없는 입장의 왕국량이었다.

"대장, 출동 준비가 완료되었습니다!"

마침 부하 중 한 명이 보고를 해왔다.

"곧장 출발하라! 다시 한 번 일러두겠다. 이건 소맹주의 복수전이다! 소맹주의 관을 받들고 나를 따르라!"

이젠 더 이상 주저하고 있을 때가 아니다. 말이 끝난 것과 동시에 왕국량은 부하들이 끌고 온 말에 올랐다.

동시에 공손웅의 관을 높이 쳐든 북도맹은 양주를 향해 빠르게 질주하기 시작했다.

*　　　*　　　*

한 번 찌푸려졌던 단연의 미간은 좀처럼 펴지지 않았다. 암류흔이 공손웅의 목을 베어 가지고 돌아온 직후부터의 일이었다.

신경이 쓰였지만 암류흔은 의도적으로 무시했다. 공손웅의 목을 베어온 건 나름대로 쓰임새가 있어서였다.

바로 그 공손웅의 목을 앞에 두고 고민에 빠진 사람은 또 있었다. 바로 여필과 이인립이었다.

'이걸 대체 어떻게 해야 하나?'

돌아오자마자 암류흔은 이 목을 두 사람에 앞에 내놓았다. 도와준 것에 대한 감사의 표시라는 것이었다.

이건 분명 커다란 공훈이라고 할 수도 있다. 적의 후계자 목을 가져간다면 누구라도 쌍수를 들고 환영할 일이었다.

하지만 여필과 이인립은 그리 단순한 인물들이 아니었다. 이 목을 가지고 돌아간 뒤의 일, 또 그 다음까지 생각하고 있었다.

다른 게 아니었다. 아직 삼세의 연합이 체결되지 못한 상태에서 자칫 자신들이 속한 곳이 북도맹의 칼끝을 고스란히 받게 되지 않을까 하는 염려였다.

"이건 아무래도 서광막에 양보를 해야겠구려. 여 단주께는 이 사람의 목숨도 빚졌으니……."

먼저 입을 연 것은 이인립이었다. 마치 크게 선심이라도 쓰는 것처럼 잔뜩 생색을 내는 어투였다.

"무슨 말씀이시오? 공손웅은 분명 동상벌의 세력권 내에서 친 것이니 의당 이 목도 동상벌에서 가져가는 게 당연한 이치일 것이오! 너무 사양치 마시오."

여필도 만만치 않았다. 그 역시 은근한 어조로 공손웅의 목을 동상벌에게 양보(?)했다.

이 대화를 지켜보고 있는 매보자는 한심스럽기만 했다. 서로가 서로의 속내를 빤히 아는 사람끼리의 대화는 이처럼 맥없이 겉돌기만 하나보다.

각기 한껏 생색을 내면서 양보하고 있는 두 사람을 두고, 매보자는 단연 옆으로 가서 앉았다.

"이왕에 암 총수가 벌인 일일세. 자네가 그렇게 인상을 구기고 있으면 다른 형제들도 눈치를 보게 되네!"

눈짓으로 활귀를 가리키며 매보자는 말했다.

단연의 시선도 활귀에게로 돌려졌다. 매보자의 말처럼 두 어깨를 축 늘어뜨린 채 연신 이쪽의 눈치를 살피고 있었다.

그 심정을 단연은 물론 잘 안다. 암류흔이 공손웅의 목을 베어 오도록 그대로 방치한 걸 활귀는 자신의 책임이라고 생각하고 있을 터였다.

"보아하니 서로 부담스러워하는 것 같으니, 저 목은 그냥 북도맹에 보내주는 게 어떻겠소?"

단연의 말에 매보자는 고개를 끄덕였다. 비록 적일지라도 통상 적의 수뇌 급 인물의 목이나 시신은 돌려주는 게 이 바닥의 예의다.

그러나 정작 매보자의 입을 통해 나온 말은 그것과 조금 달랐다.

"암 총수는 보다 안전한 방법을 선택한 것 같네."

"그게 무슨 말씀이오?"

단연은 의아한 표정으로 매보자를 돌아보았다. 하나의 현상을 가지고 그 뒤의 일을 유추해 내는 능력이 누구보다 뛰어나다는 걸 잘 아는 까닭이었다.

"북도맹은 공손웅이 우리 취우당의 뒤를 추적하고 있었다는 걸 잘 알고 있을 걸세. 그런데 덜렁 목을 보내보게! 모르긴 해도 공손휘는 아들의 복수를 위해 전력을 기울일 걸세. 우리 취우당에게 그 바람이 고스란히 몰아칠 것은 물론이고."

"그거야 어차피 각오했던 일 아니오?"

채가파에서 북도맹의 후미를 쳤을 때부터 어떤 형태로든 북도맹과의 마찰은 피할 수 없게 되었다. 단연은 그 사실을 입에 올렸다.

"그것과는 다르네. 북도맹이라는 거대한 세력의 수장(首長)쯤 되면 수하들 몇 명 희생하는 건 아프지도 가렵지도 않네. 그러나 자식이라면 어떻겠나? 그것도 후계자로 지명한 아들이라면 그 아픔이 더 크지 않겠나?"

"흐음!"

단연은 침음성을 토했다. 매보자의 말을 충분히 수긍한다는 표정이었다.

하지만 한편으론 거부감도 없지 않았다. 북도맹쯤 되는 곳을 이끌어가려면 때론 사사로운 정 같은 건 버려야 한다. 공손휘가 아들의 복수에 혈안이 되어 거취를 정한다면 그 인물됨에 실망할 수밖에 없다.

"그럼 대형은 암 총수가 하려는 일에 찬성이시오?"

"반대하지는 않네. 게다가 이 일은 차후의 무림정세에 대한 하나의 포석도 될 걸세."

"차후의 포석?"

매보자의 말에 단연의 눈엔 다시 궁금증이 떠올랐다. 암류흔이 공손휘의 복수심을 돌리기 위해 그 아들의 목을 서광막이나 동상벌에게 건네준 것까진 납득할 수 있다.

그런데 거기에 또 하나, 차후의 무림 정세까지 생각했다는 건 선뜻 이해하기 힘들었다.

"생각해 보게. 무림은 지금 삼세의 연합이 목전에 다다라 있네. 이대로 아무 일 없이 성사된다면 북도맹은 틀림없이 괴멸될 걸세. 다른 삼세는 별다른 피해 없이 말일세."

"그것과 공손웅의 목이 무슨 상관 있소?"

"생각해 보게. 만약 이 시점에서 공손웅의 목이 삼세 중 어느 한곳에 가 있다면, 과연 공손휘는 어떤 행동을 취하겠나? 십중팔구는 전력을 다해 그곳을 쳐부수려고 할걸세."

이 부분에서 매보자는 잠시 뜸을 들이며 단연의 기색을 살폈다. 자신의 말을 알아들었는지 확인하기 위해서였다.

"모르겠나? 암 총수는 삼세의 연합을 깨려는 것일세."

“아!”

그제야 단연도 매보자의 말을 알아챈 듯 낮은 탄성을 토했다.

확실히 그랬다. 아직 삼세의 연합이 체결되기 전이다. 이 시점에 어느 한 군데가 괴멸되어 버린다면 연합이라는 말 자체가 무색해지고 만다. 북도맹 역시 막대한 피해를 입는 게 뻔한 노릇이다 보니 결국 둘만 남아 서로 싸우게 될 터였다.

“그게 암 총수의 뜻은 아닐 테고, 의혈사는 무림이 하나로 통일되는 게 달갑지 않은 모양이로군.”

이건 단연의 혼잣말이었다.

“내가 의혈사의 수장이라고 해도 무림이 일통되는 걸 바라진 않겠네. 그렇게 되면 의혈사의 존립 자체가 위태로워질 테니까 말일세.”

단연은 고개를 끄덕였다. 다른 걸 떠나서 동창과 한 몸이었던 의혈사는 그 후에 무림의 일만 전담하게 되었다. 그 무림이 하나로 통일된다면 할 일이 없어져 버리고 말 것이다.

“그러니 그만 기분 풀도록 하게. 자네가 길게 그러고 있으면 활귀 동생이 무슨 일을 저지를 것만 같네 그려.”

“알겠소. 그건 그렇고, 저 두 사람의 싸움이 도무지 끝날 거 같지 않구려.”

아직도 서로 목을 양보하고 있는 여필과 이인립을 보며 쓴웃음을 지었다.

"결국엔 동상벌에서 가져갈 걸세."

"동상벌이 가져간다면… 암 총수 입장에서야 최선이 되겠구려."

"흐흐흐, 어쨌든 암 총수는 무서운 사람이로군!"

이번엔 한 번에 알아들은 듯한 단연을 보며 매보자는 기묘한 웃음을 흘렸다.

"단지 세작일 뿐일세."

매보자는 담담한 어조로 말했다. 암류흔이 의도하는 건 뒷날에 대한 대비다. 누가 뭐래도 천하사세 중 가장 약한 곳은 동상벌이다. 금전으로 무력을 살 수는 있겠지만, 그건 사상누각(沙上樓閣)과 같은 것이다. 생사를 나누는 큰 싸움에선 별 도움이 못된다는 얘기다.

그런 동상벌이 상대라면 북도맹도 최소한의 희생으로 괴멸시킬 수 있다. 여력을 남겨 나머지 이세와 어느 정도 대립구도를 갖출 수도 있을 터였다.

"이건 저 두 사람에만 맡겨둘 게 아니라, 아예 이인립이란 자에게 떠맡겨야겠소이다만."

약간은 비웃는 듯한 어투로 단연이 늘어놓았다. 아무리 의도적인 것이라 해도 이 일은 즐겨 찬성할 수가 없었다.

그래도 자리에서 일어난 단연은 활귀에게 걸어갔다. 너무 의기소침해 있어 좀 풀어줘야 할 것 같았다.

"날 따라오게."

활귀의 시선이 건너오자, 단연이 나직이 속삭였다. 그리고는 사람들의 눈길이 미치지 않는 곳으로 갔다.

"칼을 뽑아 날 공격해 보게."

"예?"

얼떨떨해질 수밖에 없는 활귀였다. 가뜩이나 눈치가 보여 죽을 판인데 공격을 해보라니?

단연은 푸근한 미소를 지었다. 그냥 입으로 하는 위로는 성격에도 맞지 않고, 활귀에겐 진정한 위로도 되지 못할 것이다.

그 미소를 보고 있는 활귀의 심정은 더욱 복잡해졌다.

'나쁜 뜻은 아니신 거 같은데…….'

지금까지 단연의 눈치만 살피던 활귀였다. 그 끝에 따라오라는 말을 들었으니 나름대로 무척 긴장하고 있던 참이었다.

"괜찮네. 마음껏 공격해 보게!"

단연은 부드러운 어조로 재촉했다. 어리둥절해 있는 활귀에겐 이게 약이 될 터였다.

"알겠소. 그럼!"

확실히 이번엔 활귀가 칼을 빼 들었다. 그것도 두 자루 모두였다.

이게 예의라고 활귀는 생각했다. 자신보다 월등히 무공이 높은 단연에겐 최선을 다해 상대하는 게 도리이기도 했다.

"토옷!"

우렁찬 기합과 함께 활귀의 신형이 빠르게 단연에게 접근해 갔다. 그사이 벌써 쌍도는 몇 차례 허공을 그은 뒤였다.

물론 사정을 봐준다는 따위의 건방은 떨지 않았다. 사력을 다해도 이길 수 없다는 걸 잘 아는 탓이었다.

결과는 활귀의 예측대로였다. 그 짧은 순간에 열 번 이상 휘두른 칼은 그냥 허공만 긋고 말았다.

활귀는 다음 공격을 가할 엄두를 내지 못했다. 살벌한 자신의 공격을 한 쪽 발만 움직이는 걸로 모두 피해 버린 단연에게 질린 탓이었다.

"봤는가?"

부드럽게 던진 단연의 질문에 활귀는 선뜻 대답하지 못했다. 대체 뭘 봤느냐고 묻는지 몰랐다.

그러나 푸근한 미소를 지우지 않은 채 기다리고 있는 단연을 보자 대답을 하지 않을 수도 없었다.

"형님의 움직임이라면 봤습니다만……."

정확한 질문의 의도를 몰라 활귀는 말꼬리를 흐렸다.

"자네의 칼을 봤느냐는 걸세."

"예?"

처음 다짜고짜 따라오라는 말을 들었을 때와 같은 표정이 활귀의 얼굴을 뒤덮었다.

"자네 칼을 피하는 내 움직임을 봤다면, 자네 칼의 흐름도 보일 터! 자, 다시 한 번 공격해 보게."

그 말을 듣고서야 활귀는 어렴풋이 단연의 뜻을 알 수 있었다. 뭔가를 가르치려는 게 분명했다.

그렇다면 마다할 이유가 없었다. 이런 기회도 흔치 않으니, 최대한 많이 배워야 한다.

"끼야오옷!"

활귀의 입에서 소름 끼치는 기합성이 토해졌다. 그야말로 전력을 다한다는 반증이었다.

쉬쉬쉬쉿!

공기가 갈라졌다. 활귀가 휘두르는 칼끝을 따라 내비치는 햇살도 그대로 쪼개지는 것 같았다.

그러나 결과는 마찬가지였다. 단연은 지난번과 마찬가지로 한 쪽 발만 움직이는 걸로 활귀의 칼을 모두 피해 버렸다.

"내 움직임이 아니라 자네 칼의 흐름을 보게!"

빗줄기처럼 퍼붓는 활귀의 칼 그림자 속에서 단연이 한마디 던졌다.

그 순간 씻은 듯 활귀가 칼을 거뒀다. 아직은 막연했지만 희뿌연 한줄기 빛이 뇌리에 비춰진 것 같았다.

"이제야 알았겠지만, 자네의 칼은 너무 직선적이네. 아무리 빨라도 자네보다 더 빠른 자를 만나면 무용지물이 되겠지!"

단연의 말에 활귀는 고개를 끄덕였다. 자신의 도법에 대한 지적은 정확했지만, 일말의 거부감이 들지 않는 것도 아니었다.

"선뜻 받아들이긴 힘들겠지. 자네가 싸우는 방식은 최소한의 간격 속으로 뛰어들어가 칼을 휘두르는 것이니까. 하지만 그 좁은 간격 속에서도 일으킬 수 있는 변화는 충분하네. 손목만 잘 활용한다면 말일세. 물론 베는 힘은 다소 떨어지겠지."

말을 하는 사이 어느새 단연은 활귀에게 바짝 다가섰다. 손에도 언제 주웠는지 알 수 없는 작대기가 하나 들려 있었다.

"보겠나?"

이번엔 웃지도 않고 단연이 나직이 말했다. 물론 직선에서 변화를 구사하는 도법을 말한 것이다.

활귀는 믿을 수 없었다. 단연과는 불과 한 자의 거리다. 이 정도 간격이라면 변화는 고사하고 엄청난 수련을 거치지 않으면 칼을 휘두를 수조차 없다.

그래도 단연은 수중의 작대기를 번쩍 쳐들어 아래로 그어 내렸다.

그리 빠르지 않았기에 활귀는 단연의 어깨나 팔꿈치, 손목을 똑똑히 볼 수 있었다.

'이건 정수리다!'

판단을 내리자마자 왼손이 즉각적으로 반응을 일으켜 단연의 작대기를 막아갔다. 오른손의 칼 역시 반사적으로 반격을 위한 동작을 취했다.

따앙, 팍!

오른손의 칼이 팅겨져 나간 걸 느낀 순간, 활귀는 옆구리에 따끔한 통증을 느꼈다. 단연의 작대기가 작렬한 탓이었다.

그 순간 활귀는 똑똑히 보았다. 단연의 어깨와 팔꿈치는 처음과 같았지만, 그의 손목만은 아주 미세하게 비틀어져 있었다. 단지 그것만으로 자신의 칼을 팅겨내고 옆구리를 가격했던 것이다.

"한 번쯤 연구해 볼 가치가 있지 않나?"

툭!

수중의 작대기를 던져 버리며 단연은 몸을 돌렸다. 더 이상 말하지 않아도 활귀는 충분히 알아들을 터였다.

활귀는 움직이지 않았다. 그 자리에 우두커니 선 채 자신의 손목만 뚫어져라 노려보고 있었다.

2

주변에 아무도 없는 걸 확인한 후에야 암류흔은 유성환을 만지작거리기 시작했다.

'어떻게든 이 비밀을 풀어야 한다!'

딱히 누가 지적해 주지 않더라도 취우당 중에서 무공이 가장 약한 사람은 자신이었다. 유성환의 조화로라도 그 차이를 메워야 한다.

암류흔은 우선 유성환에 박힌 돌기부터 헤아려 보았다. 지금까지는 정확하게 파악하지 못했던 일이었다.

정확하게 아홉 개였다. 눈에 보이는 건 십여 개가 넘었지만 아홉을 제외한 나머지는 유성환과 재질이 같았다. 일종의 장식인 것 같았다.

색깔은 각기 달랐다. 청홍흑백같이 뚜렷이 한마디로 표현이 가능한 것도 있었고, 말로는 표현하기 힘든 묘한 빛깔을 띤 것도 보였다.

'제일 왼쪽 것부터!'

암류흔은 오른팔을 쭉 뻗으며 가장 왼쪽에 있는 돌기를 눌렀다. 투명한 백색이었다.

파앗!

짧고 강력한 빛줄기가 유성환에서 폭사되었다.

그리고 그 뒤엔 중간 부분이 터져 버린 아름드리 고목이 암류흔을 향해 넘어지고 있었다.

'이런 젠장!'

미처 입 밖으로 내뱉을 사이도 없이 암류흔은 몸을 날렸다. 이대로 있다가는 고목에 압사(壓死)하기 딱 좋았다.

우르릉!

고목이 무너지며 피워 올린 먼지가 고스란히 암류흔을 뒤덮었다. 압사는 면할 수 있었어도 이것까지는 피할 수 없었던 것이다.

하지만 암류흔을 낭패감으로 몰아넣은 건 먼지가 아니었다. 유성환에서 발출된 빛이 너무 강해 자신도 모르게 눈을 감았었고 그 결과 구체적으로 어떤 일이 벌어졌는지 제대로 보지 못한 것이다.

어쨌든 첫 번째 돌기가 적을 공격하는 것임은 알았고, 그 사실을 암류흔은 품속에 있던 종이에 꼼꼼히 적었다. 그래 봐야 '폭파' 라는 두 글자뿐이었지만 말이다.

암류흔은 다시 오른팔을 뻗었다. 조금 전에 경험한 탓에 이제 멀쩡히 서 있는 사물을 향하지는 않았다. 이미 쓰러진 고목만으로도 효능은 충분히 밝혀낼 수 있으리라.

그 상태에서 암류흔은 두 번째 돌기를 눌렀다. 홍옥(紅玉)처럼 붉은빛이 감돌고 있었다.

쓰릇!

이번에도 유성환은 빛을 발했다.

하지만 아까처럼 밝은 건 아니었다. 오히려 시커먼 먹물이 달빛을 반사한 것 같은 느낌이었다.

그보다는 마치 소리가 들린 것 같은 마찰감이 유성환에서 팔로, 또 전신으로 전해졌다.

그 다음은 눈에 익은 광경이었다. 쓰러진 고목이 마치 바둑의 눈금처럼 잘디잘게 쪼개져 우수수 바닥에 쌓였다.

'두 번째가 이거였군!'

이미 경험을 했던 터라 암류흔은 별로 놀라지도 않고 종이에 '바둑판'이라고 적었다. 누가 봐도 유성환의 효능이라고는 생각지 못할 터였다.

그러다 문득 암류흔은 웃음이 치솟았다. 자신이 유성환을 얻었다는 건 모두가 안다. 굳이 이처럼 음어(陰語)처럼 적어두지 않아도 된다는 얘기다.

하지만 암류흔은 적어둔 걸 고치지 않았다. 방금 본 현상을 달리 뭐라고 표현한단 말인가.

다시 암류흔은 팔을 내밀었다. 이렇게 하나씩 유성환의 효용을 알아가는 게 그렇게 재미있을 수 없었다.

물론 일말의 두려움도 없지 않았다. 대파산에서 본 게 별이든 아니든 간에 분명 자폭 장치를 갖췄었다. 유성환에도 그게 없으리란 보장은 없다.

암류흔에게 있어 이 두려움은 상당히 현실적인 것이었다. 지난번 채가파에 갈 때 천기자가 만들어줬던 마차에도 최악의 경우 스스로 파괴되도록 해둔 장치가 있었으니까 말이다.

생각이 거기에 미치자 암류흔의 입술은 바짝 타 들어갔다. 곰곰이 따져 보면 이건 목숨을 건 시험인 셈이다.

꿀꺽!

어쩔 수 없이 마른침 한 모금을 크게 삼키며, 암류흔은 세 번째에 위치한 우윳빛 돌기를 눌렀다. 자신도 모르게 감기려는 눈을 힘겹게 부릅떠야만 했다.

이번에도 유성환은 실망시키지 않고 빛을 발했다. 다만 밖으로 발출된 게 아니라, 팔에서 시작해 전신을 한 바퀴 휘감고 흔적도 없이 스러져 버렸다.

이 역시 암류혼은 이미 경험한 바 있었다. 품속에서 비수를 꺼내 자기의 팔뚝을 쓱 그었다.

역시 예상대로였다. 비수는 공기를 벤 것처럼 자신의 팔에 작은 흔적조차 남기지 못했다.

암류혼은 회심의 미소를 지었다. 유성환의 많은 효능을 모두 젖혀둬도 이거 하나만 있으면 적어도 놈들의 병기에 죽을 염려는 없다.

'그런데 어떻게 이런 일이 생길 수 있지?

그 점이 궁금해진 암류혼이었다. 아무리 생각해도 이해가 되지 않았던 것이다.

하지만 그 궁금증은 암류혼의 뇌리에서 이내 지워져 버렸다. 아무려면 어떤가? 적들의 병기에서 내 몸이 상하지 않는다는 것만 알면 됐지, 그 이유까지 알 필요는 없지 않는가 말이다.

암류혼이 다시 팔을 내밀었을 때,

"총수!"

망사웅이 벌써 저만치에서부터 큰 소리로 부르며 달려왔다.

‘무슨 일이 생겼나?

솔직히 공손웅의 목을 베어온 이후로 암류흔의 마음은 그리 편치 않았었다. 북도맹이 그대로 있을 리 만무했기 때문이었다. 망사웅의 큰 목소리는 그 불안감을 가중시켰다.

“전에 그 소저가 총수를 찾아왔습니다.”

다행히 망사웅의 보고는 암류흔의 불안감과는 동떨어진 것이었다.

“전에 그 소저?”

암류흔은 고개를 갸웃거렸다. 여자가 찾아왔다니 언뜻 떠오르는 얼굴이 없었다.

“의혈사에서 오신 분입니다.”

망사웅이 덧붙이고 나서야 암류흔은 십팔호 앵화의 얼굴을 떠올렸다.

“무슨 일로?”

반사적으로 되묻다가 암류흔은 급히 입을 다물었다. 앵화가 직접 왔다면 예삿일이 아니다. 그녀가 용건을 말했을 턱이 없었다.

“가자!”

아직 못다 알아낸 돌기들이 많았지만 그보다는 앵화를 만나는 게 우선이었다. 암류흔은 앞장서서 사람들이 있는 곳으로 걸음을 옮겼다.

단연과 매보자 사이에 앉아 있는 앵화를 본 순간 암류흔은 가슴이 덜컥 내려앉았다.

'의혈사에 무슨 일이 벌어졌다!'

자연스레 이런 생각을 떠올릴 만큼 앵화의 안색은 창백했고, 행색은 초라했다.

"구호!"

암류흔을 발견하자마자 앵화의 입가엔 미소가 떠올랐다. 하지만 두 눈엔 물기가 가득 어렸다.

"무슨 일이야? 의혈사에 무슨 일이 생겼나?"

주변에 사람들이 있다는 걸 의식하지도 않고 암류흔은 다급하게 물었다.

사람들의 시선을 의식하지 않는 건 앵화도 마찬가지였다.

"기습을 당했어요."

"어디가? 의혈사가?"

당연한 줄 알면서도 암류흔은 재우쳐 물었다. 여기서 의혈사라고 하는 건 물론 노위녕이다.

앵화는 세차게 고개를 끄덕였다.

"누가?"

"북도맹이에요. 놈들이 갑자기 노위녕으로 들이닥쳤어요!"

"대체 어떻게……?"

끝을 맺지 못한 암류흔의 물음엔 몇 가지가 함축되어 있었다. 어떻게 북도맹에서 노위녕을 알았으며, 설사 알았다고 해도 비밀 표식이나 통로를 알지 못하면 들어갈 수가 없다. 그 모든 걸 포함한 질문인 것이다.

"자세한 건 알 수 없었어요, 워낙 경황 중이라. 하지만 노위녕의 그 너른 갈대밭 전체가 불타 버렸으니 지하에만 머물러 있을 수 없었을 거예요."

암류흔은 알 것 같았다. 노위녕의 갈대가 모두 타버렸다면 어차피 비밀 통로는 드러나고 만다. 그전에 행동을 일으켜 살 길을 도모하는 편이 나았으리라.

"다른 사람들은?"

"부총령은 일호께서 모시고 갔어요. 저는 천기자와 신의 어르신을 모시고 나왔어요."

"천기자가 여기까지 오셨나?"

암류흔은 반색을 띠며 물었다. 마침 유성환의 효능을 알아보고 있던 참이라 천기자라는 말에 귀가 번쩍 뜨였다.

"아니에요. 여기까지 모시고 오기엔 너무 위험했어요."

"그럼 어디 계신가?"

암류흔의 이번 질문엔 앵화도 망설였다. 천기자나 신의가 있는 곳을 다른 사람들이 듣는 걸 두려워했기 때문이었다.

하지만 취우당 형제들 외엔 누구도 보이지 않았다. 동상벌이나 서광막 사람들은 진즉부터 멀리 물리쳐진 상태였다.

"괜찮아. 경우에 따라선 이들 중에서 그 두 분을 모시러 가야 될 거야."

앵화의 생각을 환히 알고 있는 암류흔이 안심시켰다.

"그분들은 석가장(石家莊)에 계세요. 신의 어르신의 본가가 있다고 하더군요."

할 수 없다는 듯 앵화는 털어놓았다.

'신의의 성(姓)이 석씨(石氏)였나?'

고개를 갸웃거렸지만, 이건 중요한 게 아니었다. 암류흔은 재빨리 단연을 돌아보았다.

"무슨 말을 할지 알겠네. 활귀와 쌍도끼를 먼저 보내겠네."

단연은 재빨리 말했다. 어차피 돌아가는 길이었다. 석가장에 들러 천기자와 신의의 안전을 확보하라는 암류흔의 뜻을 정확히 꿰뚫어 보고서 한 말이었다.

"의문표도 같이 가도록!"

천기자와 신의의 안전만을 도모한다면 활귀와 쌍도끼만으로도 충분하다. 방금 암류흔이 내린 명령은 자칫 두 사람의 자존심에 상처를 줄 수도 있는 말이었다.

그러나 암류흔은 의문표가 여자란 걸 알고 있다. 같이 있으면 아무래도 서로가 어색해질 수밖에 없다.

"흥, 싫수다. 혼자 가라고 한다면 또 모를까!"

예상 밖으로 의문표는 강한 거부를 표했다. 눈빛에도 예의 반항기가 줄줄 섞여 있었다.

암류흔으로선 기가 막힐 따름이었다. 기껏 배려해서 보내려고 했더니 오히려 저 모양이다.

어쨌든 본인이 싫다는 걸 억지로 강요할 수는 없다. '쩝' 소리까지 나게 마른침을 삼킨 후, 고개를 끄덕일 수밖에 없었다.

"그럼 두 사람은 곧장 출발하도록 하게. 우린 하루 정도 늦게 출발할 테니 석가장에서 만나세."

"알겠습니다."

단연의 지시에 따라 활귀와 쌍도끼를 이끌고 앵화가 서둘러 떠났다.

그들 중 누구도 언제 어떻게 다시 만날지에 대해선 걱정하지 않았다. 활귀의 인상이나 망사웅의 덩치라면 모르고 지나치려 해도 그럴 수 없을 테니 말이다.

"저들은 결정을 내렸을까?"

세 명이 떠난 뒤 암류흔은 누구에게랄 것도 없이 질문을 던졌다. 물론 여필과 이인립을 두고 한 말이었다.

"꼭 그렇게 해야만 했나?"

공손웅의 목을 베어왔을 때부터 마음에 들지 않아했던 단연이었다. 그 처리법도 썩 내키지 않았기에 한마디 하지 않을 수 없었다.

그러나 암류흔은 쓸쓸한 미소만 지을 뿐 다른 말은 하지 않았다.

단연도 더 이상은 추궁하지 않았다. 그래봐야 효과도 없을 뿐더러 괜히 분위기만 서먹해질 우려도 없지 않았다.

다만 단연은 한 가지 사소한 실책을 깨닫고는 쓴 입맛을 다셨다.

'활귀에게 수시로 손목 사용법을 익혀보라고 해둘 걸 그랬나? 아니, 아예 다른 사람을 보낼걸……'

불과 한 시진도 되지 않은 시각에 활귀의 도법을 약간 지도해 줬었다.

그런데 그사이 그 일을 잊어버렸었다. 뜻밖에 찾아온 의혈사의 손님 탓이라고 하기엔 너무 소홀했었다.

"너무 염려 마시게. 그 친구라면 밤에 자면서도 자네의 가르침을 수련할 걸세."

단연의 마음을 누구보다 잘 아는 매보자였다. 그가 활귀를 지도하는 것까지 봤으니, 한마디 말로 위로를 한 것이었다.

단연은 말이 없었다. 사람의 표정만 보고 그 속의 생각까지 알아내는 게 정보 상인인가 싶어 그저 기가 막힐 따름이었다.

"그나저나 자네와 파사륵은 어떤 관계인가? 아무리 이리저리 꿰어 맞춰봐도 도저히 연결되지 않더군."

이어진 매보자의 질문에 단연의 얼굴엔 쓸쓸한 미소가 다시 떠올랐다.

그 바람에 주눅이 든 건 매보자였다. 가뜩이나 괜한 질문을 던진 게 아닐까 싶어 눈치를 보던 참이었다. 단연의 표정이 변하자 슬며시 몸을 돌려 다른 곳으로 가려고 했다.

“뇌음사의 현 주지가 내 사제를 죽였소.”

“뭐?”

기대하지도 않았던 대답을 들었다는 것보다, 그 내용에 놀란 매보자가 재차 몸을 돌리며 입을 쩍 벌렸다.

“들었잖소.”

더 이상 말하기 귀찮다는 듯 단연은 다른 곳으로 시선을 돌려 버렸다.

“파, 파사륵도 그 사실을 알고 있나?”

어쩔 수 없이 매보자는 더듬거렸다. 뇌음사라는 미지의 존재와 단연이 원한 관계에 있다는 새로운 사실은 그를 흥분하게 만들었다. 온몸을 잘게 떨리게 만들 정도로 말이다.

“알고 있는 것 같았소.”

“자네가 얘기하지 않았나?”

“해결하려는 방법이 틀렸소!”

고개를 천천히 가로저으며 단연은 무거운 어조로 내뱉었다.

“그 문제를 어떻게 해결하겠나? 목숨에는 목숨으로 갚는 수 외에는.”

“허허허…….”

가장 일상적으로 통하는 무림의 철칙을 애기하는 매보자의 말에 단연은 조금 허탈하다 싶은 웃음을 흘렸다.

“그건 정당한 비무였소. 하지만 내 사제를 죽인 뇌음사의 현 주지나, 그 후계자인 파사륵이 취한 행동은 똑같았소. 피하는 걸로 일관하고 있다는 것!"

"피하다니? 사과 한마디도 없었단 말인가?"

"사과를 바라지는 않소. 정당한 비무에서 잃은 목숨이니 아까울 것도 서러울 것도 없소."

"아무리 그래도 그렇지, 사람이 죽었는데……."

"그렇게 따지면 난 입이 몇천 개가 돼도 모자랄 거요, 죽인 사람들 숫자만큼 사과하려면."

"그야 경우가 다르지!"

반쯤은 위로하는 투로 말하며 매보자는 고개를 갸웃거렸다. 도대체 단연이 뭘 원하기에 뇌음사 주지와 파사륵이 피하기만 한단 말인가?

궁금한 건 참지 못하는 매보자였고, 지금은 모처럼 단연의 입이 터졌다. 이럴 땐 곧바로 묻는 게 가장 효과적이다.

"그런데 자네가 바라는 게 뭔가? 얼마나 거창한 것이기에 뇌음사의 주지나 파사륵이 피한단 말인가?"

"나와 다시 한 번 비무를 하자는 것뿐이었소."

"엥?"

단연의 대답은 오히려 매보자를 더욱 혼란시켰다. 지금까지의 상황을 쭉 지켜보면 경쟁심에 이끌려 악을 쓴 건 파사륵이었던 것이다. 그녀가 재대결을 피한다는 말은 도무지 수긍할 수가 없었다.

납득할 수 없으니 다시 입에 올려야 한다.

"하지만 지금까지 파사륵의 행동을 보면 오히려 그녀가 몸이 달아서……."

"그게 나에 대한 위로란 걸 눈치 채지 못하셨오? 하지만 내가 원하는 건 그런 어설픈 위로가 아니오."

그제야 매보자의 고개가 조금 끄덕여졌다. 직접 대결은 피하지만, 다른 일에 최선을 다하는 걸로 은근히 단연과의 실력을 가늠해 보자는 게 파사륵의 생각이었던 모양이다.

그래도 파사륵은 너무 어리다. 그처럼 어린 사람을 상대해야 된다는 것 자체가 단연으로선 자존심 상하는 일일 게다. 그게 설사 정중한 사과를 받는 일이라고 해도 말이다.

"그나저나 뇌음사 주지도 싱거운 사람 같구먼. 그처럼 어린 사람을 후계자로 삼은 거나, 그 어린 사람을 중원으로 내보내 해묵은 빚을 청산하라고 한 걸 보면 말일세."

"소제는 아직까지 뇌음사의 주지가 살아 있다는 게 신기할 따름이오."

"그건 또 무슨 말인가?"

급히 되묻던 매보자는 뭔가를 깨달았다는 표정으로 고개를 끄덕였다. 단연의 사제라면 그 역시 무시 못할 고수였을 터, 죽을 정도로 싸웠다면 뇌음사의 주지도 결코 무사하진 못했으리라.

그러자 또 다른 의문이 매보자를 휘감았다. 단연 정도 되는

사람이 중상을 입은 뇌음사 주지에게 재대결을 주장했다는
건 이상하기도 하고 조금은 치사하다는 생각까지 들었다.

“그땐 몰랐었소. 그 사람은 아무 표도 내지 않은 채 뇌음사
로 돌아가 버렸소. 그 후로 천축까지 찾아갔지만, 그는 피하
기만 했소. 최근에야 그가 사제와의 비무에서 재기불능이 된
걸 알았소.”

매보자는 고개를 끄덕였다. 뇌음사 자체가 온통 신비에 싸
여 있으니 주지가 재기불능에 빠져 있다는 것 정도는 얼마든
지 숨길 수 있었으리라.

“저 친구들은 겨우 결말이 난 것 같구려. 혹시 술 좀 챙겨
둔 거 없소? 모처럼 혼자 마시고 싶구려.”

단연의 말에 매보자가 그 시선을 따라 눈길을 돌렸다. 이인
립이 공손웅의 머리를 챙기고 있었다. 결국 동상벌로 갈 모양
이었다.

“술? 아, 술이라면 있지.”

매보자는 오늘은 더 이상 단연의 입이 열리기 힘들다는 걸
깨달았다. 혼자서 마시겠다는 건 누구의 방해도 받지 않겠다
는 얘기니까 말이다.

3

유성환의 비밀을 계속 풀고 싶었지만, 암류흔은 도무지 집중할 수 없었다. 주변에서 얼쩡거리고 있는 의문표 때문이었다.

'왜 석가장으로 가지 않고 사람의 신경을 건드려?'

마음 같아서는 멀찍이 쫓아버리고 싶었지만, 그럴 수도 없었다. 제 발로 제가 있고픈 곳에서 어정거리는 걸 어떻게 막는가 말인가.

'흐이그, 차라리 내가 움직이고 말지.'

결국 암류흔은 자신이 움직일 수밖에 없었다.

그전에 의문표를 한 번 째려보는 걸 잊지 않았다. 따라오지 말라는 말없는 협박이었다.

그러나 효과는 전혀 없었다. 암류흔이 째려볼 때마다 시선을 외면하며 의문표는 여전히 저만치서 슬금슬금 뒤따라왔다.

결국 암류흔은 오늘 유성환의 비밀 풀기를 포기하고 말았다.

"왜 그래?"

짜증스런 어조와 살벌한 눈빛을 의문표에게 보내며 암류흔은 툭툭 내뱉었다.

"흥!"

의문표는 예의 그 코방귀뿐이었다.

“이봐, 할 말이 있으면 해봐. 뼈다귀를 노리는 강아지처럼 주변에서 맴돌지만 말고!”

“흥! 그걸 꼭 말로 해야 아슈?”

‘이건 또 무슨 소리야?’

의문표의 말에 암류흔은 고개를 갸웃거릴 수밖에 없었다. 마치 자신이 훤히 알고 있으면서 시치미를 뗀다는 얘기와도 같았으니 말이다.

“알아듣게 얘길 해. 언제부터 말을 그렇게 돌렸어?”

암류흔이 다시 한 번 짜증스럽게 내뱉고 나서야 의문표는 코앞까지 바짝 다가왔다.

“왜, 왜 이래?”

당혹스럽게 암류흔은 한 걸음 물러섰다. 의문표가 여자란 걸 알고 있으니 당연한 반응이었다.

“다 보지 않았수!”

“뭘?”

“동굴 안에서!”

이 얘긴 암류흔이 한사코 피하고 싶었던 거였다. 그런데 의문표가 먼저 꺼내들고 나섰다.

“보긴 뭘 봐? 너무 어두워서 내 코도 안 보이던데…….”

이렇게 발뺌부터 하고 볼 수밖에 없는 암류흔이었다.

“흥!”

당연한 일이지만 의문표는 코방귀를 날렸다.

“못 보셨다구? 정말 못 보셨단 말이지?”

기묘한 어조로 의문표는 암류혼을 놀렸다. 말투만이 아니라 표정과 눈빛도 마주보기 힘들 정도로 기괴하게 일그러진 상태였다.

암류혼은 짜증이 확 치밀었다. 일부러 보려고 본 것도 아니고, 어쩌다 본 것에 불과한데 의문표는 마치 치한을 보는 것 같은 눈빛이니 참을 수 없었다.

“그래 봤다, 봤어! 보란듯이 불까지 훤하게 밝히고 그 지랄을 떠는데 어떻게 안 보냐?”

목소리에 힘을 주긴 했지만, 크게 소리 지를 수는 없는 암류혼이었다. 다른 형제들을 의식한 탓이었다.

“책임지슈!”

“뭐?”

기어코 암류혼의 혼백은 멀찍이 달아나고 말았다. 오늘 의문표는 자신을 놀래켜 죽일 작정을 하고 있는 것 같았다.

“생떼 같은 처녀의 알몸을 봤으면 책임을 져야 하는 거 아니우?”

재차 의문표의 말이 이어졌을 때 암류혼은 새삼스런 눈길로 그녀를 쳐다보았다.

‘이게 제정신인가?

미치지 않고서는 이런 말을 할 수가 없다. 제 말대로 처녀라면 창피해서라도 오히려 쉬쉬하고 숨겨야 될 일이 아닌가 말이다.

게다가 의문표의 언행을 보면 이건 여자라기보다는 남자에 가깝다. 이성으로 생각하는 것 자체가 지극히 어려운 일이다.

"홍!"

자신을 빤히 쳐다보고 있는 암류흔에게 의문표는 다시 코방귀를 날렸다. 이상한 눈빛임을 감지한 탓이었다.

"내가 미친 것처럼 보이우? 난 정신 말짱하우!"

"말짱한 정신으로 그런 얘길 해?"

"말짱하니까 얘기를 하지. 알몸을 보여준 남자에게 책임을 지라는 게 어디가 이상하우?"

'정말로 미친 것 같지는 않은데…….'

이제 암류흔은 아예 생각조차 할 수 없게 되었다. 낯색 하나 바꾸지 않고 말하는 의문표인지라 더욱 혼미스러웠다.

암류흔은 슬쩍 형제들이 있는 쪽으로 시선을 돌렸다. 누구든 시선을 마주치면 도와달라는 뜻을 전달할 참이었다.

그러나 누구도 보이지 않았다. 애당초 유성환의 비밀을 풀기 위해 멀찍이 왔었고, 의문표가 따라오는 게 부담스러워 더 멀리 왔기 때문이었다.

그렇다면 혼자 힘으로 이 위기(?)에서 벗어날 수밖에 없다.

"이봐, 단 형에게 볼일이 좀 있으니, 얘기할 게 있으면 다음에 하자고."

슬쩍 눙치며 암류흔은 이 자리를 벗어나려고 했다.

"어딜!"

하지만 의문표는 놓치지 않고 암류흔의 앞을 막았다.

밀치고 지나갈 수도 없는 암류흔이었다. 여자 몸에 손댄다는 게 께름칙했고, 그럴 수도 없었다. 의문표의 무공이 월등히 높으니까 말이다.

"대체 왜 이래?"

기어이 암류흔은 언성을 높이고 말았다. 이 소릴 듣고 형제들이라도 달려와 준다면 이 난감한 상황에서 벗어날 수 있을 테니까.

그래서 암류흔은 더욱 목에 핏대를 세웠다.

"오늘 뭐 잘못 먹었어? 왜 이리 졸졸 따라다니며 귀찮게 굴어? 저리 안 가?"

마구 고함을 질렀지만 의문표는 꿈쩍도 하지 않았다.

암류흔에겐 일진이 사나운 날이었다. 이처럼 고함을 지르는데도 아무도 와 보지 않으니 말이다.

"좋아! 어떻게 책임질까? 나도 여기서 홀랑 벗고 알몸을 보여줘?"

"응."

기다리기라도 한 것처럼 암류흔의 말이 끝나자마자 의문표가 대답했다. 그 표정이 너무 능청스러워 보는 사람의 기가 질릴 지경이었다.

이제 암류흔은 더 이상 막힐 기도 없었다. 책임지라면서 알몸을 보여달라는 사람에게 무슨 말을 더 할 수 있단 말인가.

"왜 안 벗수?"

두 눈을 빤히 뜨고 재촉까지 하는 의문표였다.

불현듯 암류흔은 오른쪽 팔을 쭉 내밀고 싶었다. 유성환의 효능으로 눈앞에 있는 의문표를 확 죽여 버리고 싶었다.

하지만 그럴 수도 없는 노릇이고 보면 암류흔이 양보할 수밖에 없었다.

"잘 봐. 벗을 테니!"

신경질적으로 내뱉으며, 암류흔은 웃옷을 확 젖혔다.

'까짓 것! 한두 번 벗어보나.'

이게 지금 암류흔의 심정이었다.

따지고 보면 여자 앞에서는 물론, 더러 임무 탓에 알몸이 됐던 적이 한두 번이 아니었다. 의문표에게 한 번 더 보여준다고 해서 새삼 닳아버릴 몸뚱어리도 아니고 말이다.

"아, 됐수! 그만하면 책임지겠다는 생각은 확실히 있는 것 같으니, 볼 것 없는 알몸을 드러내는 건 그만두시오. 대신……."

불안하게 말꼬리를 흐리며 의문표는 씨익 웃었다.

"대신 뭐? 다른 조건 달지 말고 지금 봐!"

말과 더불어 암류흔은 허리띠를 풀었다. 정말로 홀딱 벗고 섰을 때 과연 의문표가 조금도 당황하지 않는지 확인하고 싶었다.

"뭐 좋아서 벗겠다면 말리지는 않겠수다. 하지만 그게 내가 원하는 책임이 아니란 건 알아두슈."

"야!"

마침내 암류흔은 폭발하고 말았다. 처음엔 알몸을 보자더니, 이젠 그게 아니란다. 이런 미치고 펄쩍 뛸 일이 어디 있는가 말이다.

그래도 의문표는 눈썹 하나 까닥하지 않았다. 암류흔이 유성환을 쓰지 않는 한 어쩔 수 없다는 걸 그녀도 잘 아는 까닭에서였다.

"뭐 하는가, 암 총수?"

갑자기 들려온 매보자의 말에 암류흔의 미간은 꽉 일그러져 버렸다. 웃통은 벗어 젖히고, 허리띠를 풀어버린 바지를 엉거주춤 움켜쥐고 있는 모습을 누군가에게 보인다는 건 별로 유쾌한 게 아니었다.

게다가 다른 점도 있었다.

'올 거면 진즉 올 것이지!'

이제야 와서 꼴사나운 모습을 보는 매보자가 이유없이 미운 암류흔이었다.

그렇다고 창피해하면 더 볼썽 사나울 터.

"무슨 일이오?"

일부러 더 퉁명스런 어조로 물으며 천천히 허리띠를 다시 매기 시작했다.

"우리도 슬슬 출발해야 되지 않겠나? 공손웅의 머리는 동상벌로 가게 된 거 같으니……."

"정해졌소?"

공손웅의 목이야 어디서 가져가도 괜찮지만, 그게 동상벌이면 더 좋은 암류흔이었다. 매보자의 말에 찌푸려졌던 미간이 조금은 펴졌다.

"그런데 문제는 여필이나 이인립 두 사람 모두 우리 일행에 끼워달라고 하고 있네. 아주 완강해서 거절하기 힘겨울 지경일세."

"여필은 그렇다 쳐도, 이인립까지? 공손웅의 목은 어떻게 하고?"

"가다가 동상벌 지부에 맡기면 된다고 하더군."

"흐음!"

암류흔은 침음성을 토했다. 이건 좀 생각해 봐야 할 문제다. 여필은 몰라도 공손웅의 목을 가져간 동상벌의 이인립까지 동행한다는 건 부담되지 않을 수 없었다.

"어떻게 할 건가?"

"잠시 기다리시오."

매보자는 더 이상 채근하지 않았다. 그 역시 이인립의 동행이 취우당에게 어떤 부담을 주는지 잘 알기 때문이었다.

대신 매보자는 의문표에게 시선을 던졌다. 대체 무슨 일이 있었느냐고 묻는 눈길이었다.

물론 대답을 들을 수 없었다. 예의 그 코방귀와 함께 그녀는 몸을 돌렸다.

"아직 책임질 일이 남았다는 걸 잊지 마슈, 총수!"

매보자에겐 전혀 알아들을 수 없는 한마디를 남긴 후 의문표는 다른 형제(?)들이 있는 곳으로 걸음을 옮겼다.

"여기서 이인립을 돌려보내는 건 너무 심한 처사겠지. 일단 동행시키기로……."

"암 총수!"

결정을 내리려는 암류흔의 말이 막 시작되었을 때 바로 그 문제의 이인립이 뛰어들었다.

"무슨 일이오?"

"저를, 아니, 우리 동상벌을 좀 도와주시오!"

"그게 대체 무슨 말씀이오? 좀 차근차근하게 얘기해 보시오."

"북도맹이, 북도맹 놈들이 공손웅의 관을 앞세우고 양주로 향하고 있다고 하오. 공손웅의 복수전을 한다면서!"

"뭐?"

이래저래 오늘 자주 놀라는 암류흔이었다. 물론 북도맹의 복수전이야 이미 예상했던 일이었다.

하지만 북경에 보고를 하고 그 지시를 받는다고 하면 아직은 움직이기엔 너무 빠르다.

"왕국량이 생각을 많이 한 것 같군!"

확실히 매보자는 정보 상인으로서 빠른 분석력을 가지고 있었다. 이인립의 말을 듣자마자 상황을 단번에 꿰뚫어 보았다.

그 자리에 취우당 형제들이 우르르 몰려들었다. 그들도 이인립의 얘기는 모두 들었을 터, 암류혼이 어떤 결정을 내릴지 지켜보기 위해서였다.

매보자는 슬쩍 암류혼을 잡아당겼다. 어떤 결정을 하든 너무 서두르지 말라는 암시였다.

암류혼도 노련한 세작이다. 매보자가 미리 암시를 주지 않아도 그 정도는 충분히 알고 있다는 말이다.

"동상벌이 위기에 처했다는 건 가슴 아픈 일이오. 하지만 우리들도 급히 가야 할 곳이 있어서……."

아직 어떻게 할지 결정한 건 아니지만 암류혼은 우선 거절할 것처럼 말꼬리를 흐렸다. 이인립도 이인립이지만 여필의 반응도 살피고 싶어서였다.

"암 총수, 도와주시오! 만약 혈염수와 북도맹의 그 인원이 그대로 양주로 밀어닥친다면 본 벌은 감당하지 못합니다. 그러니 제발!"

처음 취우당에게 동상벌에 가담해 달라고 할 때보다 훨씬 애절한 말투와 행동으로 이인립은 암류혼에게 매달렸다.

"글쎄 귀 벌의 사정은 알겠지만, 우리도 사정이 있어놔서……."

여전히 말꼬리를 흐리며, 암류흔은 여필의 안색을 살폈다. 그를 통해 이 일에 대한 서광막의 입장을 예측해 보려는 것이었다.

그러나 여필도 서광막의 대외 첩보를 담당하는 탐갱단의 수장이다. 얼굴에 본 마음을 드러낼 만큼 호락호락한 사람이 아니었다.

"암 총수!"

이인립은 다시 한 번 매달렸다. 정말이지 동상벌의 운명이 이 일에 달려 있는 것처럼 믿고 있는 것 같았다.

"알겠소. 하지만 이 일은 나 혼자 결정하긴 힘들 것 같소이다. 형제들과 상의를 해봐야겠으니 두 분은 잠시 자릴 피해주시오."

이건 암류흔의 진심이었다. 상황이 변했으니, 석가장으로 정해졌던 취우당의 예정도 다시 생각해 봐야 한다.

여필과 이인립은 떨어지지 않는 발길을 돌려 멀찍이 멀어져 갔다.

"흐음, 하필 두 명의 아우를 석가장으로 보낸 직후에 이런 일이 생기다니……."

매보자는 취우당이 동시에 움직이지 못하는 걸 애석해하며 말을 꺼냈지만, 암류흔의 생각은 그것과는 조금 달랐다.

'의혈사가 당했다!'

형제들이 뭐라든 아직은 의혈사의 세작인 암류흔이다. 모든 일에 우선해서 석가장으로 달려가야만 할 입장이란 말이다.

하지만 그것도 생각해 봐야 할 점이 없지 않았다. 노위녕은 벌써 불타 버리고 없고, 석가장엔 사람들을 보냈으니 암류흔 자신이 서둘러 갈 이유는 없다.

"내 생각이네만, 동상벌을 좀 도와주는 것도 괜찮을 것 같네. 북도맹의 주력이 나오기도 전에 삼세 중 한곳이 망하거나 심각한 타격을 입는다는 건 바람직하지 않네!"

매보자가 먼저 입을 열었다. 모든 정황을 분석한 뒤의 얘기인지라 상당한 무게감을 가지고 있었다.

"난 반대요. 어쨌든 총수는 의혈사에 소속되어 있으니, 그쪽 일부터 먼저 보는 게 급선무요."

상춘풍이 매보자의 의견에 반대를 하고 나섰다. 말끝에 시선을 돌려 암류흔에게 그 자욱한 눈웃음을 한차례 짓는 것도 잊지 않았다.

"의혈사 일은 벌써 늦은감이 없지 않네. 그보다 동상벌을 도와 북도맹 놈들을 치느냐 마느냐를 결정하는 게 우선인 것 같네. 총수의 생각은 어떤가?"

단연이 전체의 의견을 정리하는 듯한 어투로 입을 열었다.

사실 이 말로써 암류흔의 마음은 결정되었다.

“좋소. 그럼 일단 혈염수가 끌고 온 북도맹 놈들부터 칩시다. 단, 너무 심하게 몰아붙이진 마시오. 공손웅의 복수전이라고 밝힌 이상 놈들도 필사적일 테니까.”

“그럼 슬슬 놈들의 뒤를 따르면서 집적거리는 교란전이 제격이겠구먼!”

암류흔의 말이 끝나자마자, 열반노가 대뜸 한 가지 전법을 들고 나왔다. 나이만큼이나 많은 전장의 경험 덕에 싸움에 관한 거라면 도무지 막히는 구석이 없었다.

“그게 좋겠소. 그리고 의문표? 넌 아무래도 석가장에 가줘야겠다. 먼저 간 형제들에게 이 일을 설명해 주고, 천기자와 신의를 철저하게 보호하고 있도록 해. 우리가 도착할 때까지.”

반박을 허락하지 않는 세찬 어조로 암류흔은 의문표에게 못을 박았다.

“흥!”

코방귀를 뀌긴 했지만 이번엔 의문표도 어쩔 수 없었다. 총수의 명령이니만치 반드시 따라야 하고, 지키라는 천기자나 신의는 목숨을 바쳐서라도 지켜내야만 한다.

“자, 그럼 움직입시다. 증두는 가서 이인립에게 이 사실을 알려줘. 단, 이 일로 인해 취우당이 동상벌에 가담하는 건 아니란 걸 확실히 일러두고.”

암류흔은 이번에 덮어씌우듯이 말한 후 자신이 먼저 발길을 옮겼다.

그 뒤를 동상벌 사람들과 멀찍이서 지켜보고 있던 파사륵이 분분히 뒤를 따랐다.

제23장

양주의 바닷바람

혈염수가 그처럼 노심초사해서 숨겼건만, 공손웅의 죽음
은 벌써 그 아비인 공손휘에게 알려지고 말았다. 친위대원 중
한 명이 은밀히 알렸기 때문이었다.

어디든 그렇지 않은 곳이 있을까마는 북도맹도 내부적으
로 치열한 파벌 싸움이 끊이지 않았다.

이 일도 그중 하나였다. 친위대원들은 늘 보다 높은 직급을
원했다. 위에 있는 누군가를 쳐내야 올라갈 수 있다는 얘기
다.

그처럼 호시탐탐 지위 상승을 노리는 자에게 있어 이번 공
손웅의 죽음은 그야말로 좋은 기회가 아닐 수 없다. 혈염수

왕국량이라는 아주 강력한 자를 밟고 올라설 수 있는 기회 말이다.

어쨌든 아들의 비보(悲報)를 들은 공손휘의 반응은 여느 아버지와 다를 것 없었다.

꽈앙!

가장 먼저 박살 난 건 공손휘가 앉아 있던 의자의 손잡이였다. 단단한 박달나무로 만들어졌지만, 그의 주먹 한 방에 그대로 산산조각나고 말았다.

그 다음은 군림천의 바닥이었다. 공손휘가 한 발짝씩 내디딜 때마다 청석으로 만들어진 바닥이 푹푹 꺼져 버렸다.

"맹주, 고정하시오! 심정은 충분히 짐작하지만, 화만 내신다고 될 일이 아니오!"

시립하고 있던 수하들 중 누군가가 공손휘를 말리고 나섰다. 북도맹에 귀속되어 있는 철마단(鐵馬團) 단주인 탁목극(卓穆極)이었다.

일정한 방향 없이 걷고 있던 공손휘의 걸음이 그 말 한마디로 뚝 멈춰졌다. 아무리 그라도 탁목극의 말을 무시할 수는 없는 탓이었다.

기실 철마단은 북도맹에 귀속된 많은 집단들 중 가장 큰 세력을 가지고 있는 곳이다.

단지 그것뿐이었다면 아들을 잃은 공손휘를 감히 말리지 못했으리라. 북도맹과 철마단 사이의 독특한 관계로 인해 아무리 맹주라고 해도 함부로 대하지 못하는 것이다.

"무엇보다 소맹주의 복수가 우선이오. 그러니 거기에 대한 대책부터 강구하는 게 옳을 듯하오!"

탁목극의 나이는 이제 갓 쉰을 넘겼을까? 분명 공손휘보다 어리지만 말투는 당당하고, 태도 역시 조금도 위축된 구석이 보이지 않았다.

공손휘도 결코 예사로운 인물은 아니다. 아들의 죽음이 충격을 주긴 했지만, 그걸로 인해 앞으로의 거취를 그르치는 일은 없을 정도의 대담함과 관록을 갖추고 있었다.

"모두 물러가고, 탁 단주만 남으시오!"

일단 한 번 노기를 누르자 공손휘는 벌써 목소리부터 냉정하게 가라앉았다.

다른 자들이 우르르 몰려 나간 뒤, 공손휘는 가라앉은 어조로 다시 탁목극에게 물었다.

"앞으로 어떻게 했으면 좋겠소?"

평소라면 아무리 탁목극이 휘하 세력 중 가장 강한 곳의 주인이라고 해도 이런 질문을 던질 공손휘가 아니었다.

그러나 지금은 아들이 죽었다는 소식을 접한 직후다. 정신적 공황(恐慌)에 빠져 아무것도 생각할 수 없었다.

"소맹주의 원한을 갚는 건 물론, 거기다 하나 더 얻을 수 있는 방법이 있소."

"하나 더 얻다니?"

"이 기회에 동상벌까지 괴멸시키는 겁니다."

"동상벌을?"

아직 아들의 원수를 어떻게 갚을까도 제대로 궁리하지 못하고 있는 공손휘였다. 그런데 거기다 동상벌까지 괴멸시키다니?

"방법은?"

재차 물어볼 수밖에 없는 공손휘였다.

"우리가 채가파에서 써먹었던 방법을 다시 한 번 사용하는 거요."

"뭐라고?"

"소맹주의 원한을 고스란히 동상벌로 돌리는 거요. 어차피 놈들의 세력권 내에서 일어난 일이니 놈들이나 강호인들도 아무 말하지 못할 것이오."

"하지만 웅이는 암살을……."

"어찌 그런 무른 생각만 하고 계시오? 소맹주가 암살당한 곳이 바로 동상벌의 세력권 내! 이보다 더 좋은 핑계가 어디 있겠소?"

탁목극이 강하게 밀어붙였지만, 여전히 판단을 내릴 수 없는 공손휘였다.

"생각해 보시오. 우리 철마단이 채가파를 몰살시켰지만 도발당한 서광막은 물론 무림의 그 누구도 눈치 채지 못하고 있소. 거기에 비하면 이 일은 하늘이 주신 기회나 마찬가지요."

"하지만 지금은 서광막과 대치 중인지라 파견할 인원이 부족하오. 거기다 나머지 삼세의 연합이 결성되기라도 한다면 본맹은 그야말로 사방에서 적을 맞게 되어 손발이 분주해질 것이오. 그 와중에 동상벌을 친다는 건 아무래도 무리요!"

이제야 겨우 머리가 돌아가는지, 공손휘는 현실적인 어려움을 토로했다.

"그 삼세의 연합을 막기 위해서라도 동상벌을 쳐야 하오! 아니, 그보다 이 참에 북도맹의 본거지를 양주로 옮기는 게 어떻겠소? 기후도 좋고, 이권도 많은 곳이니……."

"그건 안 돼! 아무리 양주가 이권이 많아도 북경을 포기할 순 없소. 이곳만 단단히 눌러두면 언제든 관부의 연줄을 끌어낼 수 있으니까!"

"하지만 삼세가 연합해서 북경 근처가 싸움터가 된다면 관부의 누가 좋아하겠소? 토벌대나 보내지 않으면 다행이오!"

일리가 있는 탁목극의 말인지라, 공손휘는 잠시 입을 다물 수밖에 없었다.

그 모습을 보며 탁목극은 다시 말을 이었다.

"어차피 소맹주의 원한을 씻는다고 천명한다면, 맹주께서 직접 나서실 수밖에 없소이다. 북도맹의 전력을 이끌고 동상벌을 치시는 게 어떻겠소? 미거하나마 그사이 서광막은 이 몸이 막아보겠소이다! 단 시일 내에 동상벌을 치고 다시 돌아오시면, 북경은 고스란히 맹주의 손안에 남아 있는 거나 다름없소이다!"

이 둘의 관계가 그저 평범한 것이었다면, 공손휘는 탁목극의 방금 말을 음모로 해석했을 공산이 컸다.

하지만 이들의 관계는 결코 예사로운 게 아니었다. 함께 숱한 죽음의 고비를 같이 넘기며 오늘의 북도맹을 이루었다고 해도 과언이 아니었다. 그게 아니라면 희대의 음모라고 할 수 있는, 같은 편인 채가파를 몰살시키는 일을 공모해서 추진하지 못했으리라.

"만약 내가 본 맹의 주력을 모두 이끌고 나간다면 당장 서광막에서 가만있지 않을 거요! 우리의 배후를 치기 위해 그들 역시 전력을 기울일 것이 분명한데……."

"그걸 이 몸이 막겠다는 거요! 자신있으니 맡겨주시오. 최악의 경우 북경을 잠시 비울 수는 있겠으나, 그 역시 결코 오래는 아닐 것이오!"

탁목극은 자신의 가슴을 두드리며 목소리를 높였다. 그만큼 자신이 있다는 얘기였다.

"알겠소. 탁 단주만 믿고 난 동상벌 정벌과 아들의 복수를 위해 나서겠소. 이미 총동원령을 내려뒀으니 새삼 준비할 것도 없소!"

공손휘의 말 그대로였다. 서광막과의 싸움을 시작하면서 이미 북도맹은 예하에 있는 각 세력들을 총동원한 상태였다.

"길어야 삼 일이면 출발하실 수 있을 겝니다. 하지만 곧장 동상벌로 향해서는 재미가 없소이다. 뒤에 남는 우리 철마단도 고전할 것이고…….'

"뭔가 바라는 게 있소?"

"우선 세력을 절반으로 나눠 서광막을 쳐주시오! 놈들의 눈을 그쪽으로 돌려놓은 상태에서 맹주께선 먼저 동상벌로 향하시고, 나머지 절반도 철수하여 합류하시는 게 어떻겠소? 그 다음부터는 우리 철마단이 맡겠소이다!"

"과연 그 방법이 좋겠소!"

일단 결정되자 다른 것엔 전혀 구애됨이 없이 좋은 의견에 따르는 공손휘였다.

"그럼 준비가 갖춰진 곳을 우선적으로 선발하여 오늘 중으로 출동을 시킵시다. 서광막 놈들도 내 아들이 죽었다는 걸 알고 있을 터, 이 와중에 당하는 공격이라면 크게 당황할 것이오."

"알겠소이다. 그럼 전 물러가서 그 준비를 갖추겠소!"

그렇게 탁목극이 물러가자마자 북도맹 전체는 들썩거리기 시작했다. 물론 오늘 중으로 출동하여 서광막을 기습할 준비를 갖추느라 그런 것이었다.

그 사람과 말들이 움직이는 부산스러운 소리를 들으며 공손휘는 어금니를 깨물었다.

'조금만 기다려라. 너의 복수는 철저히 해주마!'

눈을 감자 망막 속으로 투영되는 아들의 모습을 그리며 공손휘는 더욱 마음을 다잡았다.

둥둥두웅—!

마침내 북소리가 들려왔다. 어느 곳인지 몰라도 오늘 공격의 선봉이 출발한 모양이었다.

공손휘도 움직였다. 이젠 자신이 직접 앞장서서 아들의 원수를 갚고, 동상벌도 쳐야만 한다.

이젠 그 준비를 갖출 시각이었다.

*   *   *

혈염수 왕국량이 양주를 향하고 있다는 첩보를 접한 동상벌은 온통 벌집을 건드린 것처럼 들썩거리기 시작했다. 개중에는 은밀히 재산을 정리하여 피난 갈 궁리까지 하고 있는 자들도 있었다.

그들 중 가장 강력한 주전론자(主戰論者)는 대내총감인 주시천이었다.

"비록 왕국량이 이곳 양주로 향하고 있다고 하나, 그들은 고작 이삼천 명뿐이오! 이 기회에 본 벌의 총력을 모아 우리들의 힘이 만만치 않음을 과시해 둬야 하오!"

"불가하오!"

주시천의 주장에 반기를 들고 나선 자는 동상벌 재무총감인 고효림(高孝琳)이었다.

"모름지기 싸움은 서로의 힘을 잘 알아야 하오. 비록 숫자는 적다고는 하지만, 북도맹은 모두가 싸움에 익숙한 고수들이오. 우리가 이길 수 있는 확률은 만에 하나라도 없소이다!"

"그렇다면 재무총감은 북도맹 놈들에게 항복하자는 얘기요? 놈들은 공손웅의 복수전을 천명하고 나섰소! 우리가 항복한다고 그냥 넘어갈 것 같소?"

"누가 항복하자고 했소이까?"

고효림은 목에 핏대를 세우며 주시천에게 반박을 해갔다.

"내 말은 항복하자는 게 아니오. 자고로 소나기는 피하고 보라는 말이 있소! 우선 북도맹과 화친을 맺는 척하며 이 양주를 벗어나 적의 예봉을 피하고, 그사이 남선련의 구원을 청하자는 거요. 이미 삼세의 연합이 가시화되고 있는 마당이니, 남선련도 결코 거절하지 못할 것이오!"

"과연! 그게 좋겠소이다."

"나 역시 재무총감의 말씀에 동의를 표하오!"

여기저기에서 고효림의 말에 찬성을 표하는 소리들이 들려왔다.

콰앙!

노기를 참지 못한 주시천은 앞에 있는 탁자를 내려쳤다. 이처럼 무기력한 자들이 어떻게 천하사세의 일익을 담당하게 되었는지 그저 한심스러울 따름이었다.

하지만 지금 주시천보다 더 참담한 기분에 빠져 있는 사람은 바로 동상벌주 귀상 매요봉이었다.

가뜩이나 동상벌을 이루고 있는 자들의 무력함에 환멸까지 느끼고 있던 매요봉이었다. 목전에 적들이 쳐들어온다는데 싸우자는 사람은 단 한 명뿐이라는 사실에 새삼 좌절감을 씹을 수밖에 없었다.

그녀의 표정을 제대로 읽어낸 건 주시천이었다. 벌주인 매요봉이 자신과 같은 뜻임을 알자, 그는 부쩍 힘이 솟구쳤다.

거기에 고무된 주시천은 다시 한 번 자신의 뜻을 말할 수 있었다. 그 안엔 매요봉을 사이에 둔 연적인 고효림에 대한 견제 심리도 없지 않았다.

"그럼 이렇게 합시다. 아무리 남선련이라고 해도 우리가 손놓고 아무것도 하지 않으면 돕지 않을 것이오! 그러니 각자 사람들을 삼백씩만 모아주시오. 이 몸이 인솔하여 혈염수 왕국량과 맞서 싸우겠소. 그사이 여러분들은 남선련이든 서광막이든 도움을 청해보시오!"

이게 주시천으로선 화친론자(和親論者)들에게 줄 수 있는 최대한의 양보였다.

이 자리에 모인 자들은 벌주와 자신을 포함해 모두 서른 명이다. 각기 삼백씩의 무사를 낸다면 도합 구천, 수적으론 단연 왕국량이 이끌고 온 북도맹을 압도하게 된다.

물론 그걸로 이긴다고 장담할 수는 없다. 다만 그렇게 시간을 벌 동안 남선련의 구원이 온다면 최소한의 치욕은 면할 수 있다는 계산이었다. 아무것도 하지 않은 채 그저 구원만 기다리고 있다면, 남선련이 얼마나 비웃겠는가 말이다.

"허어, 무모한 일인 줄 알면서 어떻게 무사들을 내어드리겠소? 대내총감도 더 이상 고집을 피우지 말고 우리와 뜻을 같이하십시다."

고효림도 그냥 듣고만 있지 않았다. 그 역시 주시천에겐 경쟁 의식을 갖고 있던 터, 그의 말이 끝나자마자 짐짓 점잖은 투로 쌍지팡이를 짚었던 것이다.

"그러고도 무림사세 중 하나인 동상벌의 재무총감이라고 할 수 있소이까? 부끄러운 줄 아시오, 고 총감!"

"무림사세라는 것도 본 벌이 존재하고 난 뒤의 일이오. 본 벌의 안전을 도모하자는 것인데 뭐가 그리 창피하다는 말이오? 오히려 자칫 본 벌을 위험으로 이끌 수 있는 주 총감의 발언이나 삼가시오!"

"닥치시오! 만에 하나 우리들의 대화가 수하들에게 새어나가면 어떻게 할 작정이오? 그들의 사기도 생각해야 하지 않겠소!"

"애당초 무리한 주장을 편 건 주 총감이오. 난 어디까지나 모두의 안전을 위한 대책을 말한 것뿐이오!"

"그러고도 무인이라고 할 수 있소?"

"난 무인이라기보다는 장사치요. 그걸로 강호에 이름도 세웠으니, 거기에 대해선 달리 할 말도 없소이다!"

"아무리 우리 동상벌이 천하의 상권을 장악하고 있다고는 하나, 그 본분은 무인이오. 그런데 어찌 그런 경박한 말씀을 하시는 게요!"

"난 조금도 경박하다고 생각지 않소. 그저 있는 사실을 말했을……."

"닥치세요!"

참다못한 매요봉이 기어이 큰 소리로 두 사람의 언쟁을 제지하고 나섰다.

둘러선 사람들의 표정에 긴장이 어렸다. 매요봉의 눈빛이 심상치 않게 번뜩이고 있는 걸 그제야 발견한 탓이었다.

"지금부터 동상벌은 총력을 다해 북도맹과 싸우겠어요. 거기에 반대하는 자들은 본 벌을 떠나도 좋아요!"

이거야말로 폭탄선언이었다. 싸우지 않을 자는 떠나라는 것이었으니 듣기에 따라선 동상벌을 해체하겠다는 말과도 같았다.

왜 아니겠는가? 싸우자는 사람은 주시천 하나뿐인 판이었으니 나머지는 고스란히 떠난 뒤에 동상벌이 어떻게 존재하겠는가 말이다.

그래도 매요봉은 단호했다. 차라리 동상벌을 해체하는 한이 있더라도 약한 모습은 더 이상 보이고 싶지 않았다.

"주 총감의 휘하엔 몇 명의 무사들이 있나요?"

천둥 같은 선포를 한 후에 매요봉은 주시천에게 말머리를 돌렸다. 다른 사람들은 철저하게 무시하는 태도였다.

"속하의 휘하엔 오백 정도의 무사들이 있습니다."

"내 친위대원들이 천 명이니까 그걸로는 수적으로 상대도 안 되겠군요. 혹시 본 벌에 채용되길 기다리는 낭인무사(浪人武士)들은 없나요?"

"있기야 하지만 모으려면 시간이 걸릴 겁니다."

"벌주, 정말 싸울 작정이시오?"

매요봉과 주시천의 대화에 고효림이 끼어들었다. 싸우면 안 된다는 건 알지만, 자신을 비롯한 화친론자들이 무시를 당하니 기분이 상했던 것이다.

게다가 주시천은 엄연한 연적이다. 두 사람의 사이가 너무 가까워진 것 같아 질투심이 유발된 탓도 없지 않았다.

"고 총감은 여태 뭘 들으셨나요? 싸우지 않을 사람은 본 벌을 떠나도 좋다고 분명히 말했는데!"

고효림을 향한 매요봉의 어조는 차가웠다. 심지어 눈길 한 번 주지 않는 그 태도는 더욱 매몰찼다.

그 바람에 고효림은 머리꼭대기에 피가 왈칵 몰렸다. 이렇게 되면 기분 때문이라도 물러설 수 없었다.

"속하도 오백의 무사는 낼 수 있소. 그들을 이끌고 속하도 선봉에 나서 싸우겠소!"

"호오!"

탄성 비슷한 소릴 토하며 매요봉은 비로소 고효림에게 눈길을 주었다.

그러나 표정에는 감탄했다기보다는 어쩐 일이냐는 기색이 뚜렷했다.

그것만으로도 고효림의 기분은 더욱 상했는데, 거기다 주시천은 다시 기름을 갖다 부었다.

"됐소이다. 애당초 화친을 주장했던 사람들은 정작 싸움에서 큰 도움이 되지 못할 것이오. 난 벌주의 친위대와 내 휘하의 무사들이면 충분하오."

"흥, 고작 천오백 정도면 북도맹의 아침 해장거리도 되지 않을 것이오!"

"염려 마시오. 대외총감께서도 의혈사와 더불어 놈들과 치열하게 싸우고 계시오. 그 덕에 공손웅의 목도 베었고, 혈염수 왕국량이 이끌고 온 북도맹 세력을 상당부분 처치했다고 들었소!"

기실 주시천이 단독으로 싸우겠다고 배짱을 정한 이면엔 바로 저런 점이 강하게 작용했다. 고효림이 내겠다는 오백보다는 그쪽이 훨씬 강한 힘이 될 터였다.

"아니오, 주 총감. 나도 무사들을 내겠소이다!"

"나 역시 오백 정도는 쉽게 동원할 수 있소이다!"

화친의 선두에 섰던 고효림이 뜻을 바꾼 탓일까. 그와 함께 처음에 주춤거렸던 몇몇 자들이 일제히 싸울 뜻을 비추고 나섰다.

"고맙소이다, 여러분! 본 벌에 크나큰 힘이 될 것이오."

고효림의 뜻은 물리쳤던 주시천이었지만 그들에겐 정중한 포권을 해 보였다.

"이렇게 되면 굳이 친위대를 동원하실 것까진 없겠습니다. 그들에겐 벌주의 안위를 당부하고, 속하는 지금 당장 무사들을 이끌고 적을 맞서 싸우러 가겠습니다!"

다시 매요봉에게 돌려진 주시천의 어조는 비장하기 짝이 없었다. 다분히 남은 자들을 선동하는 효과를 노리는 것이었다.

거기서 철저히 소외된 건 고효림이었다. 그는 더 이상의 수모를 참지 못해 벌게진 얼굴로 자리를 박차고 일어섰다.

그렇다고 이런 수모를 당하고 그냥 있을 고효림이 아니었다.

'두고 보자, 어느 쪽이 더 큰 공을 세우는지!'

사실 고효림은 주시천이 대외총감과 의혈사 얘기를 했을 때 내심 '아차' 싶었다. 그들이 있다는 사실을 까맣게 잊은 채 그저 북도맹의 세력에 겁부터 집어먹고 있었던 게 사실이다.

하지만 그들이 있다면 그처럼 북도맹을 무서워할 이유는 없었다. 적당한 시기와 장소만 고른다면 얼마든지 일전을 벌일 수 있다는 계산이 섰던 것이다.

‘이건 누가 빠르냐의 싸움이다!’

어차피 북도맹이 진격해 오는 길은 알려지기 마련이다. 그 배후에서 대외총감과 의혈사가 움직이고 있다는 것 역시 알고 있으니, 장소만 먼저 선점해서 시기만 기다리면 된다.

‘오늘 밤중으로 출발한다!’

아무래도 주시천은 다른 사람들의 무사를 끌어 모아 출동하려면 빨라도 이틀은 걸릴 게 분명하다. 그사이 자신이 먼저 출동하면 충분히 싸울 수 있는 장소를 먼저 차지할 수 있을 터였다.

고효림의 계획은 그대로 실행되었다. 휘하에 거느리고 있는 무사 오백을 이끈 그는 그날 밤중으로 동상벌을 출발했다 싶자, 벌써 양주를 빠져나가고 있었다.

2

의혈사가 혈염수 왕국량의 배후를 잡아챈 건 합비(合肥)를 코앞에 두고 있는 육안(六安) 근처였다.

따라잡은 직후부터는 눈도 제대로 뜰 수 없을 정도의 처참한 싸움의 연속이었다.

　물론 이건 다분히 의혈사의 의도였다. 교란전의 초반은 격렬하게 해야 한다는 열반노의 의견에, 어떻게 해서든 양주로 향하는 북도맹의 발길을 늦춰달라는 이인립의 간청이 곁들여진 결과였다.

　어느 행렬이든 공격하는 후미는 후퇴할 때와는 달리 가장 약한 자들을 배치하기 마련이다.

　그래서 의혈사의 공격을 받은 북도맹의 후미 오백은 거의 몰살을 당하다시피 했다. 미시(未時)부터 해질녘까지 겨우 두 시진 정도에 걸친 짧은 공격이었음에도 불구하고 말이다.

　그렇게 북도맹의 후미를 친 의혈사는 길을 돌아 적염수가 이끄는 선두를 추월해 합비로 먼저 나가고 말았다.

　"합비는 적을 맞아 싸울 곳이 못되오! 놈들을 완전히 괴멸시키려면 그들을 소호(巢湖)로 유인해 수장시키는 게 좋을 듯하오!"

　첫 싸움의 큰 승리로 한껏 고무된 이인립이 이미 닫혀 버린 합비성을 눈앞에 두고 암류흔의 말을 세우며 다급하게 말했다.

　"그 말이 맞네, 암 총수. 이곳에서 싸움을 벌였다가는 당장 관부의 추적을 받게 될 걸세!"

　집단 싸움에 능한 열반노가 이인립의 말에 동조하고 나섰다. 그 역시 방금 했던 싸움의 기세가 남아 있는지 약간 들뜬 음색이었다.

암류흔 역시 이곳에서 싸울 생각은 추호도 없었다. 바로 성 밖이라 상당한 민가가 운집해 있는 곳인지라 민간인들이 입을 피해를 염두에 두지 않을 수 없었기 때문이다.

하더라도 이인립의 말처럼 북도맹을 소호로 유인해서 수전을 벌일 생각도 역시 없었다. 혈염수 왕국량을 완전히 괴멸시킨다는 건 자신의 본래 의도와는 상당히 빗나가는 것이다.

그걸 그대로 이인립에게 들려줬다가는 기겁을 하고 자빠질 게 뻔한 노릇. 암류흔은 천천히 말을 몰아 단연에게로 다가갔다.

"그럭저럭 초전(初戰)은 성공한 것 같은데, 다음엔 어떻게 하면 좋겠소?"

"그건 이 형에게 묻는 게 더 나을 걸세. 싸움의 전술 전략은 나보다 훨씬 나으니까!"

단연이 말하는 이 형이란 물론 열반노를 말하는 것이다.

그들의 대화를 눈치 챈 열반노가 재빨리 곁으로 다가왔다.

"이것도 기회일세, 북도맹 놈들은 수전에 익숙지 못할 테니. 저 사람의 말대로 소호로 유인해서 모두 물귀신으로 만들어 버리세. 이왕 시작한 거 까짓거!"

말끝에 인상을 확 구기며 열반노는 손으로 제 목을 치는 시늉을 해 보였다.

애당초 열반노는 암류흔의 뜻이 어디 있는지 알지 못했다. 그저 싸움이 좋고, 한번 시작한 싸움이라면 끝장을 봐야 한다는 투사(鬪士)의 본능을 고스란히 드러내 보인 것일 따름이었다.

"그들을 어느 정도까지 두들겨야 할지 몰라서 이러고 있는 거요!"

"어느 정도까지라니? 그럼 놈들을 이대로 두자는 말인가?"

"대체 내 말을 어디로 들은 거요? 이대로 두자는 게 아니라 어느 정도까지 쳐부수어야 하는지 고민하고 있다고 하지 않았소!"

열반노는 고개를 절레절레 흔들었다. 그로선 암류흔의 말이 도무지 이해되지 않았다.

"암 총수는 의도하는 바가 있네. 그러니 너무 부심하지 말게!"

암류흔의 뭘 바라는지 훤히 아는 매보자가 은근히 나서며 열반노를 제지했다. 더 이상 큰 목소리로 떠들다가는 이인립이 눈치 챌 것 같아서였다.

열반노로선 알 수 없는 일이었다. 그러니 잠자코 물러설 수밖에 없었다.

"대체 총수는 어느 정도까지 생각하는가? 내 생각엔 왕국량과 금도대 정도는 남겨야 동상벌에도 어느 정도 타격을 줄 수 있을 것 같네만……."

"그렇게 많이 쳐버리면 오히려 그들은 우리들에게 필사적으로 덤벼들 소지도 없지 않을 것이오."

단연이 매보자의 의견에 반대를 표했다. 요컨대 북도맹을 너무 극단적으로 몰아치지는 말자는 얘기였다.

"그럼 자넨 어느 정도가 적당하다고 생각하는가?"

"절반!"

단연은 딱 잘라 말했다.

"적어도 그 정도는 남아야 왕국량이 동상벌을 칠 생각을 버리지 않을 것이오. 그 이상 세력이 줄어들면 그는 자포자기할 우려가 있소."

"하지만 반을 남겨둔다는 건 너무 많지 않나? 이인립의 체면도 세워줘야지."

만약 멋모르고 이 자리를 지나가던 무림인이 있어 이 얘길 들었다면 틀림없이 자신의 귀를 의심하거나, 어디 깨끗한 물에 가서 귀를 씻었으리라. 어느 쪽이든 헛소리를 들었다고 생각할 것이기 때문이다.

왜 아니겠나. 이들은 지금 왕국량이 이끌고 온 북도맹 고수들을 치는 걸 마치 도마 위에 놓인 생선을 어떻게 요리할지 고민하는 것처럼 쉽게만 얘기하고 있으니 말이다.

물론 오늘 싸움에서 이들은 벌써 오백 가까운 북도맹 무사들을 괴멸시켰다. 심각한 부상을 입은 자들은 한 명도 없이.

그래도 상대는 천하의 북도맹이다. 의혈사 일곱과 여필이 이끌고 온 서광막 탐갱단의 남은 인원 다섯, 이인립을 따르고 있는 동상벌 합비 지부의 노룡타 윤벌 수하들 중 남은 스무

명 정도로는 싸울 수 없다는 얘기다.

하지만 이들은 모두 승리를 확신하고 있었다. 공손웅의 죽음으로 인해 얼이 반쯤 빠져 버린 왕국량은 오늘 싸움에서도 허둥거리기만 했을 뿐 제대로 지휘를 하지 못했었다. 후미가 괴멸될 동안 선두와 본대가 돌아오지 못한 것만 봐도 알 수 있었다.

게다가 이들에겐 초인과 같은 무공을 지닌 사람이 둘이나 있다. 바로 단연과 파사특.

그 두 사람을 앞장세워 치르는 싸움은 길가에 떨어진 돌멩이를 줍는 것만큼이나 쉬웠다. 오늘 오백이 넘는 북도맹 무사들을 치면서도 죽거나 심각한 부상을 당한 자가 한 명도 없었다는 게 그 사실을 잘 대변해 주고 있다.

"매 형은 지금 왕국량의 휘하에 몇 명이나 있다고 생각하시오?"

지금까지는 듣기만 하고 있던 암류흔이 매보자를 향해 물었다.

"이천. 많아 봐야 이천오백일세!"

암류흔은 고개를 끄덕였다. 이 경우 매보자의 계산은 누구보다 정확할 터였고, 또 그를 믿었다.

"이천오백으로 잡고, 그중 천 명 정도는 쳐야겠소!"

암류흔의 이 말로써 숫자는 결정되었다.

"그럼 어디가 적당할까? 이인립의 말처럼 소호로 유인해서 싸우는 건 안 될 테고……."

"지금쯤이면 동상벌에서도 이 일을 알고 있을 걸세. 그들도 마냥 손을 묶고 있지만은 않을 터, 그들이 어디쯤 방어선을 구축할지도 감안해서 싸울 곳을 선택하는 게 좋을 것 같네."

단연의 말에 매보자가 조심스레 입을 열었다.

"그럼 어디쯤이 좋겠소?"

"나라면 여기 합비와 남경(南京) 사이에 있는 함산(含山) 근처가 좋을 듯하네만……."

정보를 분석하는 데는 탁월할지 몰라도, 싸움은 잘 모르는 매보자였다. 막상 싸울 곳을 선택하라니 말꼬리를 흐릴 수밖에 없었다.

하지만 매보자의 말은 암류흔과 단연의 마음을 움직이게 하기 충분했다. 다름 아닌 동상벌의 움직임까지 감안한 뒤에 선택한 장소였기 때문이었다.

말이 쉬워 천 명이지, 싸움이란 살아 움직이는 생물과도 같아 바로 다음을 내다볼 수 없다. 이쪽의 힘이 되는 건 뭐든 끌어들이는 게 좋다는 얘기다.

"그럼 남은 일은 동상벌과 왕국량을 함산으로 유인하는 일만 남았는데……. 뭐 좋은 생각 없소?"

"동상벌이야 이인립을 통해 정보를 흘려주면 될 테고, 북도맹의 일은 잘 모르겠네."

"그 점은 단 형과 이 형께 맡기면 될 게요!"

자신이 없는 듯 머리를 긁적이는 매보자에게 가볍게 말하며 암류흔은 슬쩍 단연에게 눈길을 던졌다.

"그런 일엔 역시 나보다야 이 형이 나을 걸세. 상의해 보겠네."

"그렇게 해주시오."

"일단 오늘 밤은 모두들 쉬도록 해주게. 이긴 싸움이라지만, 다들 지쳤을 걸세."

이어진 단연의 말에 암류흔은 고개를 끄덕였다.

그 길로 일행은 곧바로 불을 피우고 취사(炊事)를 하기 시작했다.

그러나 단연은 거기에 동참하지 않았다. 그는 여기저기서 피어오르는 연기 사이를 어슬렁 걸어 열반노에게 다가갔다.

"어서 오게. 이걸로 요기라도 좀 하시게."

모닥불을 피워놓고 육포를 굽고 있던 열반노는 그중 한 조각을 떼어 단연에게 넘겨주었다.

"무슨 일인가?"

잠자코 육포를 입에 넣어 우물거리는 단연에게 열반노는 눈빛을 반짝이며 물었다.

"오늘 밤 소제와 할 일이 있소."

"그게 뭔가?"

"적을 치는 일!"

"그 일이라며 기다리고 있던 참일세!"

싸우러 간다고 하자 벌써부터 엉덩이를 들썩거리는 열반노였다.

"하지만 지금부터 소제와 같이 싸우려면 한 가지 약속을 해줘야겠소!"

"약속? 싸우는데 무슨 약속이 필요한가? 이기는 게 약속이지!"

매서운 단연의 표정에 약간 주눅이 들면서도, 열반노는 자기의 뜻을 굽히지 않았다.

"그게 무턱대고 이기기만 하는 싸움이 아니라, 적들을 유인해야만 되오. 그러니 너무 싸움에만 몰두해서는 안 된다는 말이오. 이 약속을 해주시면, 지금 당장 나와 함께 가서 적들을 칩시다!"

"그러니까 유인전(誘引戰)이란 말이군. 좋네. 내 약속하겠네!"

"단단히 약조를 하셨소이다!"

"두말하면 잔소리! 언제부터 시작하나?"

"일단 배부터 채우고 난 뒤에…… 오늘 밤부터 시작합시다. 우리가 먼저 놈들을 함산까지 유인해 가면, 암 총수나 다른 형제들의 노고가 훨씬 덜어질 게요."

마무리 짓는 단연의 말에 열반노는 그저 씨익 웃어 보였다. 싸울 수 있다는 생각만으로도 기분이 좋아진 모양이었다.

그리고 그들은 밤이 깊어 달빛까지 잠긴 후에야 조용하게 일행에게서 이탈해 갔다.

*   *   *

혈염수 왕국량은 거의 미칠 지경이었다. 소맹주를 죽음으로 몰아넣었다는 자책감을 채 씻기도 전에 오백이라는 수하를 잃었고, 이제 좀 쉴까 할 때 다시 놈들이 기습을 감행해 왔으니, 어지간한 정신으로 버티기 힘들었다.

"단 두 놈뿐이다. 당황하지 말고 놈들을 쳐라!"

"동쪽이다! 놈들이 동쪽으로 달아난다!"

"일부는 남아 불을 꺼라. 귀중한 식량을 모두 태워서는 안 된다!"

이미 잠에서 깬 야전용 천막 안을 서성거리고 있던 왕국량의 귀에 연신 바깥의 수하들이 외치는 소리가 들려왔다.

'취우당……'

가만히 입 속으로 그 이름을 짓깨물어보는 왕국량의 어금니는 으드득 소리를 내며 갈렸다.

도대체 어디서 그런 괴물 같은 놈들이 나타났단 말인가? 도대체 어떻게 되어먹은 놈들이 그처럼 강할 수 있단 말인가? 고작 십여 명에 불과한데……?

생각이 취우당에 미치자 왕국량은 자신의 판단을 다시 한 번 되짚어볼 여유를 가질 수 있게 되었다.

'과연 동상벌을 치는 게 최선일까?

지금까지 왕국량은 취우당이라는 존재를 그리 무겁게 생각지 않았었다. 고작 십여 명에 불과한지라 그들보다는 동상벌을 치는 게 공손웅을 죽게 한 자신의 과오를 씻는데 훨씬 유리할 것이라고 생각했었다.

그런데 지금까지 싸워본 취우당은 달랐다. 동상벌은 거의 허수아비나 다름없는 데 비해 그들은 막강한 힘으로 오히려 자신들을 압도했었다.

'동상벌보다 차라리 취우당을 없애는 게 낫지 않을까?

피부로 느끼기엔 분명 동상벌보다 취우당이 강했다. 그러니 당연히 강한 적인 취우당을 없애는 게 당연한 일이고, 나중에 공도 크게 부각될 것이다.

그러나 그 공을 인정해 줄 북도맹에선 과연 동상벌과 취우당 중 어느 쪽을 더 중요시할까?

물어보나마나 그건 바로 동상벌이다.

바로 여기에 왕국량의 갈등이 있었다. 공손웅을 죽인 과오를 조금이라도 씻자면 동상벌을, 북도맹의 실제적인 위협을 제거하자면 취우당을 쳐야 한다는 것 말이다.

그사이에도 수하들은 연신 고함을 지르며 기습을 감행한 자들을 쫓고 있었다.

결국 왕국량은 우선 자신의 안전부터 도모하기로 했다.

‘계획대로 동상벌을 친다!’

우선 보신책(保身策)을 강구한 후에 다시 취우당을 상대해도 늦지 않다는 게 왕국량의 판단이었다.

결정을 내리자 왕국량은 곧장 밖으로 나가 명을 내렸다.

“추적을 중지하고 대열을 정비하라! 놈들의 교란술에 넘어가지 마라!”

왕국량의 명이 내려지자마자 주변에서 일제히 징 소리가 울렸다. 적을 맞아 싸우는 동료들을 철수시키기 위한 신호였다.

“피해 상황을 보고하라!”

“사망 일곱, 중경상 열여섯, 그리고 식량의 일부가 불에 탔습니다!”

마치 기다리고 있었던 듯 수하의 보고하는 소리가 왕국량의 명에 이어졌다.

‘이건 유인하려는 수작이다!’

그 경미한 피해를 보고 받자마자 왕국량은 즉각 알아차렸다. 이게 야습(夜襲)이었다면 이런 정도로 물러갈 놈들이 아니었다.

그렇다면 놈들이 무슨 의도로, 또 어디로 자신들을 유인하려는지를 아는 것만 남는다. 거기에만 넘어가지 않으면 이기는 싸움인 것이다.

“화톳불을 더 피우고, 사방을 철저히 경계하라! 놈들이 어떤 도발을 하더라도 절대 말려들지 마라!"

추적에 나섰다가 분분히 돌아오고 있는 수하들을 향해 왕국량은 재차 명을 내렸다. 이런 유인전에 대한 대처로는 방비만 단단히 굳힌 채 적에게 응대하지 않는 게 상책이다.

"다시 한 번 말한다. 절대로 적의 도발에 넘어가지 마라! 부상자들을 치료하고, 식량을 보다 단단히 지키도록!"

재차 엄명을 내려둔 후, 왕국량은 천막 안으로 들어갔다. 지금부터 편하게 한숨 자두려는 생각이었다.

*   *   *

"쉽지 않겠소."

한차례 북도맹을 건드려 본 단연의 감상이었다.

"그럼 왕국량과 북도맹을 상대하는 게 그처럼 쉽게 생각했나?"

아무렇지도 않다는 듯 열반노가 대꾸했다. 생의 절반 이상을 싸움터에서 구른 노련한 경험이 묻어나는 음색이었다.

"그럼 이런 일이 다반사란 말이오?"

"만약 오늘의 시도로 놈들이 바짝 달려들었다면, 난 왕국량에게 실망했을 걸세!"

"흐음!"

무공은 강하지만, 이런 집단 싸움엔 그리 익숙지 않은 단연이었다. 담담하게 내뱉는 열반노의 말에 그저 침음성을 토할 수밖에 없었다.

"오늘은 더 이상 걸려들지 않을 걸세. 그러니 우리도 좀 쉬세!"

바닥에 등을 대고 크게 기지개를 켜는 열반노의 말에는 나른한 하품이 배어 있었다.

피로한 건 단연도 마찬가지였다. 반대할 이유가 없었기에 그 역시 편안한 상태로 몸을 뉘었다.

"이 형은 대체 얼마나 오랫동안 이 생활을 하셨소?"

어차피 오늘 밤은 할 일도 없다. 자기보다 많은 나이에도 싸움판을 굴러다니는 열반노의 삶이 궁금해진 단연이 입을 열었다.

"그럭저럭 한 사십 년은 넘은 것 같군."

"사십 년? 대체 몇 살 때부터 싸움판에 나선 거요?"

단연이 약간 놀라며 목소리를 높였다. 열반노의 싸움이란 건 일반 무림인들이 강호에 처음 출도해 싸우는 것과는 다르다. 집단 싸움, 즉 전쟁을 의미한다.

바로 그런 전쟁터에서 사십 년을 넘게 굴렀다니, 단연으로서도 놀라지 않을 수 없었다.

"열세 살 때부터였을 걸세. 찢어지게 가난한 살림에 부모님들까지 돌아가셨으니……. 빌어먹기는 싫고 해서 군에 자원해서 들어갔다네."

“열세 살······.”

조용히 되뇌이며 단연은 문득 그 나이 때 자신은 뭘 했던가를 떠올렸다. 무공을 익히고 있었을 뿐, 강호로 나간다는 건 꿈도 꾸지 못했던 나이였다.

“허허, 난 자네가 더 놀라우이. 어떻게 그런 가공한 무공을 익혔는지······.”

“운이 좋았을 뿐이오.”

간단한 단연의 대답이었고, 또 그건 진실이었다. 명문가에서 태어난 덕에 당대 최고라고 일컬어지는 사부 밑에서 무공을 배웠으니 강해지지 않을 수 없었다.

“그 말은 좀 심하군. 천하의 북도맹을 쩔쩔매게 할 정도의 무공이라면 단순히 운이 좋다해서 될 일은 아니겠지.”

“하긴 사십 년 이상 전장을 굴렀으면서도 살아남은 이 형보다 운이 강하기야 하겠소.”

“허허허허!”

단연의 말에 열반노는 너털웃음을 터뜨렸다. 스스로 생각해도 용케도 죽지 않고 살아남았다 싶어서였다.

“난 정말이지 내가 북도맹과 싸우리라곤 생각지도 못했었네. 더욱이 우리가 이기기라곤 정말 꿈도 꾸지 않았다네. 그런데 지금은······. 허허허!”

생각만 해도 통쾌한 듯 열반노는 연신 웃음을 토했다.

“이게 모두 암 총수와 자네 덕이라고 생각하네. 난 이 싸움에서 죽어도 여한이 없네. 천하의 북도맹과 대등하게 싸우다 죽는다면 오히려 영광이 아니겠나? 허허허……."

"이 형은 오래 사실 것이오."

"그건 듣기 좋은 소리가 아닐세."

얼핏 듣기엔 일찍 죽고 싶다, 라는 얘기로도 들리는 말을 내뱉으며 열반노는 몸을 돌렸다.

"자네도 쉬어두게. 내일은 아침 일찍부터 놈들을 건드려 볼 생각일세. 아침을 못 먹게 괴롭히면 놈들도 바짝 달아오르 겠지."

누운 채 고개를 끄덕이며, 단연도 눈을 감았다. 내일은 오늘보다 더 분주하게 움직여야 할 터, 충분히 쉬어둬야만 한다.

3

단연이 열반노와 함께 일행에서 벗어나 독자적으로 활동하는 걸 암류흔은 진즉부터 알고 있었다.

또한 그들의 활약으로 인해 다른 사람들이 얼마나 북도맹을 손쉽게 상대하며 여기 함산까지 왔는지도 잊지 않았다.

"총수, 예상대로일세. 동상벌의 선봉이 여기 함산까지 진출해 있구먼. 이제 북도맹 놈들은 독 안에 든 쥐일세!"

왕국량이 이끄는 북도맹 무사들이 모두 함산으로 뛰어든 걸 확인한 매보자가 얼굴 가득 웃음을 띤 채 암류흔에게 말했다.

그러나 암류흔은 웃지 않았다. 정작 중요한 건 지금부터다. 북도맹을 적당히 두들기고, 또 적당한 선에서 활로를 터줘야 한다. 그것도 동상벌의 이인립이 모르게 아주 자연스럽게 말이다.

그렇게 굳어진 암류흔의 표정은 매보자에게 그 생각을 고스란히 말해주었다.

"절애평(絶崖坪)이 좋을 듯하네."

"예? 뭐라고 했소?"

뜬금없이 툭 던진 매보자의 말에 암류흔은 흠칫 생각에서 깨어나며 되물었다.

"북도맹을 두드릴 곳은 함산 동남쪽에 있는 절애평이 좋겠다고 했네. 활로를 터주기도 쉽고."

"아하! 그 얘기였소?"

"그런데 문제가 하나 있네. 이왕 총수의 의도대로 하려면 우리가 절애평의 동쪽을 맡아야 하는데, 이미 거긴 동상벌 무사들이 진을 치고 있다네. 둘째와 셋째는 덮어놓고 북도맹을 그곳으로 유인하기 바쁘고……."

확실히 매보자의 말대로였다. 함산에서 동쪽으로 향해야

양주에 갈 수 있다. 여기서 타격을 입은 왕국량에게 엉뚱한 방향의 활로를 터줬다가는 자칫 그가 동상벌 치기를 포기할지도 모른다.

"방법이 없겠소?"

"이인립에게 위치를 바꾸자고 해도 되겠지만, 그건 뒤에 탈이 날 공산이 크고……. 차라리 그냥 두는 게 어떻겠나?"

"그냥 두자고요?"

"어차피 동상벌은 북도맹을 막지 못하네. 그들을 뚫고 왕국량이 자연스레 양주로 향하게 두면 되지 않겠나?"

물론 매보자의 이 말도 하나도 방법이었다.

하지만 거기엔 커다란 약점이 한 가지 있다. 바로 북도맹을 제대로 두들기지 못하거나, 반대로 너무 많은 타격을 줄 수 있다는 점이었다.

만약 동상벌이 너무 약해서 삽시간에 뚫려 버린다면, 이쪽에서는 어떻게 손을 써볼 도리가 없다. 천 명 정도를 떨궈낸다는(?) 처음의 계획에 차질을 빚는다는 말이다.

반대로 동상벌이 악착같이 북도맹을 발길을 막아버리면 이쪽에선 본의 아니게 같이 끝까지 싸울 수밖에 없다. 그렇게 되면 왕국량은 재기불능이 되어 동상벌에 어느 정도 타격을 주겠다는 계획도 역시 수포로 돌아가 버리고 만다.

"빨리 결정을 해야 하네. 시간이 늦어버리면 모든 게 수포로 돌아가 버리네."

매보자가 조급하게 채근했다. 앞에 동상벌의 방어선이 쳐져 있는 걸 본 왕국량이 다시 돌아 내려오기라도 한다면 여기까지 유인해 왔던 게 말짱 도루묵이 되고 만다.

"좋소. 이대로 놈들 후미를 두들기며 올라갑시다. 단, 너무 심하게 몰아쳐서는 안 되오! 놈들이 고스란히 동상벌의 방어선을 뚫더라도 양주까지 교란전을 계속하면 되니까!"

암류흔의 이 말도 처음의 의도와는 상당히 동떨어진 것이었다. 함산에서 목표했던 수의 적을 떨구고, 취우당은 먼저간 형제들이 있는 석가장으로 가는 게 원래의 계획이었다.

그런데 이 교란전이 양주까지 이어진다면, 석가장에 가 있는 형제들이 초조해할 터였다. 어쩌면 이쪽으로 움직일지도 모른다.

하지만 그건 이 함산의 싸움이 끝난 뒤에 다시 걱정해도 될 일이다. 우선은 처음의 의도대로 맞추기 위해 최선을 다할 뿐이다.

"총수, 놈들이 절애평으로 들어갔습니다!"

이 교란전이 시작된 이후 쭉 선두에 서서 싸웠던 망사웅이 이마 가득 땀이 밴 채 달려와 보고를 했다.

"이제 곧 동상벌과의 일전이 벌어질 것 같은데, 그전에 쳐야 하지 않을까요?"

망사웅은 아직 암류흔의 의도를 모른다. 그의 눈에도 불안해 보이는 동상벌을 돕기 위해 최선을 다하는 모습이 역력한 얼굴이었다.

그 말에는 바로 대답하지 않고 암류흔은 눈을 돌려 이인립을 찾았다. 동상벌이 나서서 방어선을 구축했다는 말을 들은 탓인지 그와 노룡타 윤벌, 그리고 합비 지부의 무사들은 보이지 않았다. 벌써 달려가서 북도맹의 배후를 칠 기회를 노리고 있을 것이다.

"우리는 조금 더 기다렸다가 치기로 한다. 그래도 서둘러 절애평에 당도하도록!"

비록 이인립이 없다고 해서 마음을 놓을 수 있는 암류흔이 아니었다. 아직 서광막에서 온 여필과 탐갱단원 다섯이 남아 있는 것이다. 그들의 눈도 충분히 의식해야만 한다.

어쨌든 절애평으로 가라는 암류흔의 말에 망사웅은 그 무거운 몸으로 쿵쾅거리며 다시 함산을 달려 올라갔다.

"우리도 갑시다. 너무 늦어도 곤란하니까."

어쩌면 지금쯤 단연과 열반노가 난전에 휘말려 있을지도 모른다고 생각하며, 암류흔은 발길을 조금 빨리했다.

전황은 예상대로였다. 북도맹의 공격이 쇠침과 같이 날카롭다면, 그에 맞서는 동상벌의 방어막은 허술하기 짝이 없었다.

"그래도 제법 끈기있게 버티는 것 같구면. 우리도 슬슬 뛰어들어야 할 것 같은데……."

한눈에 싸움판의 상황을 읽은 매보자가 은근한 어조로 말을 뱉었다. 아무리 능숙한 정보 상인이라도 동상벌의 무사들을 이끌고 나온 주시천과 고효림이 연적 관계임을 알 턱이 없으니 그들이 끈질기게 북도맹을 물고늘어지는 게 사뭇 이상할 수밖에 없었다.

"그래야겠군. 자, 공격!"

명을 내리는 것과 동시에 암류흔은 가장 먼저 절애평을 향해 달려갔다. 그전에 유성환의 세 번째 돌기를 누르는 걸 잊지 않았다. 몸을 보호하는 기능이 있는 것이었다.

일단 적의 병기에 해를 입을 염려가 없어지자, 암류흔은 오른팔을 쭉 뻗은 채 유성환의 첫 번째 돌기를 눌렀다.

번쩍!

사람의 눈을 멀게 할 것만 같은 빛줄기기 폭사되었고, 그 빛이 닿은 곳의 결과는 끔찍했다.

쿠웅—!

실제로 소리가 그렇게 큰 건 아니었다. 그 빛줄기가 닿은 곳에서 방원 이 장 내에 있는 모든 사물들이 폭파되어 사라져 버렸으니 실제 이상 큰 소리로 인식됐을 따름이었다.

암류흔은 연거푸 첫 번째 돌기를 눌렀다. 이제 일이 각만 지나면 동상벌의 포위망이 무너질 것 같아서였다.

하지만 서너 차례 돌출부를 누르자, 벌써 망사웅이 북도맹 무사들에게 뛰어들고 있었다. 어느새 나타났는지 열반노도 구절편을 휘두르며 적들을 마구 휘젓는 중이었다.

더 이상 유성환에 의지하는 걸 포기한 암류흔은 근처에 떨어져 있는 박도를 한 자루 주워 들고는 적진을 향해 뛰어들었다.

무공 자체로는 이런 난전에서 무사하길 바랄 수 있는 암류흔이 아니었다. 유성환의 세 번째 돌기, 즉 몸을 보호하는 기능을 믿고서 한 행동이었다.

"물러서는 게 좋겠네."

어느새 따라붙었는지 단연이 암류흔에게 속삭였다. 진즉부터 그의 움직임을 지켜보고 있었던 것 같았다.

"염려 마시오!"

말과 더불어 암류흔은 곧바로 주변에 있던 적 두 명을 찍어 넘겼다.

그사이 암류흔의 몸도 몇 차례 적의 병기에 공격을 당했지만 유성환의 효능 덕에 부상을 입지는 않았다.

"유성환을 너무 믿지는 말게. 그 효력이 언제까지 지속되는지도 모르지 않나?"

암류흔이 뭘 믿고 있는지 익히 알고 있는 단연은 그의 주변에서 떠나지 않았다.

그 점은 암류흔에게도 하나의 불안이었다. 언제 효력이 끝나는지 모른다는 건, 차라리 이런 효능을 사용하지 않는 것보다 더 위험할지도 모른다. 피할 수 있는 적의 병기도 그냥 맞을 수도 있으니까 말이다.

그렇더라도 지금은 그 문제를 고민하고 있을 시기가 아니었다. 주변엔 온통 북도맹 놈들뿐인지라 우선은 놈들을 베어 넘겨야만 한다.

"조심하게!"

한마디 던지며, 단연은 암류흔의 배후로 손바닥을 내밀었다.

퍼억!

암경을 발출했는지, 암류흔의 뒤에서 검을 휘두르던 북도맹 놈 하나가 저만치 튕겨 나갔다.

암류흔도 그냥 있지는 않았다. 온몸으로 적들에게 부딪쳐가서 수중의 박도로 다시 두 놈을 베어 넘겼다.

"내게 잠깐의 시간을 벌어주시오!"

재빨리 적들에게서 떨어지며 암류흔이 단연에게 말했다. 절애평 전체의 상황을 살피기 위해서였다.

"염려 말게!"

암류흔의 의도를 익히 알기에 단연은 그에게 바짝 다가섰다. 그뿐 아니라 그를 잡아 허공으로 던져 올렸다.

허공 높이 솟구친 암류흔은 재빨리 주변을 둘러보았다. 몇 가지 암기가 전신으로 꽂혀들었지만, 전혀 개의치 않았다.

'동상벌의 방어막이 의외로 질기게 버티고 있군!'

그랬다. 금방이라도 무너질 것 같아서 취우당을 이끌고 싸움에 뛰어들었는데, 그게 전세를 변화시켰던 모양이었다. 동상벌은 악착같이 북도맹을 물고 늘어졌다.

'취우당 형제들을 슬쩍 빼내야겠군!'

이판에 노골적으로 형제들을 철수시킬 수는 없다. 단연에게 일러 하나씩 찾아다니며 적당히 눈치를 봐서 빠지라고 해야 한다.

그렇게 생각하고 있는 사이, 암류흔의 몸은 아래로 떨어지기 시작했다.

암류흔은 재빨리 몸을 뒤집어 머리를 아래쪽으로 향하게 했다. 밑에서 어떤 적이 공격해 올지 모르기에 그에 대한 대비였다.

하지만 공격은 염려했던 아래가 아니었다. 몸을 뒤집은 순간 붉은 물결이 눈앞으로 확 밀려들었다.

암류흔으로선 달리 어쩔 도리도 없었다. 붉은 물결 같은 기운이 밀려든 시기가 너무나 절묘했던 것이다.

퍼억!

가슴 가득 붉은 물결의 기세를 떠안은 것 같은 형상으로 암류흔은 허공에서 그대로 튕겨 나갔다.

"커헉!"

그 다음으로 암류흔은 찾은 건 통증보다는 숨이 콱 막히는 가슴의 답답함이었다. 마치 터뜨리는 듯한 신음성을 발한 것도 그 때문이었다.

그에 따라 피도 입으로 뿜어졌다. 상당한 내상을 입었다는 반증이었다.

쿠웅!

흡사 커다란 나무 둥치가 넘어진 것처럼 암류흔은 바닥에 내팽개쳐졌다.

그로써 위기가 해소된 건 아니었다. 바닥을 뒹굴고 있는 암류흔에게 예의 그 붉은 물결은 다시 뒤덮다시피 덮쳐들었다.

"암 총수!"

암류흔의 상황을 아래에서 지켜보고 있던 단연이 그와 붉은 물결 사이로 뛰어들었다.

빠밧!

마치 잘 마른 판자가 부서지는 듯한 소리가 단연과 붉은 물결 사이에서 터져 나왔다.

주춤거리며 한 발짝 물러섰던 단연의 입이 저절로 열리며 하나의 이름이 새어나왔다.

"혈염수?"

서로 부딪친 순간 물결처럼 붉은 기운을 뿜어낸 게 바로 옷자락이었다는 걸 깨달은 단연의 질문이었다.

"네놈은 누구냐?"

마음먹고 공격을 감행했음에도 갑작스레 끼어든 단연보다 두 발짝은 더 물러섰던 왕국량이 놀란 가슴을 진정시키며 되물었다.

취우당에 괴물 같은 고수가 있다는 건 익히 알고 있던 왕국량이었다. 그래도 설마 자기가 지랴 싶은 자신감은 항상 그의 가슴을 채우고 있었다.

그런데 결과는 자신이 졌다. 자존심도 상했지만, 뭐라 말할 수 없는 위기감이 왕국량의 얼굴을 어둡게 했다.

하지만 왕국량도 명색이 무인이다. 일단 생명의 위기를 느끼게 되자 이 자리에서 죽겠다는 각오를 했다.

"네놈이 누군지 상관치 않겠다. 어쨌든 소맹주의 죽음에 관련이 있을 터, 네놈들에게 소맹주의 죽음에 대한 책임을 묻겠다!"

"허허허……."

왕국량의 말에 단연은 실소를 터뜨렸다. 상황을 따지지 않고 무인의 고집만을 내세우는 자의 말이 우스웠던 것이다.

그렇다고 긴장을 풀 단연은 아니었다. 목숨을 도외시하고 덤비는 자들이 얼마나 무서운지 잘 아는 까닭에서였다.

표정을 굳힌 단연의 눈에선 살기가 감돌았다. 한 발짝 앞으로 내딛는 그의 가슴엔 분명 살심이 감돌고 있었다.

"무… 물러서시오!"

단 일합에 왕국량을 죽일 결심을 하고 있던 단연을 제지한 것은 암류혼의 힘겨운 음성이었다.

단연은 재빨리 뒤를 돌아보았다. 여전히 바닥에 처박힌 채 간신히 고개만 든 암류혼이 천천히 머리를 가로젓는 게 보였다.

　그제야 단연의 뇌리엔 북도맹을 양주까지 보내야 한다는 애초의 계획이 떠올랐다.

　하지만 이대로 그냥 물러날 수는 없었다. 그렇다고 암류흔을 안고 달아나는 것도 꼴사나운 짓인지라 순간적으로 어찌할 바를 몰랐다.

　'요컨대 자연스레 동상벌의 방어막을 트고 북도맹을 그쪽으로 몰아붙여야 되는데…….'

　방법을 강구하는 곳에 반드시 답은 있는지, 단연의 머리에도 좋은 생각이 하나 떠올랐다.

　"총수를 부탁하네!"

　크게 소리를 질러 취우당 형제들을 불러 모은 후, 단연은 곧바로 왕국량에게 달려들었다.

　"염려 말게!"

　그전에 암류흔에게 암시가 담긴 한마디를 남기는 것도 잊지 않았다.

　단연의 공격은 이미 왕국량도 각오하고 있던 바였다. 특유의 붉은 소매를 휘두르며 한 발짝도 물러서지 않고 맞서 나갔다.

　펑, 퍼펑, 빠아앗!

　참으로 다양한 소리가 두 사람이 격돌한 곳에서 터져 나왔다.

그때마다 왕국량은 조금씩 밀렸다. 중상은 아니지만, 두 손바닥 가득 은은한 통증도 느껴졌다.

왕국량도 아주 바보는 아니다. 단연이 최선을 다해 자신을 상대하고 있는 게 아니란 건 충분히 알 수 있었다.

'무슨 의도로?'

이걸 파악하는 게 급선무였지만, 대놓고 물어볼 수도 없는 노릇이었다.

그래도 한 가지는 알 수 있었다. 주변으로 몰려드는 수하들의 숫자가 부쩍 늘었다는 것이었다.

왕국량은 재빨리 사방을 둘러보았다. 난데없이 뛰어들어 자신들을 마구 짓밟던 취우당이 모두 물러나 총수라는 자의 주변에 몰려 있는 게 보였다.

그리고 또 한 가지, 단연은 자신을 한쪽 방향으로만 몰고 있다는 것도 알 수 있었다. 앞뒤로 움직이는 건 별로 제지를 받지 않았지만, 좌우의 움직임은 철저히 차단하고 있었다.

그 방향이 바로 동상벌이 방어막을 형성하고 있는 곳이라는 걸 알자 왕국량은 번쩍 정신이 들었다.

'이건 퇴로를 터주는 것이다!'

깨닫자 남은 건 행동이었다.

"전원 동상벌을 쳐라!"

명을 내려놓고 그 자신이 가장 먼저 몸을 돌려 동상벌의 방어막에 온몸으로 부딪쳐 갔다.

애당초 동상벌의 방어막은 취약했다. 진즉에 무너졌어도 이상할 것 없었는데, 취우당 형제들이 손을 떼자 그야말로 종이 조각처럼 찢어지고 말았다.

그사이로 북도맹 무사들은 터진 둑을 타고 흐르는 격류처럼 몰려 나갔다.

"어떻게든, 어떻게든 저들을 막아주시오!"

그러자 가장 애가 타는 건 이인립이었다. 그는 취우당 형제들이 몰려 있는 곳으로 달려와 간절한 목소리로 애원했다.

"보다시피 총수께서 엄중한 부상을 당하셨소."

매보자가 이인립의 말을 슬쩍 눌렀다. 미리 작정했던 지라 망설일 것도 없는 일이었다.

"하지만 여기서 놈들을 놓친다면 뒷날 더 큰 우환이 될 거요. 그러니 지금 놈들을 쫓아서……."

"그 정도 타격을 줬으니 이젠 동상벌에서도 막을 수 있을 거요. 설마 그 정도 힘도 없다고는 하지 않겠지!"

"그, 그건……."

이인립으로선 말문이 막힐 수밖에 없었다. 목구멍에서 손이 나올 정도로 취우당의 도움이 절실했지만, 그걸 입 밖으로 내면은 자기가 소속된 동상벌이 약하다는 걸 인정하는 것밖에 되지 않는 것이다.

"지금 우리들로선 총수의 상처를 치료하는 게 급선무요. 그 점을 양해해 주시오."

이인립이 더 이상 두말하지 못하도록 해둔 뒤, 매보자는 망사웅에게 눈짓을 보냈다. 암류흔은 업으라는 신호였다.

"어디로 가는 게 좋겠소?"

"일단 이곳을 벗어나세!"

단연의 질문에 매보자가 간단하게 대꾸했다. 절애평에서의 목적은 이뤘으니 더 이상 머물러 있을 필요가 없었다.

취우당 형제들은 달리기 시작했다.

이인립은 다시 황당해졌다. 여기서 취우당을 따라가야 할지, 아니면 동상벌에 합류해야 할지 가늠하기 어려웠던 것이다.

그러다 이인립은 취우당 형제들을 뒤따르기 시작했다. 그들의 도움이 없다면 동상벌의 존립까지 위험해지기 때문이다.

그 후에야 비로소 살아남은 동상벌 무사들이 삼삼오오 모여들기 시작했다.

제24장

진흙 속의 개들

암류혼의 부상은 그리 심각한 것이 아니었다. 허공에 뜬 상태에서 격중당한 탓에 그냥 튕겨진 것뿐이었다.

"놈들은 얼마나 빠져나갔소?"

대강의 치료가 끝나자마자 암류혼은 급히 물었다. 지금에 선 그게 가장 중요한 문제였다.

"정확한 숫자는 알 수 없네. 다만 우리의 예상보다 많이 빠져나간 것만은 사실일세!"

"그건 상관없소. 어쨌든 지금 당장 추격전을 시작합시다!"

암류혼은 서둘렀다. 지금 북도맹을 쫓지 않는다면 그들은 다른 곳으로 빠질 우려도 없지 않다. 그걸 차단하려면 꾸준하게 그들을 괴롭혀 양주로 몰고 가야만 한다.

"그래도 하루 이틀 정도 쉬는 게 좋지 않겠나? 동상벌에서도 그냥 있지는 않을 테니 북도맹도 쉬이 전진하지는 못할 걸세."

"아닙니다. 지금 당장 놈들을 추적하는 게 좋을 듯합니다."

매보자가 휴식을 권하자, 그 말에 이인럽이 불에 데인 것처럼 다급한 어조로 반대하고 나섰다.

그러나 이내 얼굴을 붉히며 뒤로 물러섰다. 자신이 나설 자리가 아님을 깨달은 탓이었다.

물론 취우당 형제들은 모두 이인럽의 심정을 이해했다. 그러기에 그들은 달리 결정된 것이 없음에도 슬슬 길을 떠날 채비를 갖춘 것이다.

"할 수 없구먼. 그럼 총수라도 말을 타도록 하게. 그것도 당분간은 싸움에 가담하지 않는 게 좋겠네!"

모두들 당장 북도맹을 추적하는 게 좋다고 생각하고 있다는 걸 눈치 챈 매보자가 한 발 양보하며 타협안을 내놓았다.

"그렇게 하게. 총수가 빠져도 북도맹을 뒤쫓는 건 어렵지 않을 걸세."

단연이 매보자의 의견에 힘을 실어주었다.

"대신 대형과 증두, 망사웅은 총수에게서 떠나지 말도록!"

“알겠네.”

“알겠습니다.”

단연의 단호한 말에 세 사람은 달리 이견을 제시하지 않았
다. 그 속에 실린 뜻이 절실하게 가슴을 울렸던 것이다.

매보자나 중두의 무공으로 북도맹과 싸운다는 건 위험한
노릇이다. 그래서 암류흔의 경호를 핑계로 싸움에서 벗어나
게 하려는 단연의 의도였다. 실제 경호는 망사웅이 맡으면 되
니까 말이다.

“달리 필요한 건 없으시오?”

물러나 있던 이인립이 다시 끼어들었다. 조금이라도 빨리
취우당 형제들이 출발할 수 있게끔 하려는 의도였다.

“다 듣지 않았소? 좋은 말이나 네 마리 구해주시오.”

열반노가 면박을 주는 어투로 이인립에게 말했다.

그렇다고 열반노의 기분이 그렇게 나쁜 건 아니었다. 오히
려 이제 곧 다시 싸울 수 있다는 사실에 은근히 기뻐하고 있
었다. 절애평에서 찜찜하게 물러났던 걸 본격적으로 떨어버
릴 수 있을 테니까.

어쨌든 그 말에 따라 이인립은 말을 구하러 밖으로 달려나
갔다.

“중요한 건 북도맹을 치는 게 아니오. 어떤 일이 있어도 그
들을 양주로 몰고 가야만 하오!”

“그건 잘 알고 있네. 그러니 단 아우와 파사록, 그리고 열

아우가 각기 좌우와 후미를 맡았으면 좋겠네.”

암류흔의 말에 매보자가 재빨리 대답했다. 이런 얘기는 이 인립이 없는 지금이 아니면 꺼내기 어려운 것이다.

“후미는 우리가 맡으면 되오. 그러니 놈들이 방향을 바꾸지 않게 좌우에나 신경 쓰시오.”

“또 동상벌의 움직임도 신경을 써야만 하네. 그들이 앞을 가로막으면 어떤 변수로 작용할지 모르니까.”

“적어도 남경을 지날 때까진 동상벌은 신경 쓰지 않아도 좋을 거요. 그들도 남경 근처에서 일을 일으키는 건 좋아하지 않을 테니.”

함산을 내려가면 남경은 그야말로 눈과 코 사이의 거리다. 거긴 무사히 지나간다고 봐야 한다.

그렇다고 취우당도 맘을 놔서 좋다는 얘기는 아니다. 함산을 내려간 북도맹 놈들이 곧바로 방향을 바꿔 다른 곳으로 샐지도 모르니까 말이다.

“열 형이 왼쪽을 맡아주시오. 형제들 중 누구를 뽑아가서도 좋소.”

“왼쪽은 내가 맡아!”

단연의 말이 끝나자마자 파사륵이 날카로운 어조로 내뱉었다. 반짝이는 눈빛에 절대 양보하지 않겠다는 의지를 담고 있었다.

사실 이건 단연이 바라던 바였다. 자기와 경쟁하려는 파사록을 자극해 한 쪽을 맡기고 싶었는데 그게 달성되었으니 기뻐할 일이었다.

"그럼 열 형은 나와 같이 오른쪽을 맡읍시다. 왼쪽은 걱정할 것 없을 것 같으니……."

"이봐, 파사륵!"

단연의 말이 채 끝나기도 전에 암류흔은 파사륵을 불렀다.

"너무 많이 죽여서는 안 돼! 만약 그런 기미가 보이면 즉각 빼낼 거야. 명심해!"

단호한 암류흔의 말에 파사륵은 그저 입만 삐죽거렸다. 그래도 싫다는 말은 하지 않았다.

"자, 그럼 출발해 보세. 우리가 앞서 가면서 표식을 남겨둘 테니 암 총수는 말이 오거든 천천히 뒤따라오게!"

말을 마치자마자 단연은 열반노와 더불어 밖으로 나갔다. 후미를 맡은 자들을 뺀 나머지 형제들도 우르르 몰려 나갔다.

"허허허……."

천천히 밖으로 걸음을 옮기며 매보자는 까닭 모를 웃음을 흘렸다.

"왜 그러시오?"

"아니, 아무래도 총수는 세작이랄 수밖에 없을 것 같아서 말일세."

"그건 또 무슨 소리요?"

"생각해 보게. 아무리 천하사세가 무림을 지배하고 있다지

만, 우리 취우당의 힘이라면 그들과 당당하게 어깨를 겨룰 수
있을 걸세. 그런데 자네에겐 그런 욕심은 보이지 않고, 끊임
없이 사세를 교란시키려고만 하지 않는가? 그게 타고난 세작
이 아니면 뭐란 말인가!"
  "싱거운 소리 마시오."
  가볍게 타박을 주며 암류흔은 미간을 살짝 찌푸렸다. 아무
래도 가슴의 상처가 울렸기 때문이었다.
  그래도 머뭇거리고 있을 수는 없었다. 벌써 이인립이 말을
몰고 오는지 투레질 소리가 밖에서 들려왔다.

＊　　　＊　　　＊

  절애평 싸움은 이미 동상벌 세력 깊숙이 들어와 있는 막도
종과 탄밀의 귀에도 들어갔다.
  "어떻게 생각하십니까, 막 노인?"
  탄밀은 막도종의 의견을 물었다. 아버지인 탄융의 명령에
충실하려는 모습이 역력했다.
  "아무래도 왕국량이 동상벌의 본거지를 치려는 것 같소이
다."
  이 순간 막도종은 여필이 절실히 그리웠다. 그가 있었다면
보다 정확한 정보를 얻어 왔을 테니 말이다.
  그러나 없는 사람을 아쉬워만 하고 있을 막도종은 아니었다.

"문제는 취우당의 행방이오. 그들이 과연 절애평의 싸움에 가담했는지 어쨌는지……?"

"하지만 지금은 삼세의 연합이 목전에 임박해 있습니다. 동상벌의 위기를 이대로 보고만 있어도 좋을는지요?"

"나는 삼세의 연합에 반대라고 분명히 뜻을 밝혔소. 그걸 알면서도 막주께서는 이공자의 수하들을 모두 붙여주셨소. 이 일은 제게 맡겨주시오."

막도종의 말투가 강력해졌다. 삼세가 연합한다는 말만 들어도 이상하게 부아가 치미는 것이었다.

"단순히 반대만 하는 것과 천하사세 중 한곳이 망하는 걸 방관하는 건…… 그만 둡시다. 그보다 아무래도 취우당은 절애평 싸움엔 참가하지 않은 것 같습니다."

무슨 말인가 할 것 같던 탄밀은 이내 화제를 돌렸다.

"왜 그리 생각하시오?"

"만약 취우당이 참가했다면 동상벌이 절애평에서 그리 맥없이 지지는 않았을 겁니다."

"흐음!"

막도종은 무거운 침음성을 토했다. 다시 한 번 여필이란 존재가 절실히 아쉬워지는 순간이었다.

지금까지 동상벌 세력권 내에서 정보를 모았지만, 취우당에 대한 건 전무하다시피 했다.

그렇게 더듬거리고 있던 참에 걸려든 게 바로 절애평 싸움이었다. 동상벌의 세력권 내로 들어온 이래 가장 구체적인 무림인들의 동향이었다.

한데 탄밀의 말에 의하면 절애평엔 취우당이 없을 가능성이 농후했고, 그 말은 그리 틀리지 않을 터였다.

"그럼 이공자는 이대로 취우당에 대한 탐색을 계속하자는 것이오?"

"우리가 막을 떠난 원래 목적이 취우당이었습니다. 그들이 있다는 게 확실치도 않은데, 절애평까지 달려갈 일은 없다고 생각합니다."

"그래도 황하를 건너온 이후로 처음 접한 첩보요. 한 번쯤 조사해 볼 가치는 있지 않겠소?"

"결정은 어디까지나 막 노인께서 하시는 겁니다. 저는 그 명령에 따를 뿐이지요."

나직하게 말한 후 탄밀은 입가에 미소를 떠올렸다. 일말의 불만도 있을 수 없다는 표정이었다.

"달리 취할 수 있는 정보도 없소이다. 일단 절애평으로 가 보도록 합시다."

"알겠습니다."

대답을 한 후, 탄밀은 뒤를 돌아보았다. 자기에게 소속된 서광막의 정예 오백의 모습이 든든하게 버티고 서 있었다.

"우리들은 지금부터 절애평으로 간다! 가면서 보고 듣는 것 하나도 놓치지 말도록!"

"존명!"

오백의 수하가 일제히 대답했다.

그 후에야 서광막 무사 오백은 움직이기 시작했다.

생각하면 조금 기묘하다 싶은 광경이었지만, 그래도 이게 정상이다. 오백 무사의 직속상관은 바로 탄밀이고, 그의 명령에만 복종하게 훈련받았기 때문이다.

그들은 모두 삼 대로 나눠 출발했다. 그 선발엔 탄밀과 막도종이 섰음은 물론이었다.

*　　　*　　　*

함산 절애평을 향해 움직이는 건 비단 서광막만이 아니었다. 북도맹 전력 중 거의 절반 가까이 데리고 나온 북도맹주 공손휘의 모습도 있었다.

"서둘러라. 왕국량이 멀리 가기 전에 합류해야 한다!"

황하를 건너 남쪽으로 향할수록 말은 점차 줄어들고, 대신 배들이 늘어난다. 육로보다 수로가 더 발달했기 때문이다.

그런데 지금 공손휘가 거느린 천 명 가까운 북도맹 무사들은 모두 말을 타고 질주하고 있다.

단지 그것만으로도 보는 사람들을 놀라 나자빠지게 하기 충분한데, 공손휘는 연신 수하들을 독려했다. 아들의 죽음에 관한 보다 정확한 경위를 파악하기 위해선 왕국량을 찾아야 하기 때문이다.

"절애평 싸움 이후 왕국량은 어느 쪽으로 움직이고 있나?"

"남경 쪽으로 향한 것 같습니다!"

공손휘의 질문에 수하들 중 누군가가 큰 소리로 대답했다.

"남경엔 볼일이 없을 게다. 아무래도 양주가 목표인 것 같군!"

이건 누가 들으라고 한 소리는 아니었다.

하지만 공손휘는 이내 다시 언성을 높였다.

"여기서 양주로 가는 가장 빠른 길은 어딘가?"

"그렇지 않아도 이 지역의 농부 몇 명을 잡아뒀습니다. 지금 당장 물어보겠습니다."

예의 그 수하가 대답한 후 공손휘 곁에서 멀어져 갔다.

그리고 이내 다시 돌아온 그의 말안장 뒤에는 겁에 질린 표정이 역력한 농부 차림의 사내 한 명이 실려 있었다.

"직접 말씀드려라!"

미리 수하는 농부에게 얘기를 해둔 듯했다. 마치 때려 붙이는 것처럼 격렬한 어조로 명을 내렸다.

"여기서 가산(嘉山)을 넘고 천장(天長)을 지나 의징(儀徵)까지만 가면 곧바로 양주와 통합니다요."

겁에 질린 표정과는 달리 농부의 말은 아주 또렷했다. 목소리도 떨지 않았다.

"안내해라!"

여기서 여러 가지 지명을 들어봐야 곧바로 찾아갈 수도 없다. 차라리 농부를 앞세우는 게 상책이었다.

"하, 하지만 소인은 곧 돌아가지 않으면 안 됩니다요."

그제야 농부의 얼굴엔 두려움 외에 당황의 빛까지 어리며 말을 조금 더듬었다.

"아직도 해야 될 농사일이 산더미처럼……."

"그에 대한 보상은 충분히 하겠다!"

그 말엔 농부도 더 이상 말을 하지 못했다. 보상을 해주겠다는 데도 토를 달았다가는 목이 달아날지도 모른다.

"그런데 그 가산이라는 곳은 말을 타고 넘을 수 있는가?"

"정상 가까운 부분은 간신히 한 필이 지나갈 정도로 길이 좁지만, 다른 곳은 두세 필이 나란히 갈 수 있을 정도는 됩니다."

"좋다. 그럼 이대로 달리자!"

공손휘의 말에 따라 말들은 다시 달리기 시작했다.

마구 질주하던 북도맹이 막 가산에 진입했을 때, 앞에 척후로 보냈던 자들이 달려 내려왔다.

"보고! 취우당의 일원으로 보이는 자들이 전방에 출현했습니다!"

"뭣이?"

공손휘에게 있어 취우당이란 이름은 꿈에서도 잊을 수 없는 것이었다. 그토록 질주하던 말까지 그 자리에 세웠을 정도였다.

"취우당이라고? 확실한 건가?"

이미 취우당원들의 인상착의는 세세하게 파악되었고, 북도맹에 소속된 무사라면 모두가 알고 있다. 그래도 확인해 보지 않을 수 없는 공손휘였다.

"다른 자들도 섞여 있지만, 그중 셋은 틀림없습니다!"

보고하는 척후의 말투는 상당한 자신에 차 있었다.

"좋다. 앞장서라. 우선 그놈들을 잡아 나머지 놈들도 한꺼번에 끌어내야겠다!"

공손휘의 말이 끝나기 무섭게 북도맹 무사들은 다시 광란의 질주를 시작했다. 조금이라도 먼저 취우당원을 잡아 공을 세우고 싶어 안달하는 모습들이었다.

그들은 삽시간에 가산 어귀에 도착했다. 농부의 말대로 마차 한 대가 간신히 지나갈 정도의 길이 뚫려 있었다.

하지만 북도맹 무사들 중 누구도 길의 넓이에 대해 신경 쓰는 자는 없었다. 그만큼 기마술이 뛰어나다는 얘기다.

와두두둑―!

공을 세우는 데 눈이 어두워진 선두의 몇몇 기가 좁은 길에 서로 빨리 들어서려다 마구 뒤엉켰다. 개중엔 길 밖으로 튕겨 나가 낙마(落馬)하는 자들까지 발생했다.

"침착해라! 길이 좁으니 세 필씩 나란히 진입하라. 공을 다퉈 대열을 흩뜨리는 자는 결코 용서치 않을 것이다!"

그 꼴이 한심스러워 공손휘는 다시금 고함을 질렀다.

그제야 북도맹 무사들은 대오를 갖추기 시작했다. 후미에서 달려온 자들은 그대로 멈췄고, 앞선 자들끼리 약간의 다툼이 있었지만 무난히 대오를 형성해 산을 오르기 시작했다.

일단 그렇게 정리가 되자 그들의 속도는 다시 빨라졌다. 경사진 산길이라도 해도 이들의 발길을 막지는 못했다.

그러나 아무래도 산길은 좁다. 특히 정상에 가까워질수록 진행은 더욱 더뎌져 후미가 산에 완전히 접어들었을 땐 다시 멈춰서 기다려야만 했다.

공손휘는 답답해 미칠 지경이었다. 아들의 복수 그 이상을 노리고 나선 이번 길이었지만, 그래도 취우당 놈들이 있다는 데 이렇게 멈춰 있으니 말이다.

"백 명만 나를 따르라. 나머지는 말을 수배해서 따라오도록!"

기어이 참지 못한 공손휘는 말을 버렸다. 두 다리로 달려 취우당을 잡으려는 의도였다.

그 뒤를 북도맹 무사들이 우르르 따라갔다. 공손휘가 명을 내렸던 백 명이 아니라 족히 삼백은 넘을 것 같았다.

지금에 와서 그게 공손휘의 신경을 건들지는 못했다. 그는 오직 앞만 보고 달렸다.

산길에서는 차라리 그냥 달리는 게 더 빨랐다. 북도맹에 소속되지 않은 무림인들이 봤다면 체통이 없다고 할지 몰라도 그건 문제도 아니었다.

'웅아야, 조금만 기다려라. 이제 곧 네 원한을 갚아주마!'

지금 공손휘의 뇌리를 메운 건 오직 이 한 가지 생각뿐이었다.

"맹주, 이쪽입니다!"

가산의 정상을 막 넘어섰다 싶은 순간, 누군가 불쑥 나타나 공손휘의 앞을 막았다. 척후로 보냈던 자들 중 한 명이었다.

"놈들은 어디에 있느냐?"

공손휘는 성급하게 물었다. 미처 대답을 기다리지 않고 다시 달리려 했다.

"저쪽에서 쉬고 있습니다."

"가자!"

말하자마자 공손휘는 수하가 가리킨 곳을 향해 달려가기 시작했다.

그리 먼 곳이 아니었다. 도합 여섯 명의 사람이 둥그렇게 둘러앉아 육포를 뜯고 있는 모습이 보였다.

공손휘는 그중에서 두 명에게 집중했다. 얼굴에 긴 상처를 가진 자와 쌍도끼를 등 뒤에 십자로 교차해 맨 자였다.

어떻게 저 모습을 보고 다른 사람과 오해할 수 있겠는가!

"네 이놈들!"

가산 전체가 쩌렁하게 울리는 고함과 더불어, 공손휘는 그들을 향해 몸을 날렸다.

2

'걸렸다!'

공손휘의 목소리가 들리자마자 쌍도를 뽑아 든 활귀가 떠올린 생각이었다.

그에 호응하는 듯한 기괴한 소리가 사방의 숲에서 울려 퍼졌다.

쓰스스슷─!

"맹주, 위험하… 허억!"

"함정이다. 조심하라!"

"크아악!"

기성과 더불어 다급하게 내지르는 비명이 주변을 가득 메웠다.

"갑시다, 형님!"

진즉부터 뽑아 든 쌍도를 허공에 휘두르며 활귀는 설쳤다.

"잠시만 기다리시게."

막 달려가려는 활귀와 쌍도끼를 급히 제지한 건 천기자였다.

"아직 설치해 둔 걸 다 써먹지도 못했네. 조금만 더 있다가 싸우도록 하시게."

비록 말을 조심하긴 했지만, 천기자의 어조엔 북도맹에 대한 두려움은 전혀 찾아볼 수 없었다. 오히려 은근한 자부심까지 깔려 있었다.

"그렇게 하는 게 좋겠네. 애써 마련했는데, 제대로 대접해 줘야지."

쌍도끼가 천기자의 말에 동조하며, 다시 자리에 앉았다. 그역시 몰려드는 북도맹의 무사들 따위는 안중에도 없다는 태도였다.

"자, 이리 오게. 채우다 만 배를 마저 든든히 채워둬야 싸움도 제대로 할 수 있을 것 아닌가!"

쌍도끼는 잠시 던져뒀던 육포를 다시 집어 들어 느긋하게 한 입 뜯었다.

칼을 거둔 활귀도 그 옆에 가 앉았다. 싸우지 않고도 적을 제압할 수 있다면 굳이 힘을 쓸 이유는 없었다.

"위험해!"

의문표의 날카로운 경고성이 들린 건 바로 그 직후였다.

싸라락!

유난히 날카로운 파공성과 함께 의문표의 소매 속 철삭이 허공 가득 펼쳐진 것도 거의 동시였다.

파밧!

활귀와 쌍도끼의 반응도 눈부셨다. 의문표의 외침이 끝나기도 전에 벌써 자리를 박차고 싸울 태세를 갖춘 것이다.

"이, 이럴 수가!"

누구보다 놀란 건 천기자였다. 자신이 심력을 기울여 안배해 둔 기관 장치를 뚫고 나온 건 다름 아닌 공손휘였기 때문이었다.

그러나 놀라는 건 두고두고 해도 우선은 신의와 더불어 싸움판 밖으로 멀찍이 물러나는 게 급선무였다. 앵화가 그 일을 도왔다.

"네놈들을 갈가리 찢어 죽이겠다!"

모습을 드러낸 공손휘의 첫마디였다. 나름대로 기습했다고 생각했던 게 오히려 기관 장치에 걸려 몇 군데 가벼운 부상까지 입었으니, 그 노기가 하늘에 닿은 것도 당연한 일이었다.

싸라락!

그렇게 노기 띤 공손휘의 전신을 노리고 엄습해 간 것은 의문표의 철삭이었다. 소매의 너울거림보다 더 현란하고 섬세하게 그의 몸을 거미줄처럼 칭칭 휘감아간 것이다.

"갈!"

공손휘의 입에서 엄청난 폭갈이 터져 나왔다. 동시의 그의 양손이 현란하게 허공을 휘저었다.

타라라락!

잘 마른 종이에 빗방울이 떨어지는 듯한 소리가 잠깐 울려 퍼졌다.

"아!"

의문표의 짤막한 경악성이 울린 것도 동시였고, 활귀와 쌍도끼가 각자의 병기를 휘두르며 공손휘를 덮쳐 간 건 바로 그 직후였다.

다른 이유 때문이 아니었다. 공손휘를 휘감아 갔던 의문표의 철삭들이 일제히 튕겨 나갔던 것이다.

그건 곧바로 의문표의 위기로 이어졌다. 자를 수 없는 게 없을 것 같던 철삭이 튕겨진 것도 놀라운데, 그 뒤를 이어 공손휘가 곧장 짓쳐들며 그 위력적인 두 손을 휘둘러댔다.

가장 먼저 공손휘의 그 손을 막은 건 활귀의 쌍도 중 하나였다. 섬전보다 더 빠른 속도로 내밀어진 손목을 잘라갔다.

쌍도끼도 그냥 있지 않았다. 공손휘의 배후로 돌아간 뒤 그대로 그의 등을 향해 두 개의 도끼를 찍어 내렸다.

이 순간 쌍도끼는 회심의 미소를 지었다. 앞엔 활귀, 뒤에는 자신이 있으니 어디든 한 쪽의 공격은 성공할 수 있을 터였다.

하지만 결과는 그리 달콤한 것이 아니었다. 공손휘의 몸이 한 바퀴 회전한다 싶다 어느새 등이 있던 곳에 그의 손이 불쑥 튀어나와 두 자루 도끼를 한꺼번에 거머잡아 온 것이다.

깡!

날카로운 쇳소리와 함께 전혀 있을 것 같지 않은 일이 쌍도끼의 눈앞에 펼쳐졌다. 두 자루 도끼가 어느새 공손휘의 손에 잡혀 있었던 것이다.

만약 그때 활귀의 칼이 공손휘의 뒷목으로 날아들지 않았다면, 쌍도끼는 어떤 공격을 받았을지 몰랐다.

사실 활귀는 쌍도끼가 어떤 상황에 직면했는지 정확하게 알지 못했다. 다만 공손휘의 손목을 노렸는데 어느새 그게 사라지고 대신 그의 등이 보여 칼의 방향을 바꿨을 뿐이었다.

어쨌든 그 결과 쌍도끼는 위기를 벗어났지만, 재차 몸을 돌린 공손휘는 목으로 날아들던 활귀의 칼을 팔뚝으로 막았다.

팍!

아직 마르지 않은 생나무를 무딘 도끼로 찍어 박으면 이런 소리가 날 게다. 활귀의 칼을 막은 공손휘의 팔에서도 똑같은 소리가 났다.

그 다음은 위기였다. 남은 공손휘의 한 손이 활귀의 가슴으로 곧장 꽂혀들었고, 뒤에 있는 쌍도끼에겐 그의 발이 날았다.

그 위기를 그냥 보고 있을 의문표가 아니었다.

싸라락―!

일단 한 번 튕겨졌던 철삭들이 더욱 현란한 변화를 동반한 채 공손휘의 목을 휘감았다.

그걸 확인한 의문표는 철삭을 강하게 당겼다. 이 한 수로 공손휘의 목을 자르진 못하더라도, 최소한 그를 바닥에 처박히게 할 수는 있을 터였다.

피잉!

그러나 의문표의 철삭에선 거대한 물고기가 걸린 낚시줄 같은 소리만 내며 팽팽하게 당겨졌을 뿐, 공손휘에겐 조금도 영향을 주지 못했다.

이건 또다시 의문표를 놀라게 했다. 처음 부딪쳤을 때와 마찬가지로 이번에도 공손휘에게 약간의 흠집조차 내지 못했기 때문이었다.

그 와중에 가장 효과를 발한 건 활귀의 칼이었다. 뻗어오는 공손휘의 손을 한 칼로 막으며, 이미 팔뚝에 막혀 있는 칼을 교묘하게 휘돌려 그의 겨드랑이에 힘껏 찔러 넣었다.

팍!

"갈!"

예의 둔탁한 소리와 함께 공손휘의 입에서 또 한 번 노성이 터져 나왔다.

파바밧!

그와 동시에 세 사람은 일제히 튕겨 나갔다. 거대한 암경이 그들의 가슴을 격타한 탓이었다.

그나마 사정이 나은 건 활귀였다. 공손휘의 겨드랑이를 찌른 덕에 나머지 두 사람과 달리 바닥에 처박히는 신세는 면하게 되었다.

그렇다고 그게 마냥 좋다고만 할 수는 없었다. 세 사람을 튕겨낸 공손휘가 곧바로 덤벼든 것이다.

비록 자신보다 강하다고 해도, 덤벼드는 적을 피할 활귀는 아니었다.

"끼이이야얍!"

정말이지 귀신이 지르는 게 아닐까 싶은 섬뜩한 기합성과 함께, 쌍도를 휘두르며 공손휘에게 맞서 나갔다.

쓰싸아악!

활귀의 쌍도에선 예리한 파공성과 빛이 동시에 뿜어져 나왔다. 특유의 빠르고 날카로운 도법이 최고조로 발휘된 순간이었다.

파바바바박!

마치 소나기처럼 쏟아지는 활귀의 칼날을 공손휘는 온전히 두 팔로만 막으며 앞으로 나아갔다. 한 발짝 내디딜 때마다 엄청난 암경이 주변으로 뻗어나갔다.

그래도 활귀는 물러서지 않았다. 뒤에 버틴 다리의 종아리가 뻣뻣하게 굳어져 왔지만, 빠르게 칼을 휘두르는 양손은 결코 멈추지 않았다.

"물러서라, 활귀!"

그사이 몸을 일으킨 쌍도끼가 한 자루 도끼를 날리며 고함을 질렀다.

이제 활귀와 공손휘 사이의 거리가 불과 두 자 정도밖에 떨어지지 않았다. 상대적으로 긴 칼을 휘두를 공간은 부족했지만, 손만 뻗으면 닿을 수 있는 거리였다.

쓰와웅!

쌍도끼가 던진 도끼가 바람을 가르며 곧장 공손휘의 뒤통수를 노리며 허공을 쪼갰다.

그에 상응하듯 활귀도 쌍도를 동시에 비스듬히 그어 내렸다. 공손휘를 십자로 잘라 버릴 것 같은 기세였다.

하지만 그 모든 걸 공손휘는 무시해 버렸다. 그대로 손을 내밀어 활귀의 목덜미를 잡아채는가 싶더니, 남은 한 손은 날아드는 도끼를 떨쳐 버릴 것처럼 휘둘렀다.

그 공손휘의 손이 닿기 직전, 불현듯 도끼가 아래로 뚝 떨어져 내렸다. 손잡이에 연결되어 있는 철삭으로 쌍도끼가 조정한 탓이었다.

팍!

도끼는 공손휘의 종아리를 찍었다.

휘청!

겉으로 보이는 상처는 없었다. 그래도 도끼에 실린 힘을 무시할 수 없었기에 공손휘의 신형은 위태롭게 흔들렸다.

그 기회를 놓치지 않고 활귀도 움직였다. 쌍도를 동시에 날려 자신의 목덜미를 쥐고 있는 공손휘의 팔을 그었다.

그 칼놀림이 지금까지와는 조금 달랐다. 그 어느 때보다 손목을 많이 움직여, 칼끝이 미세하게 떨리는 게 보일 정도였다.

쓰걱!

공손휘의 팔뚝에서 나는 소리도 지금까지와는 달랐다. 젖은 나무를 찍는 게 아니라, 제대로 뭔가를 벤 소리가 났던 것이다.

피도 튀었다. 공손휘 역시 살과 피로 만들어진 인간이란 게 여실히 증명된 순간이었다.

쌍도끼의 도끼도 그대로 있지 않았다. 박혔던 종아리에서 빠진다 싶더니, 그대로 숫구쳐 올라 공손휘의 뒤통수를 노렸다.

"갈!"

공손휘의 입에서 재차 엄청난 폭갈이 터져 나왔고, 그보다 더 강한 암경이 폭출되어 활귀와 쌍도끼를 가격했다.

"컥!"

"으음!"

아무래도 이번엔 가까이 있던 활귀의 타격이 컸다. 입으로 피를 뿜으며 이 장 가까이 날아가 바닥에 세차게 처박혔다.

그에 비해 쌍도끼는 고작 두 걸음 정도 물러섰을 뿐이었다. 재차 도끼를 조정해 공격을 해가려는 찰나,

"놈들이 몰려와요!"

뾰족한 의문표의 경고성이 들려왔다.

"맹주를 보호하고, 놈들을 쳐라!"

“와아!”

활귀가 미처 몸을 일으키기도 전에 천기자가 설치해 뒀던 기관 장치를 돌파한 북도맹 무사들이 몰려들었다.

활귀는 재빨리 몸을 일으켰다. 속이 메슥거리며 목구멍을 타고 다시 피비린내가 올라왔지만 꿀꺽 삼켜 버렸다.

“이쪽으로 피하시게!”

천기자의 목소리가 들려왔다. 어딘가 모종의 장치를 다시 마련한 모양이었다.

그러나 활귀는 그쪽을 향해 시선도 돌리지 않았다. 어차피 피한다고 해도 모두 한꺼번에 갈 수는 없다. 누군가는 뒤에 남아서 적들을 막아야 하고, 그 누군가는 바로 자신이라고 생각했다.

“어서 가세!”

의문표는 이미 천기자가 있는 곳으로 달려갔고, 쌍도끼 역시 그쪽으로 달리며 활귀를 채근했다.

처음 생각을 고친 것처럼 활귀도 쌍도끼의 뒤를 따랐다.

“나뭇가지가 꺾어진 곳만 따라가게. 반 리(半里) 정도는 좌우로 석 자 이상 벗어나면 안 되네!”

주의를 준 후 천기자가 가장 먼저 달려갔다. 그 뒤를 의문표, 쌍도끼가 뒤를 따랐다.

‘잘됐군!’

속으로 웃으면서 활귀는 몸을 돌렸다. 길이 좁아졌으니, 막기도 그만큼 편할 터였다.

“한 놈도 놓치지 마라!”

수하들에 의해 상처를 치료받고 있던 공손휘가 고함으로 부하들을 독려했다.

“와아!”

“취우당 놈들의 목을 따자!”

북도맹 무사들은 일제히 천기자 등이 달려간 곳으로 뛰어들었다.

“크흐아악!”

“아악, 이, 이게 뭐냐?”

무턱대고 뛰어들었던 북도맹 무사들이 치른 대가는 혹독했다. 그나마 활귀의 칼에 당한 자들은 좀 나았고, 나머지 놈들은 자신이 뭐에 의해 죽는지조차 모르고 불귀의 객이 되고 말았던 것이다.

당연히 밀려들던 북도맹 놈들의 기세가 주춤 꺾어졌다.

물론 활귀가 입은 타격도 적지 않았다. 아직 쓰러지진 않았지만, 공손휘에게 당한 부상이 더욱 깊어졌던 것이다.

“퉤!”

활귀는 입에 고여 있던 피를 뱉어버렸다. 쌍도를 쥔 손에는 더욱 힘을 가하면서……

‘다음이 마지막이다!’

의외에 상황에 놀란 북도맹 놈들은 이내 다시 밀려올 것이고, 그때가 바로 자신이 죽을 때라고 활귀는 생각했다.

하지만 그건 활귀 혼자만의 생각이었을 뿐이다.

"빨리 가세!"

언제 다시 돌아왔는지 쌍도끼가 활귀의 어깨를 당기며 다급하게 말했다.

"먼저 가시라고 했소. 뒤는 소제가 맡겠소!"

"자네가 가지 않겠다면 나도 남겠네. 혼자만 두고 갈 수는 없네!"

쌍도끼도 단호했다.

"혼자 죽어서 될 일에 둘이 죽었다면 사람들이 웃을 거요. 그러니 형님은 먼저 가시오!"

"죽을 걸 뻔히 알면서 아우를 두고 갔다면, 사람들은 이 우형에게 형제간의 우애를 모르는 놈이라고 손가락질할 걸세!"

"계속 고집을 피우실 거요?"

"고집은 자네가 피우고 있네. 놈들이 오는군!"

쌍도끼의 말처럼 북도맹 놈들이 다시 밀려들고 있었다. 한 번 당했던 터라 신중한 모습들이었다.

"자네와 함께해서 즐거웠네!"

싱긋 웃으며 쌍도끼는 툭 내뱉었다. 이렇게 유언을 남기는 것이리라.

"갑시다!"

활귀가 지금까지의 고집을 꺾는 말을 했다. 여기서 두 사람 모두 죽는 건 명백한 개죽음이다. 차라리 몸을 피하는 게 낫다.

"먼저 가게. 이제부터 뒤는 우형이 맡겠네."

벌써 가까이 접근한 북도맹 놈들을 향해 도끼를 날리며 쌍도끼가 재빨리 말했다.

활귀는 묵묵히 그 말에 따랐다. 다른 어떤 말을 해도 쌍도끼가 들어주지 않을 걸 뻔히 알기 때문이었다.

신의와 천기자를 호위하면서, 가장 앞에서 달리는 앵화는 혼란스럽기 짝이 없었다.

'공손휘가 직접 나섰다!'

이건 중대한 사건이었다. 아들의 원한을 갚기 위한다지만, 명색이 북도맹주가 동상벌의 세력권 한가운데 모습을 드러냈다는 건 직접 보고도 믿기 어려운 일이었다.

사실 앵화가 석가장을 떠나 암류흔과 합류하기로 결정한 건 북도맹의 움직임을 감지했기 때문이었다.

하지만 공손휘가 직접 나섰다는 건 전혀 예상치 못한 일이었다.

'이 사실을 빨리 알려야 되는데……'

라고 생각한 건 순전히 세작으로서 앵화가 가진 본능의 발로였다.

하지만 그 본능의 눈을 뜬 앵화에겐 이 사실을 알려야 한다는 것보다 불현듯 떠오른 의문 하나가 더 중요한 것처럼 여겨졌다.

'왜 총단에서는 이 사실을 알려주지 않았을까?

극비리에 붙여진 사실이지만, 의혈사의 총단도 역시 북경에 있다. 공손휘가 직접 움직인 이런 북도맹의 거취를 감지하지 못하고 있을 턱이 없다.

그러나 앵화는 이내 생각들을 지워 버렸다. 총단에서 알았다고 하더라도 자신들에게 알려줄 방도가 딱히 없었다. 의혈사 낙양 지부는 괴멸되어 버렸고, 거기에 소속된 세작들은 뿔뿔이 흩어져 버렸으니 말이다. 당장 자신만 해도 이 동상벌의 세력권 내에서 북도맹에게 쫓기고 있는 중이다.

'혹시 총단도 당한 게 아닐까?

불과 얼마 전에 의혈사 낙양 지부의 괴멸을 경험했던 앵화였다. 이런 불안감을 떠올린 건 자연스런 반응인지도 모른다.

"아, 아무래도 안 되겠네. 머, 먼저 가도록 하게."

생각에 잠겨 달리는 앵화의 뒤에서 힘겨운 천기자의 목소리가 들렸다. 가쁜 호흡을 헐떡거리느라 무슨 얘긴지 알아듣기도 힘들 정도였다.

"안 돼요! 같이 가야 해요."

앵화의 대답은 반사적인 것이었다. 여기서 버리고 갈 거라면 애당초 석가장에 숨어 있으라고 한 게 훨씬 나았다.

하지만 돌아본 천기자와 신의 몰골은 말이 아니었다. 애당초 무공보다는 손재주와 의술로 의혈사에 종사했던 사람들이었다. 이처럼 난전을 피해 달리는 건 무리일 수밖에 없었다.

"여기 계시면 안 돼요. 이제 조금만 더 가면 양주예요. 거기서 구호와 합류하면……."

"구, 구호와 합류해서 우, 우릴 데리러 오게. 여, 여기서 기다리겠네."

아예 바닥에 주저앉는 천기자의 목소리는 더욱 힘에 부치는 것 같았다.

"염려 말게. 내, 내겐 이, 이게 있으니……."

잔뜩 일그러진 얼굴로, 그러나 입술만은 웃으려는 것처럼 씰룩이면서 천기자는 뭔가를 내보였다. 여러 개의 밤톨만 한 검은색 철구(鐵球)였다.

마치 애들 장난감처럼 보였지만, 그걸 본 앵화의 표정은 살짝 굳어졌다.

'파천뢰(破天雷)!'

천기자의 손에 들린 파천뢰를 본 앵화는 꿀꺽 한 모금 마른침을 삼켰다. 그 위력을 익히 아는 까닭에서였다.

저 밤톨만 한 파천뢰 한 알이면 족히 반경 십 장은 말 그대로 초토화가 된다. 오죽했으면 그 이름도 하늘을 깬다고 했을까.

문제는 천기자에게 그 파천뢰를 던질 힘이 있을까 하는 점이었다. 반경 십 장을 초토화시키는 정도의 위력에서 안전하려면, 적어도 삼십 장 정도는 벗어나야만 한다. 그만큼 먼 거리에서 던질 수도 없고, 또 던져 놓고 안전한 곳까지 빠져나가지도 못할 게 분명하다.

'자폭하려고 한다!'

되도록 많은 북도맹 놈들에게 둘러싸였을 때, 천기자는 파천뢰를 터뜨려 같이 죽으려 한다는 예상은 거의 정확할 것이다.

그걸 알면서도 묵과할 수는 없는 노릇이었다.

"안 되겠어요. 천기자 어르신은 제게 업히세요."

겉모습으론 약해 보이는 신의는 의외로 천기자보다 생생한 모습이었다. 몸에 좋은 약을 꾸준히 먹어둔 덕인지도 몰랐다.

"대체 여기서 뭐 하는 거요? 서두르시오!"

뒤쪽의 동정을 살피러 갔던 의문표가 약간은 노기 띤 음색으로 언성을 높였다. 벌써 멀찍이 가 있었어야 할 사람들이 애먼 곳에서 뭉기적거리고 있으니 화가 날 법도 했다.

"두 분이 너무 지쳤어요. 각자 한 분씩 업기로 해요!"

말과 함께 앵화는 거부하는 천기자를 억지로 등에 업었다.

의문표는 잠깐 망설였다. 사람을 업으면 어쩔 수 없이 그 손이 가슴에 닿을 수도 있을 테고, 그러면 여자라는 게 탄로 날 수도 있다.

하지만 점점 크게 다가오는 뒤쪽의 함성 소리엔 어쩔 수 없이 신의를 부축해야만 했다.

"구호가 양주에 있는 건 확실하겠죠?"

신의를 추슬러 단단히 다시 업으며, 앵화는 재차 확인했다.

"틀림없소. 왕국량이 이끌고 온 북도맹이 양주를 향하고 있다면, 거기엔 틀림없이 총수가 계실 거요!"

석가장으로 가기 전에 들었던 암류흔의 말을 의문표는 똑똑히 기억하고 있었다.

"좋아요!"

뭐가 좋다는 건지 몰랐지만, 그 말이 끝나자마자 앵화는 빠르게 달리기 시작했다.

곧장 의문표도 달리기 시작했고, 채 이각도 지나지 않아 북도맹과 접전을 벌이며 활귀와 쌍도끼도 그 뒤를 따랐다.

가산에서 시작된 이 떠들썩한 북도맹의 추격전은, 양주를 코앞에 둔 의징에 이르기까지 이틀 동안 계속되었다.

3

그날은 새벽부터 비가 내렸고, 왕국량이 이끄는 북도맹의 뒤를 따라 취우당 형제들이 의징에 도착했을 때까지 계속되었다.

세상에는 더러 내리는 비를 귀찮아하는 사람들도 있겠지만 취우당 형제들은 기분 좋게 맞았다. 어차피 채가파의 세찬 소나기 속에서 맺어진 결사였고, 또 북도맹도 의도했던 대로 양주의 코앞까지 몰고 왔으니 말이다.

그러나 의징에서부터 암류흔의 기분은 점차 가라앉았다. 동상벌주인 귀상 매요봉이 직접 출전해 있었기 때문이다. 그것도 동상벌이 동원할 수 있는 모든 전력을 이끌고 나왔다.

동상벌로선 당연한 반응이었다. 본거지인 양주에서 적을 맞아 싸운다면 이기더라도 그 타격은 크게 입을 테니 여기 의징에서 싸우는 게 훨씬 이익인 것이다.

'어쩔 수 없이 여기서 왕국량을 쳐야겠군!'

솔직히 암류흔은 왕국량을 좀 더 오래 설치게 두고 싶었다. 적어도 양주까지는 쳐들어가는 걸 보고 싶었다.

그건 어쩌면 암류흔의 과시욕 탓인지도 모른다. 부벌주의 자리까지 내걸고 자신을 포섭하려던 동상벌에게 보다 극적인 모습을 보여주고 그 반응을 지켜보고 싶었던 것이다.

"왕국량도 여기까지로군!"

어디서 챙겼는지 사의(簑衣:도롱이)를 하나 덮어쓴 매보자가 가까이 다가오며 혼잣말처럼 중얼거렸다.

"매 형도 같은 생각이오?"

"동상벌주가 직접 나선 마당에 절애평과 같은 속임수를 쓸
수야 없지 않겠나! 여기서 왕국량은 정리하고, 총수는 의혈사
일을 봐야지."

'맞다. 의혈사!'

암류흔은 한 바가지 찬물을 뒤집어쓴 느낌이었다. 그동안
의혈사 낙양 지부가 괴멸되었다는 사실을 까맣게 잊었다.

"단 형과 열 형을 불러주시오!"

"그렇다고 너무 서둘지는 말게. 어차피 이 싸움은 하루 이
상 걸릴 걸세. 잔당들까지 처리하려면 더 걸릴 거고……."

매보자는 갑자기 서두르는 암류흔을 진정시켰다. 말꼬리
를 흐리는 걸 보면 여전히 싸움에 관해선 자신이 없는 것 같
았다.

"서두르는 게 아니오. 이왕 왕국량을 거꾸러뜨리려면 우리
취우당의 힘을 동상벌에게 똑똑히 보여주자는 거요!"

말은 그랬지만, 기실 자신이 무척이나 조급해하고 있다는
걸 익히 아는 암류흔이었다. 물론 의혈사의 일 때문이었다.

그걸 모를 매보자가 아니었다. 그래서 말로는 서둘지 말라
고 했으면서 단연과 열반노를 찾으러 갔다.

'아무리 급해도 우리가 먼저 북도맹을 쳐서는 안 되지! 동
상벌과 먼저 부딪치게 한 후에…….'

"엇?"

앞으로의 일을 궁리하던 암류흔의 입에서 짤막한 신음성

이 토해졌다. 동상벌과 북도맹이 대치하고 있는 한복판으로 몇 명의 사람들이 쏟아져 들어왔기 때문이었다.

아니, 몇 명이 아니었다. 처음엔 네댓 명 정도로 보였지만, 이내 개미 떼처럼 많은 사람들이 쏟아져 들어왔다.

"저들은 누구냐? 알아봐!"

반사적으로 고함을 지른 암류흔의 표정이 이내 굳어졌다. 빗줄기 속에서도 앞에선 사람들이 모습이 낯이 익어서였다.

"의문표다! 활귀도 보이고……."

그에 호응하는 것처럼 암류흔에게 오고 있던 열반노가 소리를 질렀다. 그리고는 이내 방향을 바꿔 의문표 등이 오고 있는 쪽으로 달려갔다.

이제 상황은 분명해졌다. 상대가 누구든 의문표와 활귀 등은 쫓기는 게 분명했고, 이유 여하를 막론하고 구하고 봐야 한다.

"뭣들 하는 거야? 어서 가서 형제들을 구해!"

재차 고함을 질렀을 때, 암류흔은 벌써 열반노의 뒤를 따라 싸움판 한가운데를 치닫고 있었다.

"총수를 보호하게!"

그 와중에서도 단연은 암류흔의 안위를 걱정했다. 파사륵에게 한마디 일러둔 후 곧바로 달려갔다.

그런데 단연이 달려간 곳은 형제들이 있는 곳이 아니었다. 바로 왕국량이 진을 치고 있는 곳으로 곧장 달려든 것이다.

세찬 비로 시야가 방해를 받았지만, 단연은 똑똑히 봤었다. 형제들의 뒤를 따르는 무리들이 들고 있는 '일수복지' 라고 쓰인 북도맹 특유의 깃발을 말이다.

단연의 걱정은 왕국량이 북도맹의 깃발을 알아보고 거기 가세하는 것이었다. 앞뒤로 적을 맞는다면 그야말로 독 안의 든 쥐가 되고 만다. 그걸 방지하기 위해선 왕국량이 이끌고 있는 자들을 막아야 한다.

망사웅도 재빨리 단연의 뒤를 따랐다. 그의 의도를 알고 있기에 혼자서는 힘겨우리란 판단에 따른 행동이었다.

그제야 왕국량도 상황을 눈치 챈 것 같았다. 도열하고 있던 북도맹 무사들이 술렁거린다 싶더니, 이내 거대한 함성을 지르며 쏟아져 나왔다.

그 즈음엔 암류흔도 어떤 일이 벌어지고 있는지 알 수 있었다. 아직까지 공손휘가 직접 나온 건 몰랐지만, 북도맹에서 상당히 많은 인원이 지원 나왔다는 건 알아차렸다.

"빨리 형제들과 합류해서 후퇴해라. 곧 퇴로도 차단당할 우려가 있다!"

단연과 망사웅이 왕국량에게 덤벼든 건 봤지만, 그 두 사람만으론 그들 모두를 막지 못한다. 우선 아쉬운 대로 동상벌이 진을 치고 있는 곳으로 가서 합류해야만 한다.

그건 중요한 일이었다. 이 싸움의 주체는 어디까지나 북도맹과 동상벌이어야 한다.

거기서 취우당은 슬쩍 동상벌을 돕기만 해도 좋은 싸움이었다.

하지만 싸움이란 건, 특히 집단끼리의 싸움은 의도대로 움직여지는 게 아니었다. 우선 맨 먼저 북도맹의 주력에 부딪혀간 열반노가 암류흔의 생각과는 전혀 반대로 행동했다.

그건 열반노의 성격 탓이었다. 지금까지 왕국량을 양주로 몰아대느라 마음껏 싸우지도 못했었다. 그 누르고 눌렀던 투지가 한꺼번에 폭발하여 그대로 적들 한가운데를 뚫고 들어갔다.

그렇게 되면 암류흔도 마냥 자신의 의도를 고집할 수만은 없다.

"열 형이 위험하다. 모두 가서 구해!"

예전이었다면 이쯤에서 암류흔은 뒤로 빠졌으리라. 무공이 약한 자신은 이런 싸움에서는 오히려 형제들에게 부담이 될 테니 말이다.

그러나 지금의 암류흔은 달랐다. 적어도 유성환이 있는 한, 쉽게 당하지는 않을 터였다.

암류흔은 열반노와 약간의 시차를 두고 북도맹의 주력 속으로 뛰어들었다.

쓰파앗, 쿠웅!

암류흔은 유성환의 첫 번째와 세 번째 돌기를 연속적으로 눌렀다.

그때마다 그의 주변에선 피와 살이 튀었다. 폭발에 터지거나, 아니면 바둑판 모양으로 조각조각 토막이 나거나 결과는 비슷했지만, 그때마다 암류혼의 주변엔 널찍한 공간이 생겼다. 주눅이 든 북도맹 무사들이 주춤거리며 물러선 탓이었다.

그렇게 활짝 펼쳐진 공간 속에서 살 판 난 것처럼 설친 건 파사륵과 열반노였다.

새삼 말할 것도 없이 열반노의 병기는 구절편이다. 공간이 넓어진 만큼 그 위력을 최고조로 발할 수 있어 한차례 휘두를 때마다 어김없이 한 명의 북도맹 무사가 진구렁 속으로 거꾸러졌다.

파사륵의 위력은 더욱 엄청났다. 단연으로부터 암류혼을 보호하라는 얘기를 들었기에 그의 주변을 떠나진 않았지만, 사방으로 마구 때려대는 무형의 암경은 북도맹 무사들을 위축되게 만들기 충분했다.

"물러서지 마라. 맹주께서 보고 계신다!"

북도맹의 무사들 중에서도 누군가가 고함을 질렀고, 그에 따라 물러서던 자들이 다시 왈칵 밀고 나왔다.

'맹주라고? 그럼 공손휘가 직접 나섰단 말인가?'

그 말이 암류혼에겐 심한 혼란을 가져다주었다. 아무리 아들이 죽었다고 해도 맹주인 공손휘가 직접 동상벌의 세력권까지 왔다는 건 납득하기 힘들었다.

'어쨌든 좋다!'

암류흔은 공손휘의 존재는 우선 잊기로 했다. 지금 당장 급한 건 형제들을 구하고, 이 싸움에 동상벌을 끌어들여 북도맹과 맞서게 하는 게 선결 과제였다.

그렇게 생각하며 연이어 유성환의 돌출부를 누르는 암류흔에게 가장 먼저 달려온 건 천기자를 등에 업은 앵화였다.

"무, 물러서요. 빠, 빨리……."

제대로 호흡도 하지 못한 채, 앵화는 성급하게 말했다.

"북도맹의 매, 맹주가 직접 나, 나섰어요."

"알았어. 다른 형제들과 합류하는 대로 곧바로 물러서겠다!"

이건 애당초 암류흔의 계획이었다. 반대할 이유가 없었다.

앵화 다음으로 모습을 보인 건 의문표였다. 어깨엔 그 역시 지쳐 제대로 걷지도 못하는 신의가 매달려 있었다. 여자라는 게 들키지 않으려면 이렇게 부축하는 수밖에 없었으리라.

그 뒤로 활귀와 쌍도끼가 동시에 불쑥 모습을 보였다. 전신에 크고 작은 상처를 입은 상태였다.

"좋아. 이젠 물러서!"

암류흔은 크게 고함을 질렀다. 형제들이 모두 모인 이상 북도맹과 피 터지게 싸울 이유는 없었다.

"열 형도 물러나시오. 부상당한 형제들을 추슬러 동쪽으로 몸을 빼시오!"

명을 내렸지만, 정작 암류혼은 움직이지 않았다. 유성환의 첫 번째 돌기의 효능인 폭발의 효과라면 어느 정도 북도맹의 접근을 막을 수 있다는 계산에서였다.

그리고 그건 어느 정도 적중했다. 열반노가 빠진 뒤로 거칠게 없어진 암류혼은 유성환의 효능을 아낌없이 사용했고, 순간적으로 북도맹 무사들의 발길이 멈춰졌다.

“모두 달려!”

그제야 암류혼도 몸을 돌리고 뛰기 시작했다. 목표는 물론 동상벌이 운집해 있는 곳이었다.

솔직히 귀상 매요봉은 이 싸움에 끼고 싶지 않았다. 온종일 계속되는 비도 여자인 그녀에겐 거추장스러운 것이었고, 인원이 증가된 북도맹과 싸워봤자 결과는 뻔하다는 걸 잘 아는 까닭에서였다.

그러나 어쩔 수 없었다. 자신들의 세력권에 들어온 자들을 그냥 둘 수도 없었고, 무엇보다 포섭하려는 취우당 형제들이 위기에 처해 자신들에게 달려오고 있다. 이제 와선 빠지고 싶어도 빠질 수 없는 상황이 되고만 것이다.

그렇다면 서서 공격을 받기보다는 먼저 치고 들어가는 게 좋다.

“공격! 모두 취우당을 도와 북도맹을 쳐요!”

하지만 매요봉의 명을 그저 겉돌기만 했다. 왕국량이 거느린 숫자만도 동상벌로선 상당한 위협이었다.

그런데 거기다 그보다 몇 배에 달하는 북도맹의 인력이 밀어닥쳤다. 가뜩이나 바닥을 기던 동상벌의 전의를 완전히 상실하게 만들기 충분했다.

"뭣들 해요? 얼른 공격하라는 말 듣지 못했나요?"

안달이 난 매요봉이 재차 닦달을 했지만, 동상벌의 무사들은 오히려 뒤로 주춤거리며 물러서기만 했다.

그 광경은 암류흔도 똑똑히 보고 있었다.

'이래서는 동상벌을 끌어들일 수 없다!'

동상벌이 약하다는 건 이미 몇 차례 겪어봐서 아는 암류흔이었다.

그래도 그들의 수적 우위는 무시할 수 있는 게 아니었다. 하다못해 봇물 쏟아지듯 하고 있는 북도맹의 기세를 잠깐 동안은 막을 수 있을 터였다.

어쨌든 이젠 돌이킬 수 없는 암류흔이었다. 북도맹의 추적을 피하며 그대로 동상벌이 진을 치고 있는 곳으로 달려들었다.

"와앗, 피해라!"

"어쩔 수 없다. 북도맹을 맞아 싸워라!"

동상벌의 반응은 두 가지였다. 후퇴하려는 자들과 맞서 싸우려는 자들이 뒤엉켜 격심한 혼란에 빠져들었다.

그런데 갈피를 못 잡고 있는 동상벌의 그 혼란이 싸움판에 묘하게 작용했다. 공격하는 북도맹도 우왕좌왕하며 손발이

어지러워 체계적인 공격을 하지 못했다.

어쩌면 당연한 일인지도 모른다. 비록 같은 북도맹이라지만, 지금까진 명령이 두 군데서 나왔다. 공손휘와 왕국량의 두 사람이 지휘를 하고 있었으니, 당장 보조를 맞추기는 어려웠던 것이다.

"이쯤에서 우리는 빠지는 게 좋겠네!"

어디선가 매보자가 툭 튀어나오며 암류흔에게 소리쳤다.

그렇다고 그게 주변에 들릴 정도로 큰 목소리는 아니었다. 취우당은 어디까지나 동상벌을 돕고 있다는 인상을 줘야 하기에 싸움판의 소음을 뚫고 암류흔의 귀에만 들릴 정도였다.

암류흔도 그러고 싶었다.

문제는 그게 마음처럼 쉽지 않다는 점이었다. 뒤에선 북도맹이 마구 밀어붙이고, 가고자 하는 방향에선 동상벌이 이리 뛰고 저리 처박히며 발길을 막고 있으니 말이다.

그렇다고 동상벌을 치고 나갈 순 없다. 북도맹에선 공손휘까지 나섰으니 그들의 전력을 조금이라도 보존해 줘야 어느 정도 싸울 수 있을 터였다.

"더 이상 물러섰다가는 취우당이고 동상벌이고 간에 모두 괴멸될 걸세! 내가 공손휘를 노리고 곧장 쳐들어갈 테니, 그 사이 틈을 봐서 형제들을 피신시키게!"

이번엔 열반노였다. 이런 상황에선 어떤 형태로든 타개책을 마련해야 된다는 걸 오랜 경험으로 알고 있는 그였다.

게다가 열반노는 자신의 계획에 대한 자신감도 없지 않았다. 북도맹이든 동상벌이든 지금은 서로가 격심한 혼란에 휩싸여 있다. 잘만 움직이면 공손휘를 칠 수도 있을 터였다.

물론 공손휘를 죽일 수 있다는 확신은 없었다.

그래도 맹주가 노려졌다는 이유만으로 북도맹의 움직임을 조금은 멈추게 할 수 있으리라. 그사이 취우당이 빠져나가기만 하면 되는 것이다.

"그건 안 돼!"

열반노와는 달리 암류흔은 그가 공손휘에게 접근할 수 없다고 생각했다. 그전에 북도맹 놈들에게 도륙당할 확률이 십중팔구였다.

"어떻게든 방법을 강구해야 하네! 이대로는 반 시진 이상 버티지 못할 걸세. 그러니 날 보내주게."

열반노는 간청하는 어조가 되었다.

그 말을 무시한 채 암류흔은 다시 바짝 접근한 북도맹을 향해 유성환의 첫 번째 돌기를 마구 눌렀다.

쿠웅, 꽈아앙, 꽈앙!

지금까지보다 훨씬 강한 폭음이 싸움판 전체에 울려 퍼졌다.

"엇?"

유성환의 돌기를 눌렀던 암류흔 자신이 놀람에 찬 소리를 질렀을 정도로 이번의 폭음과 폭발은 컸다.

꽈앙, 꽈아앙!

“으아아악!”

“크하악!”

폭음은 거기서 멈춘 게 아니었다. 암류흔은 멍하니 아무것도 하지 않았음에도, 여기저기에서 굉음이 터지며 숱한 사상자가 발생했다.

게다가 그 폭발은 도무지 구별이 없었다. 북도맹에서 터지는가 하면, 우왕좌왕하는 동상벌의 배후에서도 그 파괴적인 힘을 과시했다.

“이, 이건 도대체 어디서 날아오는 건가?”

누구보다 놀란 건 천기자였다. 그 하나하나는 자신이 자랑하는 파천뢰에 미치지는 못하지만, 숫자상으로 봤을 땐 엄청난 화탄이었다. 대체 어디의 누가 이처럼 대담한 공격을 할 수 있단 말인가?

그 의문은 지금까진 있는 둥 마는 둥 제대로 보이지도 않던 여필에 의해 풀어졌다.

“이건 아무래도 본막의 진혼탄(震魂彈)인 것 같소이다!”

“뭐? 그렇다면 서광막도 여기에 왔단 말이오?”

“어찌 된 영문인지는 소인도 모르겠소이다. 하지만 곧 신호를 보내보겠으니 내 주변으로 모이시오. 일단 점화된 진혼탄엔 눈이 없으니까!”

“다들 총수를 에워싸게!”

삐이이이잇—!

동시에 여필이 뭔가를 공중으로 쏘아 올렸다. 현란한 불꽃을 내뿜는 그 건 향전(響箭)처럼 강하고 날카로운 소리도 동반했다.

그에 대한 반응은 즉각적이었다. 북도맹과 동상벌의 배후에서 각각 한 번씩, 여필이 쏜 것과 똑같은 물건이 소리와 불꽃을 동반하고 허공으로 솟구치는 게 보였다.

"본 막이 동원된 건 틀림없는 것 같소이다. 자, 나를 따라오시오. 자칫 하다가는 폭사당하기 십상이오!"

재빨리 앞장서며 여필은 가고자 하는 방향으로 예의 그 물건을 쏘아 올렸다. 말할 것도 없이 그쪽으론 진혼탄을 던지지 말라는 뜻이었다.

왜 서광막까지 동원되었는지 지금으로선 알 길이 없었다.

하지만 여필을 앞세워 이 진흙탕 속에서 빠져나가야만 한다.

그 와중에서도 암류흔은 재빨리 사방을 살폈다. 다름 아니라 동상벌주만은 구하고 싶어서였다.

그녀를 찾는 건 그리 어렵지 않았다. 비록 동상벌이 혼란에 빠져 있다고 했지만, 벌주를 버려둘 만큼 겁쟁이들만 모인 곳도 아닌 모양이었다.

매요봉은 일단의 부하들에게 둘러싸여 연신 동상벌의 무사들을 독려하고 있었다.

암류흔은 재빨리 뒤에 처져서 오는 단연의 소매를 당겼다. 눈으로 '따라오라'는 신호를 하고는 곧장 매요봉이 있는 곳으로 달렸다.

그 뜻을 곧 알아차린 단연이 그 뒤를 따랐고,

"동상벌주 되시오? 나는 취우당 총수요. 두말하지 말고 날 따라오시오!"

취우당 총수라는 말에 매요봉과 그녀를 지키던 무사들의 긴장이 풀렸고, 암류흔은 다짜고짜 그녀의 손을 잡아끌었다.

"길은 내가 터겠네!"

단연이 재빨리 앞에서 길을 열었다. 나머지 취우당 형제들을 거느린 여필은 벌써 저만치 가고 있었지만, 따라잡는 건 그리 어렵지 않을 것 같았다.

그사이에도 진혼탄은 연신 여기저기에서 터졌다.

그래도 여필이 가는 곳은 비교적 안전했고, 그걸 알아차린 매요봉은 동상벌 무사들에게 자신을 따르라고 명을 내렸다.

그제야 동상벌 무사들은 전열을 정비해서 그녀의 뒤를 따르기 시작했다. 싸움을 하랄 땐 당황하더니, 후퇴를 하라니 재빠른 그들이었다.

"서광막의 정예들은 들어라! 지금이야말로 본 막의 위명을 떨칠 때다. 목숨을 아끼지 말고 적들을 쳐라!"

"와아아!"

"쳐라!"

아마도 그건 막도종의 목소리였으리라. 진혼탄에 의해 혼이 반 너머 달아나 버린 북도맹과 동상벌의 무사들에게 서광막의 정예들은 각자의 병기를 휘두르며 달려들었다.

하지만 그 싸움은 이미 암류흔의 관심 밖이었다. 온통 진흙 투성이가 된 몸으로 뒤도 돌아보지 않고 여필의 뒤만 따라 달렸다.

"킥킥킥……."

돌연 암류흔의 뒤에서 키득대는 열반노의 웃음소리가 들렸다.

"왜 웃소?"

하고 물은 건 단연이었고,

"우리 꼴을 좀 보게. 마치 흙탕물 속을 뒹군 개새끼들 같지 않나? 킥킥킥……."

이어진 열반노의 말을 들으며, 암류흔도 씁쓸한 미소를 배어 물었다. 어쩌다 싸움이 서광막까지 가세해서 예상 밖으로 커졌는지는 알 수 없었지만, 확실히 자신들의 꼴은 가관일 터였다.

어쨌든 암류흔이 머릿속으로 오늘의 상황을 조금씩 정리해 보려고 했을 때 앞장서던 여필이 걸음을 딱 멈췄다.

깨닫고 보니 그들의 앞엔 서광막의 둘째 공자 탄밀이 이끄는 부하들이 앞을 막고 있었다.

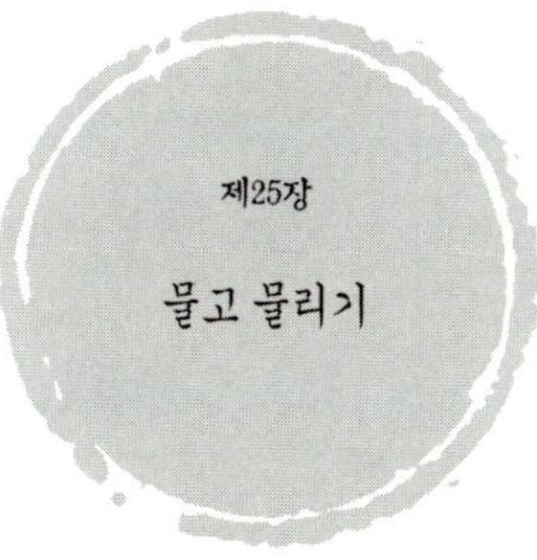

제25장

물고 물리기

1

그날의 싸움에서 가장 탁월한 능력을 보인 건 공손휘였다. 아들의 복수를 하기 위해 혈안이 되어 설칠만도 하건만, 서광막이 본격적으로 치고 나오자 부하들을 수습해 냉큼 의징에서 삼십 리 정도 물러났던 것이다.

진혼탄에 의해 초반에 상당한 타격을 입었지만, 그만하면 훌륭한 용병술이었다.

서광막도 추격전을 시도할 정도의 인원은 아니었다. 북도맹이 물러가는 걸 크게 쫓지 않고, 인원을 집결시켰다.

뭐니 뭐니 해도 그날 싸움에서 가장 타격을 입은 건 동상벌이었다. 인원 손실은 생각보다 적었지만, 북도맹과 서광막 앞에서 온갖 추태를 다 보였으니 그것만으로도 그 명성에 회복하기 어려운 상처를 입은 것이다.

그러니 매요봉이 참지 못하고 그날 밤늦은 시각에 암류흔을 찾은 것도 당연한 일인지도 몰랐다.

그녀의 방문에 대해 암류흔은 별로 놀라지 않았다. 미리 예상도 했었고, 또 뒤늦게 동상벌에 합류한 이인립의 귀띔도 있었던 것이다.

"오늘 도와주신 점에 대해 깊이 감사드려요."

암류흔을 만나자마자 매요봉은 정중한 예를 갖춰 인사를 했다.

"뭐 우리도 서광막의 도움을 받은 점이 없지 않소. 그러니 그 감사는 나중에 서광막에 표하시오."

의도적으로 암류흔은 조금 쌀쌀맞게 응대했다. 매요봉을 시험해 볼 속셈이었다.

"서광막은 우리와 북도맹을 구분하지 않고 공격했어요. 연합을 추진하고 있는 중인데……. 이건 나중에 서광막주를 직접 만나 단단히 따지겠어요!"

서광막 얘기가 나오자 매요봉은 핏대를 세웠다. 진혼탄에 어지간히 혼이 난 탓이었다.

"그래도 서광막이 개입하지 않았으면 동상벌은 북도맹에게 치명적인 타격을 입었을 거요! 그런 상황에선 서광막으로서도 구분해서 공격하기 힘들었을 테고!"

"아무튼 이건 그냥 지나칠 문제가 아니에요!"

"그건 그렇고, 여긴 어쩐 일이시오? 천하의 동상벌주께서 이 우중(雨中)에 이름없는 자의 처소에 직접 오시다니."

밤이 되어도 비는 여전히 그치지 않았다. 서광막이 마련해 준 두 개의 천막 속에서 취우당 형제들도 간신히 비를 피하고 있는 형편인지라 동상벌주인 매요봉이 방문할 만한 상황이 아니었다.

"사람들을 물리쳐 주세요."

매요봉은 망설임없이 요구했다. 사람들 위에 서서 명을 내리던 습관이 고스란히 배어 있는 언행이었다.

"아시는지 모르겠지만, 이들은 모두 내 형제들이오. 이들이 들어서 안 될 얘기라면 나 역시 듣지 않겠소."

암류흔의 태도는 여전히 쌀쌀맞았다. 매요봉이 무슨 말을 할지는 익히 아는지라 한껏 그녀의 애를 태우고 싶었다.

"다른 사람이 있는 곳에선 말하기 곤란한 내용이에요."

"그럼 나도 듣지 않겠소. 이만 돌아가셔서 쉬시는 게 좋을 거요."

"이러지 마시게, 암 총수!"

두 사람의 언쟁에 매보자가 눈치있게 끼어들었다. 암류흔이 무슨 생각을 하고 있는지 잘 알기에 한 행동이었다.

"동상벌주께서 비를 무릅쓰고 여기까지 오셨네. 총수에게만 긴히 하실 말씀이 있으신 듯하니 우린 모두 자리를 피하겠네."

"그러실 필요 없소이다, 대형!"

"대형의 말씀대로 하시게. 일부러 오신 분을 다시 돌려보내는 건 예가 아닐세."

단연도 매보자를 거들고 나섰다.

암류흔은 속으로 웃고 있었다. 이처럼 손발이 척척 맞는 형제들이라면 뭐든 해낼 수 있을 것 같았다.

"형님들의 뜻이 그러시다면 그렇게 합시다."

짐짓 못이기는 척 암류흔은 형제들을 내보냈다. 동시에 매요봉을 수행해 온 동상벌 무사들도 밖으로 나갔다.

"말을 돌리거나 꾸미지 않겠어요. 취우당 전원을 우리 동상벌이 포섭하겠어요."

사람들이 나가자마자 매요봉은 단도직입적으로 본론을 꺼냈다. 어지간히 급했다는 반증이었다.

"그게 무슨 말씀이오? 우리 취우당을 동상벌에서 포섭을?"

믿을 수 없다는 듯 입을 크게 벌리며 암류흔은 딴청을 부렸다.

"이거 이 총감을 통해 슬쩍 듣기는 했지만, 설마 그게 진짜일 줄은 몰랐소. 그렇다면 좀 더 신중하게 생각해 둘걸……."

애석하다는 듯 암류흔은 입맛을 다셨다.

"그게 무슨 뜻이죠? 설마 다른 곳으로 가겠다는 말은 아니겠죠?"

"허어, 서광막에서도 우리 취우당에 관심을 보여서 말이오."

"승낙했나요?"

"아직 정식으로 승낙을 한 건 아니지만……."

"거절하세요. 그리고 우리 동상벌로 와주세요!"

매요봉의 어투가 강압적으로 변했다. 남에게 뭔가를 부탁하는 일에 익숙지 못한 탓이었다.

"얼마든 원하는 대로 얘기해 보세요. 모두 들어드릴 테니까!"

이 말에 암류흔은 진심으로 미간을 찌푸렸다. 매사를 돈으로 해결하려는 매요봉의 심보가 마땅찮았다.

지금 답답한 건 매요봉이다. 왜 보다 솔직히 오늘날 동상벌의 형편을 툭 털어놓고 사정하지 못하는 건지, 암류흔은 차라리 그녀가 애처로웠다.

거기다 한술 더 떠서 매요봉은 서광막과도 따지겠다고 했다. 삼세의 연합을 얼마나 믿고 의지하는지 모르지만, 그건 정말 엉뚱한 생각이었다. 그들이 없었다면 동상벌은 북도맹에게 전멸은 아니더라도 회복하기 어려운 타격을 입었을 게 뻔하다. 실제로 암류흔은 그걸 노리기도 했다.

"아시다시피 우리 취우당은 상하 관계가 아니오. 그러니 다른 형제들의 의견을 물어보고, 거취를 결정해야 되오. 시간을 좀 주시오."

"이봐요, 암 총수."

돌연 매요봉은 암류흔에게 얼굴을 바짝 들이밀었다. 내쉬는 숨결이 그대로 뺨에 느껴질 정도였다.

"어떤 조건이든 다 들어준다고 했잖아요. 그래도 생각나는 게 없나요?"

이제 매요봉의 어투는 강압적이라기보다는 끈적거렸다. 손도 암류흔의 허벅지 안쪽을 타고 천천히 위로 올라왔다.

아마 남들이었으면 분명 당황했을 것이다. 동상벌주가 이처럼 노골적으로 유혹하고 있으니 말이다.

그러나 암류흔은 닳고 닳은 세작이다. 이런 상황에 처했다고 당황해할 그가 아니었다.

"이럴려고 형제들을 물러나게 했소?"

암류흔의 어조는 조금도 변하지 않았다. 오히려 쌀쌀함 속에 약간의 경멸까지 배어 있었다.

그래도 매요봉은 손길을 멈추지 않았다. 얼굴 역시 더욱 바짝 갖다대 조금이라도 움직이면 입술끼리 닿을 것만 같았다.

"이건 암 총수가 잘만 하면 동상벌 전체를 손에 넣을 수도 있다는 의미예요. 취우당의 힘과 동상벌의 재력이 합쳐지면 무림을 제패하는 것도 그리 어려운 일은 아닐 거예요."

그사이 매요봉의 손은 암류흔의 그곳에 닿았다. 처음엔 부드럽게, 그러나 이내 강하게 남자의 상징을 움켜쥐었다.

"어쨌든 지금 암 총수의 중요한 급소는 내가 쥐고 있어요. 거절하면 어떤 행동을 할지 나 자신도 몰라요."

"확실히 내가 위기에 처한 것 같구려. 하지만 내가 소리만 지르면 당신 역시 이 자리에서 갈가리 찢길 것이오."

어디까지나 느긋하게 대처하는 암류흔이었다.

그렇다고 속마음까지 편한 건 결코 아니었다. 매요봉이 정말 너 죽고 나 죽자는 식으로 자신의 고환을 터뜨려 버린다면 평생 없이(?) 살 수밖에 없을 터였다.

"정말이지 취우당의 총수는 대담하군요. 그 정도 인원으로 북도맹과 맞설 때부터 알아보긴 했지만."

진정으로 감탄했다는 듯 매요봉은 손에서 힘을 뺐다. 대신 부드럽게 암류흔의 하음혈(下陰穴)을 쓰다듬었다.

이제 곤혹스러워진 것은 암류흔이었다. 마음과는 달리 그의 물건이 눈치없이 뻣뻣하게 곤두서기 시작했던 것이다.

"후훗, 역시 몸은 정직하군요. 어때요? 아직도 조건을 내걸 생각은 없나요?"

"형제들과 의논을 해봐야 하오."

당장에라도 매요봉을 덮치고 싶었지만, 암류흔은 참았다. 자칫 잘못 건드렸다가는 정말이지 평생 재갈이 물릴지도 모르기 때문이었다.

게다가 밖에 있는 형제들의 눈치도 살피지 않을 수 없었다. 다른 사람은 몰라도 단연이나 파사륵은 이 안에서 나누고 있는 대화를 충분히 들을 수 있다. 비록 빗소리가 방해를 한다고 해도 말이다.

"정말 바보 같은 사람이군요!"

볼까지 발그레하게 상기된 채 매요봉은 돌연 소리를 빼액 질렀다. 동시에 암류흔에게서 떨어져 나갔다.

기실 매요봉은 스스로가 달아올랐다. 암류흔을 유혹할 목적으로 시작했던 거지만, 결국엔 그녀의 아랫도리가 먼저 젖고 말았던 것이다.

반대로 암류흔은 매요봉이 떨어져 나가자 편해졌다. 부풀어올랐던 하초(下焦)도 점차 가라앉아 보다 냉정하게 그녀를 대할 수 있게 되었다.

"이게 바로 우리 취우당의 힘이라면 믿겠소?"

"에?"

좀 황당한 말에 매요봉은 의아한 표정을 지었다. 그녀의 입장에선 밑도 끝도 없는 얘기였다.

"동상벌이 왜 약하다고 생각하시오? 당신은 돈이 힘을 발휘한다고 생각하지만, 그건 사람을 극도로 약하게 만들기도 하오. 가진 게 많은 사람은 쉽사리 자기 몸을 던지지 못하는 법이오. 이 이치를 잘 생각해 보시오."

제법 근엄한 표정을 짓는 암류흔의 어투는 손아래 사람을 훈계하는 조가 되었다.

매요봉의 얼굴이 다시 붉게 상기되었다. 지금까지는 돈과 자신의 몸이면 움직이지 못할 사내가 없었다.

그런데 오늘 암류흔에게 그 두 가지 모두 정면으로 거부당했을 뿐더러 훈계까지 들었다.

매요봉의 얼굴이 더욱 붉게 달아오른다 싶더니, 이내 창백하게 탈색되었다. 자신은 명색이 무림천하를 사분하고 있는 거대 세력 중 한곳의 주인이다. 여태껏 이처럼 면전에서 건방진 소리를 하는 사람은 없었던 것이다.

"그러니까 총수의 말은 우리 동상벌과 취우당이 원수가 되어도 좋다는 거군요?"

이게 지금의 매요봉이 던질 수 있는 가장 험악한 협박이었다.

문득 암류흔은 이 대화가 짜증스러워졌다. 얘기가 조금 엇갈렸다고 대뜸 원수 운운하고 나서는 매요봉 때문이었다. 이래서야 어떤 사람과 손을 잡고 일하겠는가 말이다.

"취우당으로선 우리 동상벌과 원수가 되는 게 큰 부담이 될 걸요? 지금 당장 북도맹과는 심각한 문제에 봉착해 있으니."

"그게 두려웠다면 애당초 일을 벌이지도 않았소."

지금껏 의도적으로 쌀쌀맞게 내뱉었던 암류흔의 어투가 조금 변했다. 물론 이 대책없는 여자 때문이었다.

"우리 취우당을 아주 높이 쳐주신 그 호의에 대해선 심각하게 고려해 보겠소. 이만 돌아가 주시오."

짜증을 낸다고 해서, 또 밤새 타일러 준다고 해서 알아들을 매요봉이 아니란 걸 느낀 암류흔은 명백한 축객령을 내렸다.

대번에 매요봉의 얼굴에서 핏기가 싹 가시며 입술이 파르르 떨렸다. 포섭 제의는 거절당하고, 훈계를 들었으며, 심지어 몸까지 물리쳐진 분노가 머리꼭대기까지 타고 올랐던 것이다.

"가, 감히……."

제대로 말도 나오지 않았지만, 매요봉으로선 어쩔 수 없는 노릇이었다. 이 자리에서 분노를 폭발시킬 순 없으니까 말이다.

그나마 노기로 들끓는 매요봉의 머릿속을 조금이나마 식혀준 건 암류흔의 마지막 한마디였다. 포섭 제의를 심각하게 고려해 보겠다는 바로 그 말.

"좋은 답변 기다리겠어요."

차갑게 한마디 뱉은 후, 매요봉은 그대로 밖으로 나가 버렸다.

매요봉이 나가자마자 매보자를 앞세운 취우당 형제들이 우르르 들어왔다.

"화가 많이 난 것 같더군. 그나저나 저 미모라면 굳이 이 고생하지 않아도 될 텐데……."

그러나 어떻게 되었냐고 묻는 사람은 아무도 없었다. 매요봉의 표정에서 벌써 그 답을 알았기 때문이었다.

"여필이란 자도 기다리고 있네. 서광막의 대장로란 사람도 같이 왔더군. 만나보겠는가?"

매보자는 물을 필요도 없다는 걸 알면서도 물었다. 비록 천막이지만 이처럼 비를 피할 수 있게 된 것도 모두 서광막 덕분이다. 쉽게 거절할 수 없는 일이었다.

암류흔은 말없이 고개만 끄덕였다. 조금 전에 있었던 매요봉과의 불쾌했던 대화가 아직도 입 속에 소태처럼 쓴맛으로 감돌았다.

어쨌든 암류흔의 허락에 망사웅이 재빨리 밖으로 나갔고, 잠시 후 다시 여필과 막도종을 데리고 돌아왔다.

그들이 나타나자 앉아 있던 암류흔이 몸을 일으키며 포권을 취했다. 매요봉을 대할 때와는 완연히 다른 모습이었다.

"이번엔 우리 취우당이 신세를 졌소이다. 이렇게 감사드리는 바이오."

행동과는 달리 암류흔은 말투는 나이 든 사람에게 하는 것치고 썩 공손하다고 할 수 없었다. 다분히 취우당 총수의 신분으로 대하고 있다는 걸 의식한 탓이었다.

암류흔보다 막도종이 더 정중한 예를 갖췄다.

"채가파에서 취우당 분들이 도와주시지 않았다면 본 막은 치명적인 타격을 입을 뻔했었소. 그러니 그런 인사는 접어두시오."

“그 일은 지난번 여 단주께 신세 진 걸로 다 상쇄된 셈이지요. 그러니 우리 형제들이 이번에 귀막의 은혜를……”

“허허허……”

암류흔의 말이 채 끝나기도 전에 막도종은 두 손을 저으며 웃음을 터뜨렸다.

보기에 따라선 상당히 결례인 행동일 수도 있었지만, 막도종의 표정과 행동에서 그런 점은 전혀 찾아볼 수 없었다. 오히려 친근함이 물씬 풍겨나는 태도였다.

“아마도 취우당과 우리 서광막이 좋은 인연이 되려는 암시인가 보오. 그보다 이렇게 불편한 천막에 모시게 되어 송구스럽기만 하오.”

“무슨 말씀을! 이나마 배려해 주시지 않았다면, 꼼짝없이 비를 맞으며 노숙을 할 뻔했소이다. 새삼 감사드리오.”

이 같은 두 사람의 행동에 가장 가슴 뿌듯해진 사람은 여필이었다. 지금까지 취우당과 함께했던 고생들이 한꺼번에 씻겨져 내렸다.

“자자, 다들 앉읍시다. 허어, 이런 낭패가……”

앉기를 권하던 매보자가 돌연 쑥스럽게 말을 흐렸다. 모두 앉기에는 의자가 부족했기 때문이었다.

“그러지요. 우린 여기라도 괜찮으니, 취우당 분들께서 의자를 사용하시오.”

말을 하기 무섭게 막도종은 맨바닥에 엉덩이를 털썩 깔고

앉았다. 누가 미처 말릴 사이도 없었다.

이렇게 되면 암류혼도 서 있거나 의자에 앉을 수 없었다. 그 역시 그냥 바닥에 편하게 앉았다.

"그게 좋겠소. 천막 안이라 바닥이 젖지 않아 다행이오."

"북도맹의 행태와 삼세의 연합에 대해 어떻게 생각하시오?"

암류혼이 맞은 편에 앉자마자 막도종은 질문부터 던졌다. 얘기를 풀어나가는 그만의 방식인 모양이었다.

씨익, 암류혼의 입가에 미소가 떠올랐다. 차라리 이런 대화가 편하고 기분 상쾌한 거다.

"아직은 강호의 경험이 별로 없어 뭐라 말씀드리기 힘들군요."

"지금 북도맹은 공손휘까지 직접 나서서 아들의 원수를 갚기 위해 혈안이 되어 있소. 거기엔 취우당도 깊숙이 개입되어 있을 터! 그렇다면 맞서 싸워야 하지 않겠소? 싸우겠다면 본막도 한손 거들어 드리겠소. 귀 형제 분들께 큰 힘이 될 거외다."

결코 허풍을 떨기 위해 막도종이 큰소리친 건 아니었다. 말이야 도와주겠다는 거지만, 그건 바로 서광막과 취우당이 손을 잡자는 얘기와 같았다.

그 뜻은 물론 암류혼도 간파했고, 또 사전부터 여필을 통해 알고 있는 사항이기도 했다.

그런데 암류혼에겐 두 가지 정도 걸리는 점이 있었다.

하나는 막도종이 서광막의 주인이 아니라는 신분상의 문제였다. 적어도 동상벌은 벌주인 매요봉이 직접 찾아오기까지 했었다. 어느 쪽이 자신들을 더 중요시하는지 극명하게 드러난 셈이었다.

또 하나는 서광막과 손을 잡게 되면 취우당이 그대로 흡수되어 버릴 공산이 크다는 점이었다. 이 역시 동상벌과는 다르다는 얘기다.

"어떻소, 총수?"

암류혼이 잠시 말이 없자 막도종이 성급하게 채근을 했다.

"우리가 비록 숫자도 적고 강호상에 떨친 이름도 없지만, 우리 자신들은 충분히 지킬 수 있다고 생각하오. 그 상대가 비록 북도맹일지라도!"

일부러 말끝에 힘을 주어 맺으며 암류혼은 막도종을 정면으로 직시했다.

대화를 나눈 이후 처음으로 막도종의 얼굴이 조금 일그러졌다. 기분이 나빠서가 아니라 '아차' 하는 표정이었다.

"허허, 이거 이 늙은이가 나잇값도 못하고 실언을 했나 보오. 우리 서광막이 한손 거들겠다는 말은 깨끗이 취소하겠소. 대신 본 막을 좀 도와주시오. 부탁드리겠소!"

"그런 말씀은 받들기 힘드오. 우리 취우당 형제들이 가서 서광막에 무슨 힘이 되오리까?"

암류혼은 간곡하게 사양의 뜻을 표했다. 지금까지 보여준 막도종의 태도가 너무도 소탈했기에 쉽게 얘기할 수 없었다.

"힘이 되고 안 되고는 우리가 판단할 일이오. 그러니 일단 여기서 손을 잡고, 함께 북도맹과 싸웁시다!"

"만약 승낙을 하고 갔다가, 막상 일을 당했을 때 변변찮은 꼴을 보인다면 크나큰 수치가 아니겠소. 그러니 선뜻 대답드리기가……."

떵띠딩!

"야습일세!"

암류혼의 말을 자르며, 천기자가 다급하게 입을 열었다.

"야습? 그럼 여기에 도착하자마자 망사옹과 같이하셨던 일이……?"

"이 주변에 약간의 장치를 해뒀네. 뭐 하시오? 얼른 비상을 걸어 수하들을 준비시키시오!"

그제야 잠시 멍하니 앉아 있던 막도종과 여필이 후다닥 달려나갔다.

"야습이다, 야습! 각자 맡은 위치로!"

밖에서 여필의 고함이 울리는 것과 동시에, '와아' 하는 함성과 몇 차례 폭음이 취우당 형제들이 앉아 있는 천막 속으로 파고들어 왔다.

"틀림없이 북도맹 놈들이겠지?"

한마디 던지며 맨 먼저 열반노가 엉덩이를 털며 일어섰다.

싸움 좋아하는 본성은 어디서나 감추지 못하는 모양이었다.

"어딜 가시오?"

"엉? 당연히 북도맹 놈들 때려잡으러 가는 거지!"

"앉으시오!"

나가려는 열반노를 암류흔이 단호하게 제지했다.

"총수 말을 듣게. 우린 잠시 그냥 구경이나 하는 게 좋을 거 같네."

"뭐 시키는 대로 하긴 하겠소만, 도대체 무슨 조홧속인 지……."

투덜거리며 열반노는 다시 자리에 앉았다.

하긴 열반노가 암류흔의 속마음을 알 턱이 없었다.

'동상벌은 좀 더 다쳐야 한다!'

북도맹이 야습을 감행해 왔다면 그 상대는 다만 서광막만이 아니다. 오히려 동상벌에서 흘리는 피가 훨씬 더 많을 터였다.

이제 밖에선 병장기 부딪치는 소리와 비명 소리가 본격적으로 들려오기 시작했다. 바야흐로 낮에 이은 우중전(雨中戰)이 이 밤에 또 한 번 펼쳐지고 있는 중이었다.

2

공손휘로선 이 야습에 모든 걸 걸었다고 해도 과언이 아니었다. 이틀 전 낮에 취우당 놈들을 발견하고 기세 좋게 공격을 가했다가 어떤 건지도 모르는 기관 매복에 걸려 고생했던 걸 생각하면 지금도 이가 갈린다.

거기다 오늘 난데없이 뛰어든 서광막 놈들까지!

으드득!

공손휘의 어금니가 또 한 번 서로 갈려지는 고생을 해야만 했다. 이번의 것은 자신에 대한 질책이 섞인 것이었다. 전에 한 번 경험을 했으면 야습을 할 때도 기관 매복이 깔려 있으리란 건 미리 짐작했었어만 했다.

그런데 또 묘한 기관에 걸려 야습 자체가 미처 시도도 해보기 전에 발각되고 말았다. 울화통이 터져 당장 쓰러지지 않은 것만도 천만다행이라고 할 만했다.

그렇다고 이렇게 흥분만 하고 있을 계제는 아니었다. 야습 자체는 실패했다고 해도 싸움에선 기필코 이겨야만 한다.

"사정 둘 것 없다. 놈들을 모조리 도륙하라!"

공손휘의 가슴속에서 들끓고 있던 노화는 고스란히 고함이 되어 입으로 터져 나왔다.

그러자 묘하게 차츰 냉정해지기 시작하며 상황이 눈에 잡혔다.

'취우당 놈들은?'

아무리 밤중이고, 또 비가 내려도 그게 공손휘의 시야를 방해하지는 못한다. 지금 싸움판엔 취우당 놈들은 코빼기도 찾아볼 수 없었다.

문득 공손휘는 전신의 기운이 쭉 빠져나가는 것 같았다. 자신이 여기까지 온 목적은 어디까지나 아들의 원수를 갚기 위함이었다. 서광막과 동상벌이 비록 적이긴 하지만, 왠지 목표가 어긋난 것 같다는 허탈감은 지울 수가 없었다.

'벌써 달아난 건가?'

아무래도 그랬을 공산이 컸다.

그럼 남은 건 한 가지뿐이다. 지금 저항하고 있는 서광막과 북도맹 놈들을 모조리 쓸어버리는 것!

어차피 놈들은 적이니까 말이다.

그 후에 다시 취우당 놈들을 쫓으면 되는 것이다.

"한 놈도 놓치지 마라! 우리에게 대항한 대가가 얼마나 큰 건지 똑똑히 가르쳐 줘라!"

다시 한 번 부하들을 독려한 후, 공손휘는 직접 싸움판으로 뛰어들었다.

'다행이다!'

자신에게 칼을 휘두르는 금도대원 한 명의 옆구리에 주먹을 질러 넣으며, 탄밀은 약간의 안도감을 느꼈다. 미리 이 야습을 알아챈 점에 대한 거였다.

　물론 그건 순전히 취우당 형제들의 덕분이었다. 이 천막으로 안내하자마자 그들 중 한 명이 근처를 배회하며 뭔가를 설치했었고, 그게 한꺼번에 몰살당할 수도 있었을 자신들을 구해주었다.

　하지만 전세는 그리 낙관적인 게 아니었다. 경보가 울렸을 땐 북도맹 놈들이 너무 가까웠었고, 근본적으로 실력에서 너무 차이가 났다.

　‘비록 숫자는 우리가 많지만…….’

　동상벌에서 동원한 무사들은 그저 자신들이 죽지 않기 위해 발버둥치는 게 고작이었다. 누구 하나 제대로 북도맹 놈들에게 제대로 공격을 가하지는 못하고 있다는 말이다.

　쉬잇, 츄릭!

　다시 두 자루 검이 날아들었다. 조금 전보다 더 흉맹하고 치명적인 공격이었다.

　하지만 그건 다른 사람에게나 그렇다는 얘기다. 서광막의 이공자인 탄밀은 그저 두어 발짝 움직이는 것만으로 그 공격을 흘려버렸다.

　다음은 탄밀의 반격이었다. 양 손의 다섯 손가락을 모아 마치 비수처럼 뾰족하게 만든다 싶더니, 방금 자신에게 공격을 가했던 금도대원 두 명에게 동시에 쭉 내밀었다.

　언뜻 봤을 땐 무모한 짓이었다. 두 팔을 아무리 길게 뻗어도 검을 든 자들만큼 길어질 턱이 없기 때문이었다.

그런데 그게 길어졌다. 탄밀의 양팔은 마치 엿가락처럼 쭉 늘어나더니, 그대로 두 명의 금도대원 목을 꿰뚫었다.

"컥!"

"크하학!"

두 명의 금도대원이 구멍 뚫린 목을 싸잡고 뒹굴고 나서야 탄밀의 주위에 약간의 공간이 생겼다. 다른 자들이 주춤 물러선 까닭에서였다.

그 틈을 놓치지 않고 탄밀은 주변을 둘러보았다.

'없다!'

다름 아닌 취우당 형제들을 찾고 있었던 것이다. 이 싸움에서 누구보다 많은 활약을 해줄 줄 알았던 그들의 모습이 보이지 않았다.

탄밀은 당혹감을 감출 수가 없었다. 취우당이 없다면 이 싸움은 해보나마나 뻔하다. 전멸당하지만 않으면 다행이다.

"차압!"

"죽어랏!"

잠시 물러섰던 금검대원들이 한꺼번에 탄밀을 노리고 덤벼들었다.

"공자를 보호하라!"

"물러서라, 이놈들!"

서광막의 무사들도 그냥 있지 않았다. 어쨌든 기습을 당한 터라 잠시 당황한 바람에 잠시 탄밀을 혼자 두었다가 이제야 그의 주변을 에워싼 것이다.

몰려온 건 서광막의 무사들만이 아니었다. 막도종도 탄밀의 곁으로 달려왔다.

"취우당이 보이지 않는구려!"

막도종도 이 싸움판 어디에도 취우당이 보이지 않는 걸 확인한 모양이었다. 오자마자 그 얘기부터 했다.

그 말을 들은 탄밀은 가슴이 섬뜩했다. 지금까지 자신들이 너무 취우당에 의존해 있었다는 걸 깨달은 탓이었다.

"더 이상 그들을 찾지 마십시오, 대장로!"

탄밀은 단호한 어조로 내뱉었다. 명색이 서광막의 이공자와 대장로다. 타인에게 의지하고자 하는 마음을 가졌다는 것 자체가 창피스러웠다.

막도종도 그 뜻을 단번에 알아들었다.

"당황하지 말고 적들을 막아라! 일부는 진혼탄을 투척하라!"

고함을 지른 막도종은 자신이 직접 품속에서 사과만 한 검은 철구(鐵球)를 꺼내 힘껏 던졌다.

언뜻 봐서는 피아를 구분하지 않고 모두 몰살시키려는 행위 같았다.

그러나 막도종은 조금도 괘념치 않았다. 서광막의 부하들은 모두 진혼탄을 피하는 방법들을 알기 때문이다.

콰, 콰앙!

몇 개의 진혼탄이 비와 어둠을 날리며 작렬했다.

동시에 싸움판엔 아비규환의 지옥도가 펼쳐졌다. 피와 살이 튀고 비명이 난무하며, 내리던 비까지 일순간 멈춰 버린 것 같았다.

"무슨 짓이에요?"

진혼탄의 여파가 가라앉기도 전에 뾰족한 외침과 함께 매요봉이 후두둑 떨어져 내렸다.

"부하들을 이쪽으로 불러 모으시오!"

그녀가 왜 왔는지 잘 아는 막도종은 상대도 하지 않았다. 서광막이야 진혼탄을 피하겠지만, 동상벌은 그러지 못했을 테니 그 피해를 고스란히 받았을 터였다.

"서두르는 게 좋을 겁니다. 이대로 싸움만 계속해도 어차피 북도맹의 마수를 피하기 어려울 겁니다. 부하들을 이쪽으로 모으세요."

곁에 있던 탄밀이 다시 한 번 매요봉을 달랬다. 말투는 정중했지만, 그 속에는 신랄한 조소가 담겨 있었다.

매요봉인들 그걸 모를 턱이 없다. 탄밀의 말이 끝나기 무섭게 안색을 핼쑥하니 변해 버리고 말았다.

그러나 달리 반박할 수도 없었다. 탄밀의 말처럼 동상벌은 너무 약해 북도맹의 기습을 받자 어디로 달아나야 할지조차 몰라 허둥거리고만 있었던 것이다.

어쩔 수 없이 매요봉은 옆에 붙어 떨어지지 않는 이인립에게 명을 내렸다.

"다들 이쪽으로 모이라고 하세요, 폭탄의 밥이 되기 싫거든 서둘러 모이라고!"

그 명에 따라 이인립이 고함을 지르고 있을 때, 매요봉은 몸을 돌려 걸음을 옮겼다.

"어디 가시는 겁니까?"

그녀를 제지한 건 탄밀이었다. 행여 저 싸움판에 뛰어드는 게 아닌가 싶어서였다.

"염려 마세요. 취우당 형제 분들께 가는 거예요!"

"취우당? 그들이 아직까지 여기 있겠소?"

"있든 없든 일단 가서 확인은 해봐야겠어요. 만약 없다면, 두 번 다시는 취우당을 신뢰하지 않겠어요."

이미 암류흔의 말에 한 번의 상처를 입은 매요봉이었다. 이 싸움에 취우당이 끼지 없다면 정말 실망할 것 같았다.

"같이 갑시다!"

이건 탄밀의 보호 본능에 의한 말만은 아니었다. 여태 한 번도 보지 못했던 취우당에 대한 호기심이기도 했다.

매요봉은 말리지 않았다. 누군가가 자신을 호위해 주는데 익숙해진 탓이기도 하고, 탄밀이라는 남자 자체가 싫지 않았기 때문이다.

따라오려는 부하들을 그 자리에 남겨둔 채 두 사람은 빗속을 달려 취우당 형제들이 있는 천막으로 향했다.

쿠웅, 꽈아앙!

그사이에도 진혼탄은 여기저기서 터져 올랐다.

두 사람이 취우당의 형제들이 있는 천막에 당도하기 전에 그들을 맞은 사람이 있었다. 다름 아닌 매보자였다.

"아니, 벌주께선 여기서 뭐 하시오? 그리고 이분은……?"

탄밀을 보며 매보자는 고개를 갸웃거렸다.

"서광막의 이공자세요."

"탄밀이라 하오."

매요봉의 소개에 이어 탄밀이 직접 이름을 밝혔다.

"아, 그러시오? 그런데 여기서 뭣들 하시오?"

"그야 이 싸움판에 귀 당 형제 분들의 모습이 보이지 않아서……."

"무슨 말씀이시오? 본 당의 형제들은 모두 싸움에 나섰는데!"

펄쩍 뛰기라도 할 것처럼 매보자는 강한 어투로 말했다.

"예?"

"그건 위험한데……!"

탄밀의 표정이 조금 어두워졌다. 지금 싸움판엔 한창 진혼탄이 터지고 있다. 그사이를 취우당 형제들이 누비다간 자칫 돌이킬 수 없는 불상사를 초래할지도 모른다.

"형제들 걱정은 붙들어 매두시오. 그보다는 우리 일행 중엔 무공을 모르는 사람도 있는데……."

“어디 계시오? 같이 모시고 갑시다.”

매보자의 우려를 불식시키는 탄밀의 말이었다.

그 말에 따라 매보자가 안내해 간 곳엔 천기자와 신의, 그리고 앵화가 있었다. 만약의 경우에 대비해 혼절한 쌍도끼와 활귀는 의문표와 증두가 은밀한 곳에서 지키기로 해둔 상태였다.

“자, 날 따라오시오!”

그중 상태가 가장 심한 천기자를 부축하며 탄밀은 사람들을 이끌었다.

다시 빗줄기를 뚫고 그들은 막도종을 중심으로 한 서광막과 동상벌 무사들이 집결하는 곳으로 달리기 시작했다.

하지만 그 발길은 올 때처럼 수월치가 못했다. 몇 명인가 정체를 알 수 없는 자들이 앞길을 막아섰던 것이다.

“누구냐?”

탄밀은 무의식적으로 물었다. 아직은 여기까지 적이 밀려오지는 않았을 터, 막아선 자들이 서광막이나 동상벌의 무사라고 가볍게 생각했다.

“놈들은 북도맹이오!”

누구보다 경험이 많은 매보자의 말을 듣고서야 탄밀은 ‘아차’ 싶었다.

이건 정말 낭패였다. 혼자라면 얼마든지 싸우겠지만, 지금은 무공을 모르는 사람들을 데리고 있다. 쉽게 상대할 일이 아닌 것이다.

그런 고민에 싸여 있는 탄밀보다 한 발 먼저 움직인 사람이 있었다. 앵화였다.

"먼저 가세요!"

질끈 묶고 있던 머리카락을 풀어헤치며 앵화는 누구에게랄 것도 없이 소리쳤다.

동시에 그녀는 머리를 돌려 머리카락을 세차게 떨쳤다.

쉬쉬쉬쉬쉬잇—!

아마 머리카락 사이에 가녀린 비침(飛針) 같은 걸 장착해 둔 모양이었다. 앵화의 머리카락 사이에선 어둠에서도 섬뜩한 빛을 발하는 물체가 적들을 향해 발출되었다.

"억!"

"커헉!"

두 마디 비명과 함께 적들 중 두 명이 쓰러졌지만, 나머지는 그대로 일행을 향해 짓쳐들었다.

"감히 이 혈염수 왕국량 앞에서 장난을 치다니! 죽어랏!"

그중에서 한 놈은 제법 호통까지 치면서 쌍수를 휘둘렀다.

'왕국량?'

그 이름을 들었을 때 매보자의 얼굴에도 침통한 그늘이 드리워졌다. 하필이면 가장 피하고 싶은 자를 만났기 때문이었다.

"네놈이 왕국량이로구나. 잘 만났다!"

부축하고 있던 천기자를 매보자에게 밀어내는 것과 왕국량이 휘두른 쌍수를 그대로 흘어버리는 것, 그리고 말을 동시에 한 탄밀이었다.

"네놈은 누구냐? 보아하니 이름없는 졸개 같지는 않은데."

왕국량으로서도 의외였다. 사력을 다했다고는 할 수 없지만, 수하들 두 명이 죽은 뒤에 가한 공격이었다. 이처럼 쉽게 막을 수 있는 자가 있으리라곤 생각지 않았었다.

"서광막의 탄밀이다!"

"탄밀?"

처음엔 고개를 갸웃거리던 왕국량은 이내 그가 누군지 알아내고는 큰 소리로 웃었다.

"흐하하하하하! 일부러 찾아도 만나기 어려운 자가 저절로 걸려들다니! 이로써 이 혈염수의 체면은 섰다. 네놈을 죽여 소맹주의 목숨을 대신하겠다!"

말이 채 끝나기도 전에 왕국량은 두 손을 맹렬히 휘두르며 탄밀에게 꽂혀들었다.

탄밀은 초조해졌다. 방금 왕국량의 고함이 워낙 커서 주변에 다 들렸을 것이다. 북도맹 놈들이 더 몰려든다면 여간 난처한 일이 아니다.

그 초조가 바로 탄밀의 살심을 일으켰다. 최대한 빨리 왕국량을 죽이고 동료들과 합류해야겠다는 결심을 굳힌 것이다.

"차압!"

서광막의 이공자라는 신분과 그 성품으로 인해 탄밀은 평소 싸움을 그리 즐기지 않았다.

그러나 일단 살심을 일으키자 그 위력은 실로 가공했다.

팍, 파박, 쉬와욱!

두 손을 칼날처럼 뾰족하게 만들어 마치 땅을 파는 것처럼 허공을 찍어가는 탄밀의 손끝에선 어마어마한 힘의 덩어리가 폭출되고 있었다.

왕국량도 만만치 않았다. 소맹주인 공손웅의 목숨을 대신케 하기에 딱 좋은 먹잇감인 탄밀을 결코 놓칠 수 없었다. 자연 그도 사력을 다해 맞서 나갔다.

파박, 퍼엉, 퍽, 퍽!

두 사람의 손발이 부딪칠 때마다 격렬한 타격음이 들렸고, 주변으로는 경기와 빗물이 몰아쳤다.

두 사람의 싸움에 가장 큰 낭패감을 본 사람은 매보자였다. 적은 왕국량 혼자만이 아닌지라 일행은 탄밀의 보호를 받을 수 없게 되자 단번에 위기에 처하고 만 것이다.

그나마 금도대원 한 명과 엇비슷하게 싸우고 있는 건 동상벌주 매요봉 혼자였다.

"어떻게든 제가 막아볼 테니 얼른 피하세요!"

앵화가 거친 호흡을 몰아쉬며 매보자에게 소리를 질렀다. 눈에는 천기자와 신의를 부탁한다는 빛이 간절히 떠올라 있었다.

그러나 매보자는 부정적이었다. 앵화도 지금 암기나 다른 비밀 병기로 근근히 버티고 있는 중이었다. 일행이 안전하게 몸을 뺀다는 건 기대할 수 없었다.

"어서 가세요!"

앵화가 재차 뾰족하게 소리를 쳤을 때,

"혼자 애쓰지 않아도 되네, 소저!"

느닷없는 한마디 말과 함께 싸움판에 뛰어든 사람은 열반 노였다.

취리리리릿―!

뛰어들었다 싶자 벌써 열반노는 그의 구절편을 휘둘러 북도맹 놈들을 멀찍이 밀어냈다.

"자, 이제 다른 분들은 소저에게 부탁하기로 할까!"

싸움에 임하면 언제나 활기가 돋는 열반노였다. 금방이라도 목숨이 달아날지 모르는 상황에서도 언제나 여유있게 행동했다.

"그럼 부탁드리겠어요. 자, 가요!"

앵화는 더 이상 고집 부리지 않았다. 자신의 힘으론 북도맹 놈들을 상대할 수 없다는 걸 절실히 깨달은 탓이었다.

"오, 맡겨주게!"

앵화의 말에 열반노는 더욱 힘차게 구절편을 휘둘렀다.

'흐음!'

그 모습에 매보자는 마른침을 한 모금 삼켰다. 처음 열반노를 봤을 때보다 지금의 무공이 훨씬 발전된 모습이기 때문이었다.

그러나 매보자의 감탄은 그리 길지 못했다. 천기자를 부축한 앵화가 마구 잡아끌었던 것이다.

몸을 돌려 그 자리를 떠나면서 매보자는 일말의 자책감을 느꼈다. 명색이 취우당의 대형이라면서 자신은 늘 이처럼 짐이 되는 존재였다. 그처럼 참담한 심정으로 달리는 매보자의 등 뒤에서 돌연 처절한 비명 소리가 들렸다.

"아아아아악!"

매보자의 시선이 저절로 돌려졌다. 거기엔 가슴을 움켜쥐고 천천히 쓰러지고 있는 왕국량의 모습이 보였다. 창주 일대를 공포로 몰아넣은 혈염수의 최후였다.

그걸 시작으로 탄밀과 매요봉, 열반노는 북도맹 놈들을 하나씩 거꾸러뜨리기 시작했다.

그러나 싸움은 거기만 있는 게 아니었다.

쿠우웅, 콰앙!

여전히 진혼탄은 싸움판 여기저기에서 그 위력을 유감없이 발휘하고 있었다.

3

이 정도면 동상벌에 어느 정도 타격을 줬다고 판단하고 나섰지만, 암류흔은 애당초 싸움 자체에 관심을 두지 않았다.

그렇다고 아주 모른 척할 수도 없으니, 단연과 파사륵을 뺀 나머지 형제들에겐 적당히 싸움에 참가하라고 해뒀었다.

암류흔이 단 두 사람만 데리고 싸움판을 누비는 이유는 단한 가지였다.

'공손휘를 친다!'

단 세 명이 여기서 공손휘를 죽일 수 있다는 생각은 하지 않았다. 다만 그를 친다면 북도맹의 손발을 묶을 수 있다는 판단에서였다.

달리는 주변에선 연신 진혼탄이 터졌지만 암류흔은 개의 치 않았다. 단연과 파사륵이 곁에서 도와주고 있기 때문이었다.

"아직도 보이지 않소?"

문득 암류흔이 단연에게 물었다. 물론 공손휘의 모습이 보이지 않느냐는 것이었다.

"아직일세. 아무래도 이 싸움판엔 나서지 않은 것 같네. 명색이 맹주인데 설마 직접 나섰겠는가?"

단연의 이 말은 처음부터 암류흔에게 했던 얘기였다. 아무리 아들의 복수에 눈이 멀었기로 이 우중의 야습에 직접 나서지 않으리라고 말이다.

그러나 암류혼의 생각은 달랐다. 직접 나섰으면서도 공손휘는 지금까지 매번 실패만 했었다. 이 야습에 직접 참가하지 않고는 배기지 못할 터였다.

길게 끌리는 비명 소리가 들린 건 바로 그때였다. 암류혼이야 알 턱이 없지만, 바로 혈염수 왕국량이 마지막으로 이 세상에 남긴 외침이었다.

"잠깐만!"

별안간 단연이 암류혼의 발길을 세웠다. 뭔가를 감지한 눈치였다.

"보셨소?"

암류혼은 그게 공손휘를 발견했기 때문이라고 여겼다. 성급하게 단연에게 다가가며 물었다.

"그게 아닐세. 상황이 미묘하게 변한 것 같네."

"그게 무슨 말씀이오?"

"지금까지 일방적으로 밀리던 서광막과 동상벌이 조금씩 반격을 시작하고 있네!"

"그걸 다 보고 계셨소?"

"공손휘를 찾다 보니 어쩔 수 없이 보이더군."

"무슨 일인 거 같소? 혹시 지원이라도 온 거요?"

"그보다는 아까 들었던 그 비명과 연관이 있는 것 같네."

"그럼 혹시 공손휘가 죽은 건 아니오?"

한 사람의 죽음으로 인해 전세가 뒤집어진다면, 그건 수뇌급 인물일 수밖에 없고, 이 순간 암류혼이 떠올릴 수 있는 사람은 공손휘였다.

"그런 것 같지는 않네. 아무튼 공손휘의 모습은 당장 보이지 않으니, 비명이 들렸던 곳으로 가보세!"

말을 해놓고 난 단연의 표정이 묘하게 변했다. 비명의 진원지가 바로 얼마 전까지 자신들이 머물고 있던 곳과 비슷하다는 걸 깨달은 탓이었다.

"서둘러 가봐야겠네!"

그 근처엔 싸움에 가담하지 않은 사람들이 몇 명 남았다. 거기서 누군가가 죽었다면, 그들 역시 위험에 처했다고 봐야 한다.

하지만 암류혼은 선뜻 움직이지 않았다. 단연의 말뜻을 모르는 바는 아니었지만, 그와는 생각이 약간 달랐다. 지금 가도 이미 늦었다는 판단이었다.

"아니오. 역시 공손휘부터 찾아야 하오!"

"와아!"

"맹주를 호위하라!"

암류혼의 말이 끝나기 무섭게 갑작스런 함성이 올랐다. 잠시 주춤했던 북도맹의 역습이었다.

"저기, 저기에 공손휘가 있네!"

그 선두에 선 공손휘를 발견한 단연이 그답지 않게 약간 홍

분된 어조로 말했다. 그로선 북도맹주가 직접 선두에 서 있다는 게 믿어지지 않았다.

"갑시다!"

암류흔은 망설이지 않았다. 지금까지 찾다가 이제야 발견했으니 다른 생각을 할 이유가 없었다.

"같이 가세!"

단연이 재빨리 따라붙었다. 암류흔 혼자 설치다가는 무슨 일을 당할지 모르니 보호해 줘야만 한다.

일단 반격에 불이 붙은 북도맹은 필사적이었다. 연신 진혼탄에 희생되면서도 멈추지 않고 밀어붙였다.

그렇게 거리가 좁혀질수록 진혼탄이 터지는 회수도 급격하게 줄어들었다. 아무리 용빼는 재주가 있다손 쳐도 이렇게 가까워서는 같은 편에게도 피해를 줄 수 있기 때문이었다.

"단 형, 날 북도맹 놈들 머리 위로 던져 주시오!"

북도맹이 서광막과 동상벌이 운집한 곳으로 짓쳐들기 직전, 암류흔은 옆에서 달리는 단연에게 말했다.

그 의도야 빤한 것이기에 단연은 재빨리 암류흔의 허리를 휘어잡았다.

그러나 던지지는 않았다. 대신 암류흔을 안은 채 자신이 훌쩍 몸을 날렸다.

어쨌든 암류흔의 입장에서야 같은 결과였다. 북도맹의 한가운데 공중에 이르자마자 아낌없이 유성환의 첫 번째 돌기를 눌렀다.

파아아—!

묘하게도 폭음은 들리지 않았다.

하지만 유성환의 강력한 빛줄기가 작렬한 곳에 어김없이 살과 피가 튀었고, 비에 젖은 진흙이 마구 솟구쳤다.

힘을 다한 단연이 서서히 아래로 떨어져 내렸을 때, 어떤 일이 있어도 멈출 것 같지 않던 북도맹의 진격도 서서히 멈춰졌다. 진즉부터 뒤섞여 난전을 벌이고 있던 자들도 마찬가지였다.

쏴아아—!

세찬 밤비가 갑작스레 찾아든 정적에 놀란 듯 다시금 목놓아 울기 시작했다.

그러나 누구도 이 순간적으로 찾아든 고요를 음미할 여유는 없었다. 북도맹의 허리를 찢고 들어온 두 개의 움직임 때문이었다.

"허허허, 오늘에야 비로소 이 늙은 뼈마디가 부드러워지는군!"

걸걸한 웃음과 더불어, 예의 구절편을 휘두르며 열반노가 먼저 굳어져 있는 북도맹 놈들 사이로 뛰어들었다. 주변의 분위기야 어떻든 싸움을 앞두고 점잖을 빼고 있을 그가 아니었다.

"으아악!"

"크헉!"

넋 놓고 있던 북도맹 무사들 중 몇몇이 고스란히 구절편의 밥이 되고 말았다.

비명은 다른 곳에서도 일었다. 파사륵도 망설임없이 그 파괴적인 쌍장으로 주변에 있는 자들을 마구 쳐 넘기고 있었다.

불의에 당한 공격이었지만, 그래도 북도맹은 북도맹이었다. 몇몇이 쓰러지자마자 그들은 전열을 가다듬고 반격을 꾀했다.

그에 따라 당장 손발이 어지러워진 건 열반노였다. 비록 무공이 발전되었다고는 하지만, 혼자서 뛰어든 싸움이었다. 금도대 세 명이 따라붙자 수비에만 급급하게 되었다.

거기에 가세한 건 상춘풍과 망사웅이었다. 그에 따라 상황은 다시 역전되어 오히려 금도대 놈들을 몰아붙이게 되었다.

거기까지 확인한 암류흔은 공손휘를 찾았다. 이런 난전 속에서는 적의 수괴를 치는 게 가장 상책이었다.

이처럼 암류흔이 공손휘에게 집착하는 건 다름 아닌 활귀와 쌍도끼의 부재였다. 그들은 생각보다 부상이 너무 심해 싸움에 참가할 수가 없었다.

당연히 두 사람은 반발했다. 죽어도 좋으니 싸우겠다고 마구 고집을 부려 어쩔 수 없이 단연은 두 사람을 혼절시켜 두고, 의문표로 하여금 지키게 했다. 거기다 매보자와 증두까지 두고 왔으니, 결과적으로 취우당 형제들 중 다섯 명이 이 싸움에 빠지게 된 것이다.

그건 이쪽의 의도대로 싸울 수 없다는 걸 의미한다. 그저 남들의 싸움에 빠져 허우적거리다가는 취우당의 존재는 유명무실해져 버리고 만다.

"굳이 찾을 필요도 없겠네!"

여러 가지 생각으로 복잡한 암류흔의 고막 속으로 단연의 속삭임이 들려왔다.

암류흔의 시선이 저절로 돌려졌다.

"아!"

그 순간 암류흔의 입에선 저절로 낮은 경악성이 토해졌다. 저만치 달려오는 공손휘의 모습을 본 탓이었다.

그건 실로 장관이었다. 공손휘 자체야 뭐 그리 볼 것이 있겠냐마는, 그 주변의 상황이 암류흔을 질리게 했다. 그가 달려오고 있는 곳 주변에 있던 모든 사람들이 일제히 멀찍이 튕겨 나가고 있었다. 마치 벌목한 나무들이 차례로 넘어지는 것처럼 말이다.

"물러서게!"

하는 단연의 말이 없더라도, 암류흔은 벌써 서너 발짝 물러선 뒤였다. 그만큼 달려오는 공손휘의 기세는 엄청났다.

암류흔을 막아선 단연의 표정도 굳어졌다. 자신이 이기리란 보장은 어디에도 없었다.

"흐으읍!"

공손휘가 삼 장 거리까지 이르렀을 때, 단연은 긴 호흡을 들이마셨다.

그 호흡이 밖으로 내뱉어진다 싶었을 때,

"하압!"

드물게도 단연의 입에선 밤 대기를 쩌렁하게 울리는 기합성이 토해졌다.

동시에 그의 두 손도 앞으로 쭉 내밀어졌다.

구오오―!

앞으로 내밀어진 단연의 쌍장에선 마치 나목(裸木)의 가지 끝을 할퀴는 한겨울 찬바람과도 같은 소리가 났다.

당연히 공손휘도 거기에 반응했다. 정신없이 마구 달려오는 것 같았지만, 그 역시 주변의 상황은 일목요연하게 파악하고 있었던 것이다.

"갈!"

공손휘의 입에서도 천지를 떨어 울리는 엄청난 기합성이 터져 나왔다. 그 역시 달려오는 기세 그대로 두 손을 내밀어 단연의 손에 부딪쳐 갔다.

까앙!

분명 살과 뼈로 만들어진 인간의 손이 부딪친 것이다.

그런데 거기서 터져 나온 건 강한 쇠끼리 부딪쳤을 때나 날 법한 소리였다. 불꽃이 튀지 않는 게 오히려 이상할 정도였다.

분명히 엇비슷한 강도로 두 사람은 맞부딪쳤었다. 그러나 결과는 극명하게 엇갈렸다.

"크흠!"

단연의 입에서 무거운 신음성이 흐르는가 싶더니, 진흙탕을 철벅이며 서너 발짝 크게 물러섰다. 두말할 필요도 없는 그의 패배였다.

이 사실은 누구보다 암류혼에 충격을 주었다. 지금까지 단 한 번도 단연이 일 대 일 대결에서 패한다는 생각은 해보지 않았던 탓이었다.

하지만 패했고, 이건 그대로 지켜볼 성질의 일이 아니었다.

암류혼은 잠깐 멈칫해 있는 공손휘를 향해 팔을 쭉 뻗으며 유성환의 돌기를 차례로 눌렀다. 첫 번째와 두 번째였다.

파아아, 쓰으―!

그 역시 하나의 장관이었다. 유성환에서 발출된 백광과 묵광은 둘 다 사람들의 눈을 부시게 하면서 공손휘의 전신에 연속적으로 꽂혀들었다.

구웅, 싸르르―!

유성환의 빛줄기가 가격한 공손휘의 전신에선 기묘한 소리가 울려 퍼졌다. 커다란 북을 낮게 치는 것 같은가 하면, 톱으로 뭔가를 써는 듯한 소리 같기도 했다.

그때마다 공손휘는 한 걸음씩 물러섰다. 두 팔을 가슴 앞에 십자로 교차시키고 몸을 최대한 웅크려 충격을 최소화했

음에도 불구하고 유성환에 실린 힘을 감당하기엔 역부족이
었다.

공손휘로선 환장할 노릇이었다. 빛을 발산하는 무기를 접
한 것도 처음이었지만, 그보다는 거기에 실린 힘이 너무나 엄
청나서 제대로 몸을 가누기 힘들 지경인 것이다.

그 정도라면 또 다행이다. '이 정도쯤이야' 하면서 몇 차례
정면으로 맞서는 사이 목구멍을 타고 비릿한 피 내음이 올라
오고 있었다. 내상을 입었다는 반증이다.

그제야 공손휘는 정신이 번쩍 들었다. 상대가 들고 있는 무
기가 어떤 것이든 정면으로 맞서서는 승산이 없다는 걸 깨달
은 것이다.

그러나 피하는 것도 여의치 않았다. 빛줄기는 워낙 빨라 봤
다 싶은 순간 벌써 교차시킨 팔을 두드리곤 했다.

공손휘도 놀랐지만 정작 기겁을 한 것은 암류혼이었다. 유
성환을 정면으로 받고도 부서지지도 않았고, 잘리지도 않았
으니 경악할 만도 했다.

그럴수록 유성환의 돌기를 누르는 암류혼의 손길은 더욱
빨라졌다. 이 기회를 놓치면 영영 공손휘를 잡을 수 없을 것
같아서였다.

그리고 어느 순간, 암류혼은 갑자기 오른팔이 뻣뻣하게 마
비되어 오는 걸 느꼈다. 전에는 없던 일이었다.

자연히 앞으로 내민 팔이 점차 아래로 처졌고, 더 이상 유

성환으로 공손휘를 공격할 수 없었다.

"놈들을 짓밟아라!"

때를 놓치지 않고 공손휘는 명을 내렸다. 또한 그 자신은 곧장 암류흔을 향해 달려들었다.

하지만 공손휘의 돌진은 채 세 발짝도 이어지지 않았다.

"컥!"

유성환에 의해 입은 내상이 의외로 컸는지 한 사발의 피를 토하며 쓰러질 듯 휘청거렸다.

그래도 암류흔은 선뜻 공격하지 못했다. 마치 괴물과도 같은 공손휘의 신위에 질린 탓이었다.

암류흔은 흘낏 단연을 쳐다보았다. 그에게 공격하라는 무언의 신호였다.

그러나 단연은 나서지 않았다. 승부에서는 이미 자신이 지고 말았다. 부상당한 상대에게 더 이상 손을 쓰고 싶지는 않았다.

그사이에 북도맹 놈들이 끼어들었다.

"맹주께서 위험하시다. 놈들을 쳐라!"

누군가의 명이 내려졌고, 각자 흩어져 난전을 벌이고 있던 북도맹 놈들이 일제히 몰려들었다.

북도맹 놈들은 공격보다는 우선 공손휘를 보호하기에 급급했다. 그를 둘러싸고 커다란 원진을 형성하며 몰려드는 적―취우당, 서광막, 동상벌―을 필사적으로 몰아냈다.

그 북도맹만큼이나 암류흔도 필사적이 되었다. 공손휘가 부상을 당했을 때 놈들에게 최대한 타격을 줘야 한다. 만에 하나 여기서 놓쳐 다시 전열을 정비하게 한다면 이만저만 낭패가 아닌 것이다.

"망사웅, 적의 정면으로 치고 들어가! 열 형과 파사륵은 양 측면에서, 단 형은 날 따르시오!"

여전히 오른쪽 팔을 축 늘어뜨린 채, 암류흔은 고함을 지르며 망사웅의 뒤를 따라붙었다. 쓰러지는 한이 있더라도 몇 차례 더 유성환의 공격을 퍼부을 생각이었다.

하지만 그건 암류흔의 생각으로만 그치게 되었다. 뒤를 따르던 단연이 돌연 그의 뇌해혈을 가볍게 쳐서 혼절시켜 버렸던 것이다.

"총수가 쓰러지셨다. 취우당 형제들은 일단 물러난다!"

쏟아지는 비의 장막을 뚫고 단연의 목소리가 커다랗게 울려 퍼졌다.

그에 따라 전세가 미묘하게 변했다. 한껏 기세가 오르려던 동상벌과 서광막이 주춤했고, 반대로 수세에 몰려 있던 북도맹의 반격이 세차게 전개되었다. 암류흔이 쓰러졌다는 한마디가 던진 변화였다.

단연으로서도 이 정도 변화는 예상하고 암류흔이 쓰러졌다는 말을 했었다. 그로선 동상벌과 서광막의 사정보다는, 형제들을 무사히 빼내는 게 급선무였다. 그걸 위해선 총수가 다쳤다는 말만큼 효과가 좋은 것도 달리 없을 터였다.

그건 그대로 적중했다. 적의 정면과 측면에서 북도맹을 두드리던 취우당 형제들이 곧바로 단연의 주변으로 모여들었다.

"우선 이 자리를 피하세!"

단연으로선 달리 생각할 것도 없는 말이었다. 여기서 길게 싸워봐야 좋아지는 건 동살벌과 서광막뿐이다.

물론 북도맹에게 최대한의 타격을 줄 수 있는 기회는 놓치게 된다.

'그건 형제들이 모두 무사한 다음에 다시 생각해 볼 일이다!'

중간에 몇 차례 다른 곳의 도움을 받기는 했지만, 따지고 보면 이건 순전히 취우당 단독으로 북도맹에 맞섰던 싸움이다. 거기에 다른 삼세의 이권이 얽혀든 것이니 여기서 형제들이 몸을 뺀다고 해도 그리 창피해할 일도 아니었다.

"그래도 이거 영 아까운 기회를 놓치는군. 공손휘 놈도 엄중한 부상을 당한 것 같던데."

열반노가 입맛을 다셨다. 그로선 마음껏 싸울 수 있는 기회를 놓친 게 무엇보다 아까웠다.

"지금은 무엇보다 형제들의 안전이 우선이오. 자, 빨리 다른 형제들이 있는 곳으로 갑시다!"

단연은 서둘렀다. 지금쯤이면 자신이 혼절시켰던 쌍도끼

와 활귀가 깨어났겠지만, 여전히 행동은 부자연스러울 터였
다. 위험이 거기까지 미치기 전에 합류해야만 한다.

"그런데 대형께서는 의혈사에서 나온 분들과 행동을 같이
하고 계시네!"

"뭐요?"

갑작스런 열반노의 말에 단연은 발길을 뚝 세웠다. 안전한
곳에 숨어 있다고 해도 불안하기 만한 매보자였다. 이 싸움판
한가운데서 어디론가 사라졌다면, 대체 어디서 찾는가 말인
가?

"너무 염려하지는 말게. 앵화라는 의혈사 세작이 동행했으
니 위험한 일은 일어나지 않을 걸세!"

"대체 그걸 말씀이라고……!"

호통을 치려던 단연은 돌연 말을 꾹 삼켰다. 자욱한 빗소리
속에서 은밀히 움직이는 일단의 기척들을 감지한 탓이었다.

한둘이 아니다. 적어도 천 명 이상의 사람들이 싸움판을 향
하고 있었다.

"자, 이쪽으로."

단연은 모두에게 조용히 하라는 눈짓을 하며, 멀쩡하게 남
아 있는 몇몇 천막의 그늘 속으로 스며들었다.

"왜 그러……."

"쉿!"

궁금증을 참지 못하고 입을 연 열반노에게 다시 한 번 조용

히 하라는 신호를 준 뒤, 단연은 손가락으로 한곳을 가리켰
다.
　이번엔 열반노는 물론 다른 사람들도 분명히 보았다. 긴 장
창을 비껴든채 마치 국가의 정규군처럼 철갑으로 무장한 자
들이 소리 없이 싸움터로 접근하고 있는 것을…….

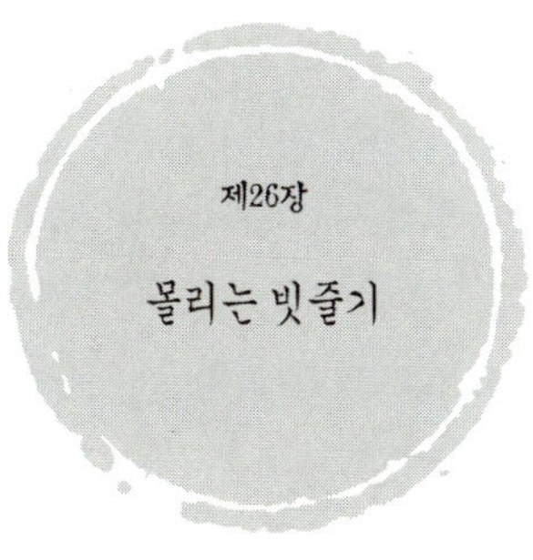
제26장

몰리는 빗줄기

만약 암류혼이 혼절하지 않았거나, 이 자리에 매보자가 있었다면 눈앞을 지나가는 자들이 누군지 금방 알았을 터였다.

하지만 모르는 사람들 눈에는 그들이 영락없는 관병으로 보였다.

"마침내 관병까지 출동한 모양이군. 이거 일이 커지겠는걸."

걱정스러운 듯 열반노가 속삭였다.

하긴 그런 심정은 모두가 마찬가지였다. 무림인 치고 관병을 좋아할 자가 어디 있단 말인가.

“미리 몸을 뺀 게 다행인 것 같소. 다른 형제들과 합류해서 우선 이 자리를 벗어납시다.”

“그럼 대형은 어쩌고?”

“어찌 되었던 여기선 그분을 찾아다닐 시간이 없소. 우선 안전한 곳에서 아우들의 치료부터 하고 난 뒤에 방법을 모색해 봅시다!”

“제가 남아서 대형을 찾아볼까요?”

단연과 열반노의 대화에 망사웅이 끼어들었다. 두 형님의 근심을 덜어주려는 막내의 심정이 그대로 드러난 표정이었다.

“아니다. 우선 우리부터 피하는 게 좋겠다. 그나저나 왜 대형은 자리를 벗어나신 거요?”

망사웅에게 하던 대답의 끝을 그대로 열반노를 향한 질문으로 돌리는 단연이었다.

“낸들 자세히는 알겠나. 한데 대형께선 의혈사에 대해 지대한 관심을 갖고 계신 것 같더구만. 앵화라는 세작이 두 늙은이를 데리고 떠나려 하자 곧바로 행동을 같이하셨네.”

“대형의 버릇이 또 도지셨나 보군.”

어쩔 수 없이 매보자는 정보 상인이다. 암류흔에겐 차마 그러지 못했지만 의혈사에 소속된 다른 사람들을 보자 호기심을 참지 못한 모양이었다.

게다가 천기자와 신의라는 인물은 매보자와 비슷한 또래

의 사람들이었다. 서로 통하는 점이 없지 않았을 테고 그 점을 파고들어 볼 요량으로 그들과 행동을 같이한 것일 터였다.

"우선은 앵화라는 세작의 능력을 믿어볼 수밖에 없겠소. 자, 어서 갑시다."

말을 마치기도 전에 단연이 몸을 날렸다. 자기라도 먼저 가서 쌍도끼를 비롯한 다른 형제들의 안위를 확인하고 싶어서였다.

형제들을 은신시켜 둔 천막에 삽시간에 도착한 단연은 그 자리에 우뚝 멈춰 서고 말았다. 수상한 기척이 안에서 발산되는 걸 느낀 탓이다.

단연은 주의를 집중했다. 숱한 진혼탄의 세례가 있었지만 다행히 여기까지 미치진 않았는지 천막은 멀쩡했다.

문제는 살기였다. 빛 한 점 잡히지 않는 어둠 속에 잠겨 있는 천막에선 금방이라도 시퍼런 칼날이 튀어나올 것만 같은 불길한 기운이 넘쳐 나왔다.

"왜 그러나?"

"쉿!"

단연의 주의에 열반노도 금방 긴장에 휩싸였다. 구체적인 살기를 느끼지는 못했지만 뭔가 잘못됐다는 건 오랜 경험으로 충분히 알 수 있었다.

"총수를 부탁하오. 여기 있다가 내가 신호를 하거든 그때 들어오시오. 관병들의 눈에 띄지 않게 조심하시고!"

나직이 주의를 준 후 단연의 신형은 그 자리에서 픽 꺼져
버렸다. 어느새 천막 안으로 스며든 것이다.

천막 속으로 들어오자마자 단연은 하마터면 웃음을 터뜨
릴 뻔했다. 분명 자욱한 살기는 감돌고 있었지만 그것은 자신
들을 향한 게 아니란 걸 알았기 때문이다.

거기엔 낯익은 얼굴들이 보였다. 불과 조금 전까지 걱정했
었던 매보자와 의혈사의 사람들, 그리고 낯선 사람 하나가 있
었다. 살기는 바로 그 낯선 사내의 몸에서 뭉클뭉클 피어오르
고 있었다.

반가운 마음을 누르며 단연은 잠깐 사내의 동태를 살폈다.
같이 있는 사람들에 대한 별다른 적의는 보이지 않았다.

다시 시선을 천막 속으로 돌리던 단연은 흠칫 어깨를 떨며
놀랐다. 매요봉의 모습을 본 탓이다.

사실 그녀가 어디에 있던 단연으로선 그리 놀랄 일도 아니
었다. 다만 이 천막 속에 있음에도 자신이 지금까지 그녀의
존재를 인식하지 못했다는 게 섬뜩했을 뿐이다.

'그녀도 대단한 구석이 있는 것 같군!'

다시 한 번 매요봉이란 존재를 뇌리에 새겨두며 단연은 나
직이 매보자를 불렀다.

"대형!"

"웬놈이냐?"

매보자보다 먼저 낯선 사내의 목소리가 반응을 보였다. 그

때까지 풀풀 날리고 있던 살기가 고스란히 단연에게로 돌려
졌다.

"염려 마시오, 내 의제요."

금방이라도 손을 쓸 것 같은 사내를 매보자가 제지하고 나
섰다.

"이분은 서광막의 이공자일세."

"탄밀이라 합니다."

새삼스런 눈길로 단연은 탄밀을 지그시 응시했다. 딱히 서
광막의 이공자라는 신분 때문이 아니라 그에게서 풍겨 나오
는 기세가 사뭇 젊은이답지 않게 당당하고 세차게 와 닿았기
때문이다.

"취우당의 총수는 어디 계신가요?"

천막의 한쪽 구석에 웅크리고 있던 매요봉도 다가오며 질
문을 던졌다. 그녀로선 다른 사람이 아닌 암류흔만 상대하겠
다는 태도를 강하게 풍기고 있었다.

"곧 보실 수 있을 게요. 그보다 다른 형제들은 어떻게 됐
소?"

가볍게 대꾸한 후 단연은 매보자에게 물었다. 그가 여기까
지 온 목적은 바로 부상당한 형제들과 합류하는 것이었다.

"다들 그 자리에 잘 있네. 그런데 한창 싸우고 있을 줄 알
았더니 웬일인가, 자네 혼잔가?"

"바깥에서 기다리고 있소. 그런데 관병이 출동한 것 같

았소.”

“관병? 그들이 왜?”

놀란 듯 매보자가 되물었지만 그건 단연으로서도 알 수 없는 문제였다.

“일단 부상당한 형제들부터 불러 모으시오. 밖에 있는 형제들을 데려오리다.”

“전황은 어떻습니까?”

나가려는 단연을 탄밀이 불러 세웠다. 왕국량을 죽인 후 급하게 서광막과 합류하려다 위기에 처한 앵화와 그 일행을 보게 되었다. 그들을 구해내고 다시 이곳으로 돌아와 지켜주고 있다 보니 바깥의 사정이 궁금해 미칠 지경이었다.

“북도맹주 공손휘도 부상을 당했소. 이대로 싸운다고 해도 서광막이 크게 피해를 입지는 않을 게요. 하지만 관병이 출동했으니 어떻게 될지…….”

말꼬리를 흐리며 밖으로 나간 단연이 대기하고 있던 형제들을 불러들였다.

“흐음!”

탄밀은 침음성을 토했다. 표정이 그리 밝지 않았지만 그건 안도의 한숨과도 같았다.

그사이 매보자도 쌍도끼와 활귀, 의문표와 증두 등을 땅굴 속 은신처에서 데리고 나왔다.

매보자는 열반노를 보자마자 물었다.

“관병의 동정은 어떻던가?”

“그게 이상하오. 그들은 일방적으로 서광막과 동상벌만 치고 있었소!”

“그건 이상하군!”

매보자는 고개를 갸웃거렸다. 관병들의 입장에서 보자면 북도맹이든 서광막이든 동상벌이든 하나같이 무력을 지닌 발칙한 무리들이다. 어느 쪽을 편들 이유가 없다는 얘기다.

그 점이 의아해진 매보자는 재차 물었다.

“대체 뭘 보고 자네들은 관병들이 출동했다고 했는가? 우선 그들의 생김새부터 들어보세!”

그 말에 열반노가 간략하게 그들이 봤던 관병의 복장을 얘기해 줬다. 그것으로만 유추해 보면 그들은 관병임이 분명하다.

하지만 매보자는 여전히 고개를 갸웃거렸다. 가물거리는 기억 속에서 뭔가를 끄집어내려는 듯한 표정이었다.

그러다 돌연 매보자는 짝 소리나게 손뼉을 쳤다.

“쉿, 조용히!”

“알았네, 알았어!”

단연이 주의를 줬지만, 매보자는 들뜬 음성을 연신 내뱉었다.

“대체 뭘 알았단 말씀이오?”

“그들은 관병이 아닐세. 바로 철마단일세!”

"철마단? 그들은 대체 누구요?"

"자네들은 잘 모를 걸세. 철마단이 중원에 들어오는 일은 거의 없으니까."

"아, 글쎄 그들이 대체 누구냐구요?"

연신 쏟아지는 질문에도 매보자는 그저 싱긋이 웃기만 했다. 남들이 모르는 걸 혼자만 안다는 사실은 늘 기분 좋은 일이었다.

"철마단은 북방에서 활동하는 마적들일세. 그런데 북방 이민족을 제압할 힘이 없는 국가에서 그들에게 북방의 수비를 맡겨 지금은 준군사적인 성격을 띠고 있네. 그만큼 세력이 강하다는 말이지."

"그런 놈들이 왜 이 강남 지방에 나타났단 말이오?"

"그들은 국가의 북방에 있고, 북도맹은 황하 이북을 지배하고 있네. 그래도 모르겠나?"

"그러니까 철마단인가 뭔가 하는 놈들과 북도맹이 원래 한 통속……."

"소생은 이만 가봐야겠습니다!"

겨우 알아들은 열반노가 입을 열었을 때 갑자기 탄밀이 몸을 돌려 천막 밖으로 걸음을 옮겼다. 철마단이 북도맹과 같은 편이라면 서광막이 위험할 터, 그들과 합류하러 가려는 것이었다.

그건 매요봉도 마찬가지였다. 가뜩이나 힘이 없어 이리 치이고 저리 치이는 동상벌이었다. 벌주인 자신까지 없으면 그들을 완전히 괴멸되고 말 게 분명하다.

"잠깐만 기다리시오. 북도맹에 철마단까지 가세했다면 그대들이 간다고 해도 별다른 도움이 되질 않소이다. 그보다 북도맹도 공손휘가 부상을 당한 상태로 오래 공격만 하고 있을 처지는 아닐 것이오. 그러니 좀 더 사태를 지켜보는 게 좋지 않겠소?"

"아닙니다. 상황이 어떻게 변하든 소생은 서광막 형제들과 함께해야 됩니다!"

단연의 완곡한 만류에도 불구하고 탄밀은 천막 밖으로 달려나갔다.

"누군가 나와 같이 가줘요!"

매요봉은 탄밀만큼이나 용기있게 행동하지 못했다. 애당초 그보다 무공도 낮았고 또 돌아가 봐야 쓸 만한 수하들이 기다리고 있는 것도 아니었다.

그렇더라도 매요봉의 말은 너무 지나쳤다. 공손히 부탁한다고 해도 거절할 판인데 명령하는 것처럼 요구하고 있으니 다들 고개를 외로 꼬고 말았다.

"흥!"

의문표의 싸늘한 콧방귀가 난 것도 당연한 반응이었다.

"취우당은 이처럼 겁쟁이들만 모여 있는 건가요? 아녀자가 도와달라고 하는데도 다들 무시만 하고……."

"제가 가겠습니다."

매요봉의 신경질적인 말에 선뜻 한 걸음 나선 건 역시 마음 약한 망사웅이었다.

"잠깐 기다리게. 지금 총수를 깨울 테니 그 의향을 듣고 움직이도록 하게!"

망사웅이 가는 걸 허락한다면 열반노도 틀림없이 같이 가겠다고 설칠 터였다. 싸움이 있는 곳이라면 마다하지 않는 성격이니까 말이다. 그래서 암류혼을 깨울 생각을 했던 단연이었다.

그때까지 열반노가 안고 있던 암류혼을 받아 든 단연은 곧바로 그를 깨웠다.

"무슨 일이 일어난 거요?"

멋모르고 북도맹에 덤벼들다 영문도 모른 채 혼절한 암류혼은 혹시 자신이 부상을 당하지나 않았는지 몸을 여기저기 움직이며 입을 열었다.

"내가 잠시 혼절시켰네. 그보다 상황이 급박해졌네. 북도맹 놈들에게 지원이 왔네."

"북도맹! 그런데 지원이라니요?"

그제야 자신이 북도맹과 싸우던 중이라는 걸 깨달은 암류혼은 벌떡 몸을 일으켰다. 그러다 단연의 말뜻을 음미하고는 재차 물었다.

"철마단이라고 하더군!"

"철마단!"

마치 바보가 된 것처럼 암류흔은 단연의 말을 꼬박꼬박 따라했다.

그러나 표정만은 무서울 정도로 딱딱하게 굳어져 갔다. 철마단이 어떤 곳이란 걸 익히 아는 까닭에서였다.

'철마단이 남하했다면 나라의 북쪽 국경이 어지러워질 텐데…….'

비록 동창에 밀려 국가적 일에는 손을 대지 못한다고 해도 암류흔은 어디까지나 의혈사의 세작이다. 나라의 안위를 걱정하지 않을 수 없었다.

"어떻게 하겠는가? 동상벌주께서 좀 도와달라고 하시는데, 여기서 철마단이 가세한 북도맹과 한바탕하겠나?"

단연의 말은 조금 길었다. 동상벌주 매요봉의 청을 거절하라는 은근한 압력이었다.

"공손휘는 어떻게 되었소?"

암류흔은 공손휘의 상태부터 물었다. 그의 상태가 어떠냐에 따라 상황은 크게 달라질 것이다.

"아무래도 부상이 심한 모양이네. 북도맹은 공격보다는 공손휘를 둘러싸는 게 급급하더군."

"그렇다면 형제들 중 발 빠른 사람들을 파견해 동상벌과 서광막 사람들을 이곳으로 집결시키시오, 되도록 싸움은 피하고. 서광막의 진혼탄을 이용하면 북도맹이든 철마단이든 쉽게 접근하지는 못할 것이오."

"그럼 동상벌엔 망 아우가 같이 가고, 서광막에 상 아우가 달려가게. 총수의 말은 모두 들었을 테니 잊지 말고 단단히 전하게!"

"만약 우리 말을 듣지 않을 땐 어떻게 하우?"

"그땐 더 볼 것도 없소. 당장 돌아오시오. 돌아올 곳은 여기가 아니라 저 뒤에 있는 산이오. 단단히 명심하고 다녀오시오!"

상춘풍의 질문에 암류흔은 단호한 어투로 대답했다. 옆에 있는 매요봉을 의식한 것일 수도 있었다.

그 말이 끝나자 상춘풍과 망사웅은 곧장 매요봉을 호위하듯 천막을 빠져나갔다.

"쌍도끼 형님과 활귀 형님은 좀 어떠시오?"

"괜찮네."

암류흔의 질문에 두 사람이 거의 동시에 대답했다. 하긴 죽기 바로 직전까지도 '괜찮다' 란 말만 하다가 죽어갈 사람들이었다.

"대체 어쩌려고 그러나? 설마 북도맹과 싸울 생각은 아닐 테지?"

"일단은 대치 상태로 상황을 좀 지켜볼 작정이오. 여기서 무턱대고 몸을 뺀다면 그건 철마대 놈들에게 죽여달라고 하는 것과 마찬가지요."

“흐음!”

“공손휘가 부상을 당했다면 북도맹도 결코 쉽게 움직이지는 못할 거요. 그사이 우리는 남선련을 끌어들여야 하오.”

“남선련까지?”

“지금까지 천하사세 중 상처 하나 입지 않은 건 남선련뿐이오. 그들도 이 진흙 구덩이 속으로 끌어들여야지요!”

이건 암류혼의 솔직한 심정이었다.

공손휘의 상태가 어떻든 이 싸움으로 인해 동상벌은 거의 괴멸될 게 분명하다. 그 후에도 아마 북도맹과 서광막은 치열하게 싸울 것이다.

그렇게 되면 약간의 상처도 없는 남선련이 나머지 사세를 합병하는 건 일도 아니게 된다. 동상벌이 괴멸되는 거야 근본 힘이 없어 어쩔 수 없다지만, 서광막이나 북도맹까지 없어지면 곤란한 일이다. 암류혼은 그걸 방지하고 싶었다.

“그런데 그 남선련을 끌어들일 방법은 있는가?”

남선련에는 바보들이 모인 곳이 아니다. 가만히 있어도 저절로 굴러들어 올 떡을 두고 이전투구를 벌일 집단이 아니란 얘기다.

“우선은 동상벌을 이용하고 그 다음엔 서광막을 비롯해서 우리 모두가 나서야지요.”

암류혼의 대답에 다들 고개를 갸웃거렸다. 동상벌을 이용하자는 말은 이해가 갔다. 매요봉과 남선련주 정호가 정혼을 맺은 사이란 건 모두가 다 아는 사실이니까.

그런데 서광막과 자신들까지 나선다는 건 도무지 이해불능이었다.

의아스런 표정을 짓는 형제들을 위해 암류흔이 재차 입을 열어 설명해 주었다.

"아마 남선련주 정호는 쉽게 동상벌주의 청을 들어주지 않을 거요. 여자 하나냐 천하냐 하는 갈림길이 될 테니까. 그때 서광막과 우리가 나서는 거요. 신타 정호는 자기 여자 하나 보호하지 못하는 병신이라는 소문을 온 천하에 낸단 말이오."

"아하!"

암류흔의 설명을 가장 먼저 알아들은 건 매보자였다. 무릎까지 치지는 않았지만, 가장 간단하고 기본적인 점에 착안한 총수의 계획에 대한 감탄만은 여실한 표정이었다.

"그러니까 남선련이 어쩔 수 없이 끌려들게 만들자는 얘기로군."

"하긴 여자의 위급도 나 몰라라 하고서 천하사세를 합병한들 남선련을 진심으로 따를 자들은 없겠지!"

바로 이게 대의명분이라는 거다. 아직도 천하엔 진정한 협사(俠士)들이 수두룩하니 동상벌의 위기에도 남선련이 움직이지 않으면 분명 손가락질을 할 것이다.

아니, 진정한 협사가 아니라도 좋다. 원래 남이 잘되면 괜히 배가 아파지는 족속들도 천하에 널려 있다. 남선련이 다른 삼세를 통일한 뒤엔 그런 자들이 하나같이 떠들어댈 게 뻔하다. 그런 부담을 안게 되면 어떤 일을 하더라도 힘겨울 게 분명하니 동상벌을 도와주지 않을 도리가 없을 터였다.

"천기자 어른, 파천뢰는 어느 정도 남았소?"

"한 스무 개 정도 남았네."

"그걸 형제들에게 나눠주시오. 이쪽으로 올 동상벌과 서광막을 쫓는 북도맹 놈들에게 쏟아버리시오. 그렇다고 너무 심한 타격을 줘서는 안 되오. 다만 그들이 추적하지 못할 정도로만 하시오."

계속된 암류흔의 지시에 매보자는 고개를 절레절레 흔들었다.

'아무래도 총수는 무서운 사람이야!'

어쩌면 암류흔이 천하사세를 모두 괴멸시키려는 계획을 세우고 있을지도 모른다고 생각하니 매보자는 새삼 등골이 서늘해졌다.

어쨌든 파천뢰를 받아 든 사람들은 일제히 천막을 빠져나갔다.

그제야 암류흔은 그 자리에 털썩 주저앉았다. 공손휘와 싸울 때부터 저릿하게 마비되었던 오른팔에 조금 전부터 격심한 통증이 느껴졌기 때문이다.

2

말이 좋아 합류지 동상벌과 서광막이 취우당이 있는 진지의 뒷산으로 집결하는 건 그리 쉬운 게 아니었다.

생각해 보면 이상한 일도 아니다. 추적하는 북도맹에게 무차별적인 공격을 퍼부어도 어려운 일인데 되도록 피해를 적게 하면서 공격을 가하고 있으니 천하의 천기자가 만든 파천뢰라도 그 위력을 다 발휘할 수 없는 노릇이었다.

암류흔은 오른팔의 통증 속에서도 그 과정들을 모두 지켜보고 있었다.

'동상벌은 어쩔 수 없더라도 서광막만은 피해가 적어야 될 텐데……'

솔직히 천하사세를 누가 병합하든 암류흔으로선 전혀 신경 쓰지 않아도 될 문제일지도 모른다. 다만 세작의 본능으로 인해 하나로 뭉치는 게 싫었던 것이다.

"자넨 좀 어떤가?"

생각에 잠겨 있는 암류흔에게 활귀가 다가와 물었다.

"뭐가 말이오?"

"다 들었네. 공손휘와 싸우다가 부상을 당했다지?"

"아, 괜찮소. 그보다 활 형은 좀 어떠시오? 피를 많이 흘려서 위험하다고 하던데…….”

“그까짓 피야 자고 나면 보충되는 것이니 걱정할 건 없고, 신의의 말을 들어보니 자넨 좀 심각한 것 같더군. 어떤가?”

활귀는 걱정스런 표정으로 재차 물었다. 험악한 인상이 심각해지기까지 하니 더욱 봐주기 힘들었다.

‘망할 늙은이 같으니…….’

암류혼은 속으로 신의에 대한 욕을 짓씹었다.

순수 전력면으로만 따지자면 암류혼보다 활귀의 부상이 취우당으로선 더 큰 손해다. 다만 총수라는 신분이 미치는 영향을 생각해 되도록 감추고 싶었다.

“조심하게. 지금이 어느 때보다 자네가 중요한 때이니, 누가 오는군!”

말을 하던 활귀가 돌연 표정을 굳혔다. 아닌게 아니라 거칠게 흙탕물을 차며 다가오는 여러 명의 발자국 소리가 들렸다.

“누구냐?”

이러한 경우 나서는 사람은 언제나 정해져 있다. 싸움 좋아하는 열반노였다. 그 성질을 못 참아 북도맹 놈들에게도 덤벼들까 싶어 파천뢰를 투척하는 일에서 제외시켜 뒀었다.

“접니다, 형님!”

들려온 목소리는 망사웅이었다. 동상벌주를 따라갔다가 이제 돌아오는 모양이었다.

망사웅이 데려온 사람은 겨우 대여섯 명에 불과했다. 매요봉과 이인립, 주시천과 윤벌을 비롯한 무사 두어 명이었다.

"동상벌의 생존자는 그대들뿐이오?"

어이가 없다는 듯 암류흔이 물었다. 동상벌을 방치(?)한 건 사실이었지만 이처럼 철저하게 짓밟힐 줄은 몰랐었다.

"생존자는 더 있을 거요. 달아나거나 항복했겠지만!"

대답하는 이인립의 어투는 씹어뱉는 듯했다. 취우당이 적극적으로 도와주지 않았다는 걸 이미 그도 알고 있는 것 같았다.

"벌주께선 어디 다치지 않으셨소?"

"괜찮아요!"

매요봉의 어투도 쌀쌀맞았다. 만약 그녀에게 힘이 있었다면 취우당과 일전을 불사할 태도였다.

그래도 암류흔은 무시해 버렸다. 바로 이게 현실인 것이다. 돈만 추구하고 무력을 게을리 한 동상벌은 이 정도 수모쯤은 감수해도 된다.

"이렇게 되면 무엇보다 벌주의 안전이 우선인데… 어떻소? 남선련으로 가서 일단 몸을 피하는 게? 가시는 길의 안전은 우리 취우당이 최선을 다해……."

"시끄러워요!"

뾰족한 고함으로 매요봉은 암류흔의 입을 막았다. 자신이 거느렸던 세력이 지리멸렬된 것만도 화가 치미는데 남선련으로 피신하라는 말은 그녀의 자존심에 깊은 손톱자국을 남졌다.

"그리 어렵게 생각할 일이 아니오. 어차피 남선련주와 벌주와는 정혼한 사이니 새삼 내외할 게 뭐 있겠소?"

"쿡쿡쿡."

암류흔의 말에 열반노가 소리를 죽여 웃었다. 너무 능글맞은 어투였기 때문이었다.

매요봉의 흰자위만 남은 눈동자가 열반노에게 꽂혔다. 눈빛에 날이 서 있다면 그것만으로도 충분히 찢어 죽일 수 있을 것 같았다.

"어떠시오, 이 총감? 지금은 무엇보다 벌주의 안전이 우선이라고 생각하는데?"

"총수의 말씀대로 하겠소. 그럼 우리를 남선련까지 호위하는 건 취우당에서 맡아……."

"안 가요, 못 가요!"

암류흔이 이인립에게 돌린 대화에도 매요봉은 신경질적으로 끼어들었다.

"흐음!"

암류흔은 짐짓 난감한 표정을 지었다. 누구의 눈에도 매요봉의 안전을 걱정하는 표정이 역력하게 보였다.

물론 그건 암류흔의 연기였다. 초기 세작 시절부터 갈고닦은 거라 그리 어려운 것도 아니었다.

"남선련으로 가지 못하신다는 그 심정은 충분히 이해하오.

그럼 이렇게 하는 게 어떻겠소? 남선련주에게 이쪽으로 벌주를 영접하러 오라고 하면 되지 않겠소? 설마 정혼녀가 위기에 처했는데 모른 척하지는 않을 거 아니오!"

"흥!"

매요봉의 콧방귀였다. 의문표가 뀌는 것보다 훨씬 크고 쌀쌀하게 들렸다.

그러나 암류흔은 내심 웃었다. 가라고 할 땐 질색을 하더니, 영접 나오게 하라는 말엔 어느 정도 마음을 누그러뜨린 매요봉의 여자다운 자존심이 우스워서였다.

"어떻소, 이 총감? 남선련주가 벌주의 영접을 나올 것 같소이까?"

"그야 여부가 있겠소. 지난번엔 남선련주께서 본 벌에 직접 다녀가시기까지 했는데……."

"그럼 됐소. 자, 벌주께서 남선련주에게 편지를 한 장 쓰시오. 전달하는 건 우리 형제들 중 한 명이 책임지고 할 테니까."

"흥!"

이번에도 매요봉의 대답은 강한 콧방귀였다.

하지만 벌써 이인립이 휴대용 지필묵을 꺼내 매요봉 앞에 디밀고 있었다.

잘근!

매요봉은 아랫입술을 살짝 깨물었다. 전에 정호가 동상벌에 왔을 때 그를 유혹하다가 거절당했던 적이 있었다. 그것만 생각해도 여인으로서의 자존심이 확 구겨지는데, 이제 위기에 처해 목숨을 구걸할 처지에까지 놓였다. 쉽게 붓에 손이 가지 않았다.

"벌주! 지금도 북도맹의 마수를 피해 쫓기고 있을 동상벌 식솔들을 생각하소서. 그들을 하나라도 더 살리기 위해서는 남선련의 힘이 꼭 필요합니다! 하오니 제발……!"

망설이고 있는 매요봉의 발치에 이인립이 무릎을 꿇었다. 그녀의 성격은 익히 알고 있는 터, 이렇게라도 그녀의 허영을 충족시켜 줘야만 편지를 쓸 것이다.

어쩔 수 없이 매요봉은 붓을 잡았다. 하지만 글을 써내려가는 손끝은 잘디잘게 떨리기만 했다.

거기까지 확인한 암류흔은 산 아래 전황으로 주의를 돌렸다. 아직은 북도맹과 서광막의 격전이 한창인 듯 연신 화탄 터지는 소리와 비명 소리가 들려왔다.

"오늘 밤중으론 비가 그치지 않을 모양이군!"

벌써 엉덩이가 가려워진 열반노가 애꿎은 비만 탓하고 있었다.

하긴 그 비를 탓하고 싶은 건 비단 열반노만이 아닐 것이다. 야전에 능한 사람들이라 대충 풀과 나뭇가지를 얽어 지붕을 만들긴 했지만 이젠 그나마 새고 있었으니까 말이다.

암류흔은 그저 쓰게 웃으며 열반노의 말을 무시했다. 뭐라고 한마디 대꾸라도 해주면 그는 틀림없이 자기가 가서 형제들을 구해오겠노라고 설칠 게 뻔하다.

암류흔이 별다른 반응을 보이지 않자 열반노는 화제를 돌렸다.

"자네도 아주 능숙하더구만. 놀랐다네!"

조금 전 매요봉을 설득할 때 암류흔이 보여줬던 말과 행동을 두고 하는 말이었다.

확실히 암류흔은 매요봉을 능숙하게 다뤘다. 곧바로 정호에게 영접하러 오라 편지를 쓰라고 했다면 매요봉은 절대로 쓰지 않았으리라. 그걸 먼저 남선련으로 가라고 한 뒤 다시 '영접' 이라는 말로 그녀의 자존심을 살리는 말을 했으니 수월하게 성사되었던 것이다.

게다가 그 '영접' 이란 말에도 함정이 도사리고 있었다. 정혼녀가 위험한 마당에 설마 정호 혼자서 털레털레 오지는 않으리라. 설사 직접 오지는 못한다 하더라도 어느 정도의 전력을 갖추고 매요봉을 맞으러 보낼 게 분명하다.

암류흔이 노린 건 바로 그것이었다. 남선련에서 몇 명을 보내든 그들과 북도맹을 곧장 출동시킨다는 것 말이다. 보냈던 부하가 모두 죽고 나면 정호도 이 싸움에 끼어들지 않고는 배기지 못할 것이다.

그사이 화탄 터지는 소리가 부쩍 가까워졌다. 서광막이 얼만큼의 피해를 봤는지는 몰라도 적어도 이 작은 산에서 합류하려는 의도는 맞아떨어지고 있는 듯했다.

"열 형, 가시오. 하지만 명심할 것은 싸우러 가는 게 아니라 이쪽으로 물러 나오는 우리 편에게 천기자가 설치한 기관 매복을 피하는 길을 알려주고 오는 거요, 알겠소?"

"염려 말게!"

열반노는 자신의 가슴을 한차례 탁 치며 자신있게 대답했다. 가뜩이나 엉덩이가 가렵던 판인지라 얼굴 가득 환한 웃음을 떠올리며 달려갔다.

'이걸로 오늘 밤 싸움은 마무리되겠군!'

공손휘가 부상을 당했다면 놈들도 더 이상 추적하기는 어려울 게다.

비록 낮다고는 하지만 여기는 산이다. 말을 타고 이동하는 장기를 지닌 철마단이 기동하기 쉽지 않을 테니 그들의 발이 묶여서라도 오늘 밤은 더 이상 싸울 수 없으리라.

'정작 문제는 난데…….'

암류흔은 힘겹게 오른팔을 치켜들었다. 신의의 치료가 있어 통증은 덜했지만 여전히 둔중한 마비감은 남아 있었다.

신의는 팔의 신경이 꼬여서 생긴 현상이라고 했다. 어떻게 된 건지 정확히 설명할 수는 없지만 단순히 유성환을 너무 과도하게 사용해서 생긴 후유증만은 아닌 것 같다는 설명도 덧붙였다.

그 점이 암류흔을 더욱 근심스럽게 만들었다. 유성환을 사용해서 생긴 현상이라면 앞으로 그 사용 빈도를 조금 줄이면 된다. 그런데 원인을 알 수 없다니 도대체 뭘 조심해야 될지 막막하기만 했다.

'어쨌든 무턱대고 좋은 것만은 아니란 얘긴데…….'

씁쓸한 기분으로 암류흔은 유성환을 만지작거렸다. 이놈까지 마음대로 사용하지 못하게 되었으니 이제 무엇으로 북도맹과 싸우나 싶어 한심스러워졌다.

툭!

그렇게 망연한 심정으로 유성환을 만지작거리던 암류흔의 손끝이 그만 맨 끝의 돌기를 건드리고 말았다.

위잉, 지잉—!

그러자 기묘한 소리와 더불어 유성환 전체가 밝은 연청색 빛을 뿌리기 시작했다.

아니, 그건 비단 유성환뿐만이 아니었다. 암류흔의 오른팔 전체가 마치 무슨 보석이라도 된 것처럼 연청색으로 물들며 빛을 발했다.

"이, 이게 대체……?"

암류흔은 당혹스러웠다. 지금까지 유성환은 혼자 빛나거나 아니면 빛줄기가 자신의 신체를 휘감아 도는 정도에서 그쳤었다. 이처럼 신체의 일부가 함께 빛을 발하지는 않았다.

지잉, 척, 처척!

기묘한 소리는 연이어 울려 퍼졌다. 그럴 때마다 팔 전체에서 빛나던 연청색 빛줄기가 빠르게 손 쪽으로 모여들었다.

그 빛줄기가 모여드는 손에서도 모종의 변화가 있었다. 어깨에서부터 빛이 몰려 내려올 때마다 손에선 뭔가가 조금씩 생겨나기 시작했던 것이다.

이제 암류흔은 놀람에 찬 소리도 내지 못했다. 척, 척 하는 소리가 날 때마다 손에서는 뭔가가 자라기(?) 시작해서, 빛이 사그라졌을 땐 정체를 알 수 없는 물체 하나를 손에 쥐고 있는 꼴이 되고 말았다.

"이, 이게 대체 뭐야?"

푸르스름한 색만 아니라면 마치 있는지도 모를 정도로 그 물체는 투명했다. 외형만으로 봐선 굵직한 작대기의 양끝을 뾰족하게 다듬어둔 것처럼 보였는데 네 치 정도 간격으로 겹이 있는 게 특이했다.

암류흔은 그 물체를 찬찬히 살피기 시작했다. 길이는 약 네 자 정도였는데, 자신의 손이 그 중간을 잡고 있어 앞뒤로 두 자씩 삐죽이 튀어나온 상태였다.

"창도 아니고, 몽둥이도 아니고……."

말과 함께 암류흔은 그 물건을 슬쩍 휘둘러 보았다. 순전히 무의식적으로 한 행동이었다.

츄리릿―!

"어?"

무심코 휘둘렀던 암류흔은 놀람에 찬 소리를 지르고 말았다. 겨우 네 자에 불과했던 그 물체가 쭈욱 길어지며 이 장 밖에 있는 나무 깊숙이 꽂혀 버렸기 때문이다.

꽂혀도 그냥 꽂힌 게 아니었다. 그 물체가 뚫고 들어간 부분에선 불길이 확 피어올라 빗속에서도 나무는 맹렬하게 타올랐다.

“대체 이게 무슨 짓인가?”

그 불길을 본 매보자가 서둘러 달려오며 언성을 높였다. 추격해 올 게 뻔한 북도맹 놈들에게 ‘우리 여기 있소’ 하며 알려주는 것과 마찬가지인 행동을 암류흔이 했으니까 말이다.

“그, 그게… 나도 잘 모르겠소.”

암류흔은 솔직히 얘기했다. 유성환에 이런 효능이 있을 줄 자신도 몰랐었다.

“어쨌든 우리 위치가 노출되었으니 이동을 해야 하지 않겠나?”

매보자는 그게 걱정이었다.

“염려하지 마시오. 천기자 노인이 이 근처에 기관을 매설해 뒀으니 여기까지 추격한다면 놈들의 피해만 커질 뿐이오. 게다가 추적하지도 않을 것이오! 그나저나 이게 뭐 같소?”

암류흔은 어느새 다시 네 자 길이로 줄어든 그 물체를 가리키며 매보자에게 물었다.

“글쎄, 이게 뭔가?”

오히려 매보자가 궁금하다는 눈빛을 암류흔에게 보냈다.

“보시오!”

말과 함께 암류흔은 재차 오른손을 힘껏 떨쳤다.

츄리링—!

이번엔 보다 먼 곳을 목표로 했기에 유성환에서 나는 소리
도 조금 길었다.

파앗, 화르륵!

이번에도 어김없이 오 장 밖의 굵은 노송이 꿰뚫렸다 싶자
이내 불길에 휩싸이고 말았다.

“허어, 허어 그거 참!”

매보자는 연신 감탄사만 발할 뿐이었다. 유성환의 신기한
효능이야 지금껏 쭉 봐왔었지만, 네 자 남짓한 물건이 자유자
재로 늘었다 줄었다 하는 건 보는 이로 하여금 신비감을 금치
못하게 했다.

“마치 옛이야기에 나오는 여의봉(如意棒) 같구먼!”

“아, 그 원숭이가 사용했다는 그거 말이오?”

“그렇다네. 마음대로 늘었다 줄었다 한다고 하지 않던가!”

“그래도 원숭이가 사용한 거랑 비슷하다니, 기분이 어째
좀 그렇소.”

“그렇다면 여의창(如意槍)이라고 하게. 창과는 비슷하게도
생기지 않았지만…….”

‘여의창이라…….’

그렇게 부를 수밖에 없다고 암류흔이 생각했을 때 누군가

재빨리 달려오고 있었다.

"상 아우로군. 서광막을 이끌고 오는 모양일세!"

확실히 그건 상춘풍이었다. 서광막으로 가서 그들을 이끌고 합류하라고 했으니 그 일을 수행하고 돌아온 모양이었다.

"어떻게 됐나?"

매보자가 성급하게 물었다

"지금 서광막은 이쪽으로 향하고 있습니다. 그런데 동상벌은 보이지가 않……."

"그들은 벌써 끝장났네. 벌주와 몇 명만이 지금 우리와 합류하고 있다네!"

"하기야 그런 무력으로 북도맹과 싸우겠다고 설친 것부터가 틀렸지!"

"그런데 공손휘의 부상은 어느 정도인 것 같던가?"

"정확히는 알 수야 없지만, 생각보다 심한 건 분명하오. 놈들이 우릴 추적하기는 했지만, 소제가 보기엔 다분히 위력 시위에 불과하오. 아마 곧 물러갈 거요."

두 사람의 대화를 들으며 암류흔은 다시 한 번 유성환의 맨 끝 돌기를 눌렀다. 어떤 변화가 일어날지 알 수 없었지만 그렇다고 넉 자나 되는 물건을 손에 덜렁거리며 다닐 수는 없는 노릇이었다.

지잉, 촤악, 차착!

유성환이 다시 한 번 연청색을 뿌리며 암류흔의 팔까지 물들였다.

　그리고 그 빛이 사그라졌을 때 매보자가 여의창이라 이름 지은 그 물건도 사라져 버렸다.

　변화는 또 있었다. 둔중한 마비감을 호소하던 오른팔이 아주 거뜬하게 나았던 것이다.

　'이건 좋은 현상이로군!'

　암류흔이 회심의 미소를 짓고 있을 때, 탄밀을 선두로 한 서광막 무사들이 속속 모습을 보이기 시작했다.

　그 후미에 의문표의 모습이 보이자 암류흔은 재빨리 불렀다.

　"지금 동상벌주에게 가면 편지를 한 통 줄 것이다. 너와 망사웅, 둘이서 그걸 남선련주에게 전해야 한다. 반드시 남선련주에게 직접 전해야 된다는 걸 명심해라!"

　"흥!"

　습관이 되어버린 콧방귀로 대답한 의문표의 발길만은 총총히 동상벌주가 있는 곳으로 걸어갔다.

　'이제부턴 시간과의 싸움이군!'

　솔직히 남선련에서 언제 사람들을 보낼지 암류흔은 짐작조차 할 수 없었다. 그때까지는 여기서 북도맹을 막아 버텨야만 한다.

　"암 총수, 이리 와서 요기라도 좀 하게!"

　상춘풍이 불렀을 때에야 암류흔은 격심한 허기를 느끼며

발길을 옮겼다.

쏴아아─!

비는 여전히 밤을 적시며 아우성치고 있었다.

3

툭!

매요봉의 편지를 읽은 신타 정호가 보인 첫 반응은 그걸 던져 버리는 것이었다.

"왜 그러시오? 내용이 어떻든 장차 대부인이 되실 분의 편지는 그렇게 다루시면 안 되오!"

정호 앞에 시립해 있던 진강파 연자강이 안타까운 듯 내뱉으며 편지를 주워 들었다.

"읽어보시오!"

정호의 음색은 그 어느 때보다 잔잔하고 맑았다. 오랜 시간 술을 마시지 않은 덕분이었다.

정호의 말에 따라 연자강은 재빨리 수중의 편지를 펼쳐 들었다. 거기엔 자기의 위급을 호소하고, 얼른 와서 데려가 달라는 매요봉의 사연이 급한 필체로 적혀 있었다.

"련주, 드디어 기회가 왔소! 이제야말로 본련의 힘을 만천하에 떨쳐 보일 때요!"

"후후……."

나이답지 않게 분발하는 연자강을 보며 정호는 그저 가볍게 웃기만 했다. 한동안 보이지 않던 염세의 빛이 웃는 볼을 타고 재빨리 미끄러져 내렸다.

"왜 그러시오? 이런 기회야말로 얻으려고 해서 얻어지는 게 아니오! 동상벌에서 구원을 청했으니 우리는 당당히 나설 수 있는 입장이오!"

"그냥 내버려 두는 게 좋소!"

"내버려 두다니? 명분을 세워 중원으로 진출할 수 있는 기회를 그냥 버리자는 말이오?"

"지금 양주 근처엔 동상벌과 서광막, 북도맹과 취우당이 서로 물고 물리는 개싸움을 벌이고 있소. 우린 그게 끝날 때쯤 나서면 되는 거요!"

"허어, 참!"

연자강은 혀를 찼다. 정호가 말한 걸 이해하지 못해서가 아니라 너무 소극적이라 마음에 들지 않았다.

"그건 련주의 말씀이 맞소. 하지만 그 싸움에서 만에 하나라도 동상벌이 이길 확률은 없소."

"그러니까 내게 구원을 청했겠지!"

"글쎄 더 들어보시오. 동상벌이 망해 버리면 남는 건 북도맹이나 서광막인데 그 둘 중 한곳에서 동상벌의 막대한 부를 차지한다고 생각해 보시오. 그 다음은 말씀 안 드려도 잘 아실 거고……."

의미심장하게 말꼬리를 흐리며 연자강은 정호를 쏘아보았다.

"아무튼 여자 하나에 휘둘려서 출동했다는 못난이 소리는 듣기 싫소. 우린 기다리겠소!"

"어허. 또 모르시는 말씀!"

오늘 연자강은 마음을 단단히 굳힌 모양이다. 정호가 말 한마디 할 때마다 그 끝을 물고 늘어졌다.

"장차 자기 부인이 될 여자 하나 구하지 못하고서야 어찌 천하의 일을 논할 수 있겠소? 이건 우리가 구원하지 않으면 오히려 손가락질 받을 일이오!"

"흐음!"

정호는 침음성을 토했다. 그 역시 그 점은 생각지 않은 건 아니었다.

그럼에도 불구하고 그가 매요봉을 구하지 않겠다고 생각한 건 지난번 동상벌에 갔을 때의 불쾌했던 기억 때문이었다. 아주 노골적으로 자신을 유혹했던 그녀에 대한 불쾌감은 지금까지 정호의 뇌리에 달라붙어 떨어지지 않고 있었던 것이다.

"지금은 작은 걸 생각할 때가 아니오. 련주께서 하신 말씀은 어부지리(漁父之利)를 챙기자는 얘긴데, 만약 그랬다가는 정말로 우리 남선련은 천하의 졸장부들만 모인 곳이라고 욕을 먹을 것이오! 지금 양주 주변에 모여 치고받는 무리들은 모두 지쳐 있을 터, 이 기회에 그들을 쓸어버린다면 우리 남선련의 위광은 만 대에 걸쳐 빛을 발할 것이오!"

사실 연자강은 조금 흥분된 상태였다. 한평생 남선련에 몸 담고 있었으면서도 지금과 같이 좋은 기회는 오지 않았었다. 언제나 다른 삼세의 눈치를 봐야만 했었고, 그들의 움직임에 촉각을 곤두세웠어야만 했었다.

하지만 지금은 그런 걸 무시해도 좋을 핑계가 생겼다. 자기 아내 될 사람을 구하러 간다는데 누구의 눈치를 보고 누구의 움직임을 경계한단 말인가. 오히려 당당한 명분을 세우며 양자강 이북으로 진출할 수 있을 터였다.

"어허, 무얼 그리 망설이시오? 이제 북 한 번만 울리면 그토록 고대하던 중원 진출이 이루어지는데! 만약 이 기회를 놓친다면 다음 공격을 당할 곳은 우리 남선련이오. 동상벌의 부를 획득한 자들은 뒤가 켕겨서라도 우릴 칠 게 자명한 사실이오!"

안타까운 나머지 연자강은 발까지 굴렀다. 련주인 정호와 동상벌주 매요봉이 정혼한 사이란 건 천하가 다 안다. 그 동상벌을 무너뜨린 세력이 혹시라도 복수를 감행해 올지 모르는 남선련을 그냥 둘 턱이 없지 않는가 말이다.

"흐으음―!"

정호는 긴 한숨을 토했다. 그 순간 그의 뇌리를 스친 건 언젠가 자기에게 따끔한 충고를 했었던 기녀의 얼굴이었다. 자기들의 삶을 지켜 달라던 간절한 애원을 했었다.

이 일을 묵과해 버리면 연자강이 얘기한 것처럼 될지도 모른다. 아니, 어떻게 되든 남선련은 싸움의 한가운데로 발을 디밀게 되고 말리라.

그렇다면 떨치고 나서야 한다. 싸움의 불길을 이 양자강 이남까지 끌어들여선 안 된다. 남선련이 펼친 날개 아래에서 안온한 삶을 살고 있는 사람들의 평화를 깨뜨려서는 안 된다.

'매요봉……'

그러나 이 이름만 떠올리면 정호는 아랫배에 차가운 얼음이 든 것 같은 기분이었다. 솔직히 말한다면 이 싸움으로 인해 그녀가 죽었으면 좋겠다라고도 생각했다.

"아직도 결단을 내리지 못하셨소? 서광막의 수병들은 모두 북도맹을 상대하느라 북쪽으로 올라가 있으니 지금 동정호에 주둔하고 있는 우리 애들이면 충분히 막을 수 있을 거요! 그러니 여기 무창에 있는 전 세력을 이끌고 양주로……"

"그만!"

정호는 연자강의 말을 막았다. 듣지 않아도 익히 아는 사실을 반복해서 듣는다는 건 소음에 불과하다.

"즉각 준비를 한다면 언제쯤 출발할 수 있겠소?"

"허허허허, 드디어 결심하신 거요? 장하시오, 장하십니다!"

“대답이나 하시오!”

“북도맹의 공손휘가 움직였을 때부터 이미 준비를 갖추고 있소이다. 명령만 내리시면 당장이라도 출발할 수 있소!”

대답을 들은 정호는 미간을 찌푸렸다. 마음에 들지 않아서였다. 출발 준비에 한 열흘 정도 소요됐으면 하고 바랐던 게 솔직한 심정이었다.

“그럼 준비가 갖춰지는 대로 출발합시다. 이왕 가는 길이니 늦어서는 안 되겠지.”

“허허허, 알겠소이다!”

걸걸한 웃음을 남기며 연자강은 빠른 걸음으로 물러갔다.

그 순간부터 무창을 떠들썩해졌다. 남선련에 소속된 무사들은 모두 소집되었고 그들이 동원할 수 있는 배는 모두 징발되었다.

그렇게 모인 배가 크고 작은 걸 합쳐서 오백여 척, 거기에 탄 무사들의 수가 오천 명을 넘었고 물자만 해도 양곡 일만 섬에 달했다.

그리고 그 많은 배들은 새벽녘 강 위에 낀 어스름한 안개를 뚫고 출발했다.

정말이지 신속한 출동이었다. 동원령을 발령한 지 만 하루도 지나지 않아 남선련의 거의 전원이 출발했으니 말이다.

연자강은 선두 배에 타고선 연신 수하들을 독려했다. 남창에서 양주까지는 물길 천오백 리가 넘는다. 최대한 빨리 서둘러야만 한다.

거기엔 연자강의 옆에서 그에게 독촉을 하고 있는 의문표와 망사옹의 영향도 적지 않았다.

그날 남선련의 출동 광경을 본 사람들은 하나 같이 장강의 흐름을 배들이 막아버렸다고 했다.

물론 과장된 말이다.

*   *   *

정말이지 지겨운 공방전이었다. 비가 그치자마자 철마단은 산을 포위한 채 마구 짓밟고 들어왔었다.

거기에 맞서 싸울 수 있었던 건 천기자의 기관 매복과 파천뢰, 그리고 서광막의 진혼탄이었다. 철마단의 공격도 그리 거세진 않았다. 놓치지 않기 위해 집요하게 물고늘어지긴 했지만 단번에 짓밟아 버리려고 하지는 않았다.

그렇게 되니 산 위에 올라가 있는 사람들은 사실 할 일이 그리 없었다. 철마단이 천기자가 설치한 기관을 돌파하면 화탄이나 던지면 그만이었다.

그리고 철마단이 물러가면 천기자의 기관을 보수하고 각자 다음 싸움을 위한 정비를 하면 그만이었다.

물론 문제도 있었다. 우선 급한 건 식량이었다. 산이라 비상식량을 대용할 수 있는 동식물이 없지는 않았지만 그것도 무한정한 건 아니었다.

화탄이 부족한 것도 마찬가지였다. 재료가 없으니 아무리 재주가 좋은 천기자라도 어쩔 수 없었다.

그러니 각 세력을 대표하는 수뇌부들은 연일 머리를 맞대고 대책을 강구하기에 급급했다.

"어떻게든 포위망을 뚫고 나가는 게 상책이오. 벌써 보름이 지나도록 남선련이 움직이지 않는 걸 보면 그 저의는 빤히 알 수 있소!"

막도종이었다. 그는 처음부터 삼세의 연합에 반대해 서광막을 뛰쳐나오다시피한 인물이다. 남선련의 도움을 받는 게 달가울 턱이 없었다.

"본 막의 진혼탄도 얼마 남지 않았소. 이게 다 떨어지기 전에 서둘러 포위망을 뚫고 보다 안전한 곳으로 이동하는 게 상책이오!"

격한 어조로 막도종은 또 한 번 강조했다.

하지만 그의 의견은 번번이 묵살되었다. 어쨌거나 이 싸움의 주도권은 취우당이다. 그 총수인 암류혼이 꿈쩍할 생각도 하지 않으니 막도종이 아무리 언성을 높여도 받아들여질 턱이 없었다.

"막 장로의 말씀도 일리가 있네. 무엇보다 식량이 문제일세. 굶고서는 아무리 용맹해도 싸울 수 없네.”

매보자가 암류흔의 귀에 대고 속삭였다. 막도종을 옹호하는 게 아니라 현실을 그대로 얘기한 것이었다.

“우린 기다릴 거요!”

“두 동생이 편지를 전달하러 간 지가 벌써 보름이 넘었네. 도착했다면 벌써 도착했을 걸세!”

“무창은 먼 곳이오. 거기다 남선련에서도 준비를 하려면 시간이 걸릴 거요!”

“그 준비를 다하고 내려오면 우린 놈들에게 맞아 죽거나, 굶어죽고 말 걸세!”

“버텨야지요.”

“남선련이 꼭 온다는 보장도 없네!”

“만약 그들이 오지 않는다면 벌써 동생들이라도 왔을 거요. 그러니 좀 더 기다리시오.”

“총수!”

두 사람의 대화에 막도종이 격한 어조로 끼어들어 암류흔을 불렀다.

“일이 이 지경에 이르렀는데도 어찌 남선련의 도움만 기대하고 있소이까?”

“막 장로의 말씀대로 포위망을 뚫고 나간다고 칩시다. 어디로 갈 거요? 또 어디로 간들 북도맹이 그냥 손놓고 있을 것 같소? 어딜 가나 마찬가지라면 여기서 남선련을 기다리는 게 좋소!"

"허어!"

막도종이 헛숨을 쉬거나 말거나 암류흔은 단호했다. 현재 고스란히 세력을 보존하고 있는 곳은 남선련뿐이었다. 어떻게든 그들을 끌어들여야 한다.

"이러면 어떻겠습니까?"

돌연 침묵을 지키고 있던 탄밀이 입을 열었다.

사람들의 시선이 일제히 그에게 집중되었다. 지금까지 이런 회의석상에선 거의 입을 열지 않았던 탄밀이었기에 그의 말은 더욱 무겁게 사람들의 가슴을 울렸다.

"우선은 막 장로의 말씀대로 여기서 탈출을 하는 겁니다. 그리고는 장강을 따라 서진을 하다보면 남선련과 만날 수 있지 않겠습니까?"

"공자!"

탄밀의 말이 끝나기 무섭게 또다시 막도종의 언성이 쩌렁하게 터져 나왔다.

"그럼 공자도 남선련의 도움을 기대하고 계시단 말이오?"

바로 이게 막도종의 불만이었다. 평소라면 남선련 정도는 눈 아래로 보던 서광막이었다.

그런데 조금 위기에 몰렸다고 그 도움을 기대하고 있다는 건 자존심에 금이 가는 일이었다.

"그들에게 의지하자는 게 아닙니다. 다만 취우당과 행동을 함께하고 싶을 뿐입니다."

이어진 탄밀의 말엔 막도종도 입을 다물 수밖에 없었다. 삼세의 연합 대신 단독으로 북도맹과 싸워 이길 힘을 갖기 위한 방편으로 취우당을 끌어들이자고 주장했던 건 바로 자신이었다.

그런데 지금은 암류혼과 정반대의 행동을 할 것을 주장하고 있다. 새삼 그 점을 지적해 준 탄밀이 막도종으로선 고마워지는 순간이었다.

"이공자의 말씀도 분명 하나의 방법이 될 것이오. 하지만 무창에서 여기까지 오는 물길은 수도 없이 많소이다. 괜히 나섰다가 길이 엇갈리기라도 한다면 우리나 남선련이나 모두 낭패를 면치 못할 것이오. 그러니 조금만 더 기다려 봅시다!"

암류혼이 말을 마치자마자 마치 기다렸다는 듯 여필이 뛰어들었다.

"이 무슨 무례한 짓인가? 아직 애기는 끝나지 않았네!"
막도종이 엄격한 어투로 여필의 경망한 행동을 나무랐다.
"진혼탄이 모두 떨어졌습니다!"
보고하는 여필의 어투는 비장했다. 그나마 지금까지 버틸 수 있었던 건 화탄의 위력 덕이었다. 거기에 의지하지 않고 난전을 벌였다면 여기 있는 사람들은 모두 북도맹의 밥이 되고 말았을 터였다.

"아직 파천뢰가 몇 개 남았을 거요. 그걸로 버텨보시오. 그리고 천기자를 불러주시오!"

여필의 보고에 답을 준 건 암류혼이었다. 마치 자신이 그의 상관이나 된 것처럼 행동하고 있었지만 누구도 그걸 뭐라 할 수 없는 상황이었다.

여필이 달려나갔고 천기자가 모습을 드러낼 때까지 아무도 입을 여는 사람은 없었다. 그만큼 다급해진 상황에서 어떤 방법을 강구해야 할지 각자 생각하느라 여념이 없어서 그랬으리라.

"무슨 일인가?"

"화탄을 제조할 수 없겠소?"

천기자가 묻자마자 암류혼은 대뜸 말했다. 처녀에게 애를 낳으라는 말과 같은 식이었다.

"만들 수야 있지. 재료만 있다면 말일세!"

"필요한 재료는 뭐요?"

"목탄(木炭), 염초(焰硝), 화약이면 더 좋겠지만……. 뭐 대충 그 정도만 공급되면 나머지는 모두 이 근처에서 구할 수 있는 것들일세!"

'빌어먹을!'

암류혼은 벌떡 몸을 일으켰다. 아무리 천기자라도 재료가 없으면 물건을 만들 수 없다는 걸 알면서도 답답한 심정은 금할 길 없었다.

“다른 수는 없겠소? 그것들 없이 만들 수 있는 방법은 없단 말이오?”

암류혼의 말에 천기자는 그저 고개만 가로저었다.

좌중엔 막막한 침묵이 돌았다. 한 가닥 희망이랄 수 있는 천기자마저 손을 들어버렸으니 더 이상의 희망을 기대할 수 없게 되고 만 것이다.

“정말 여기서 남선련이 올 때까지 버티실 생각입니까?”

탄밀이 다소 강해진 어투로 암류혼에게 물었다.

“그렇소!”

“그렇다면 함정을 파는 건 어떻겠습니까? 천기자 어르신의 기관 매복과 어울리면 좋은 효과를 낼 것이라 생각되는 데…….”

“함정?”

“우리들은 땅 파는 걸 업으로 삼은 사람들이오. 이 산 전체를 함정으로 만드는 것 정도는 일도 아니지요!”

“오!”

암류혼은 자신도 모르게 탄성을 토했다. 여태 그런 생각은 하지 못했었다.

지금 가장 위협이 되고 있는 건 뒤늦게 북도맹에 합류한 철마단이다. 그들은 철갑으로 중무장하고 있으니 한 길 정도 깊이의 함정에만 빠져도 쉽게 벗어나지 못할 것이다.

“그게 좋겠소. 그럼 당장 시행해 주실 수 있겠소?”

여기서 버틸 수 있는 방법만 있다면 뭐든 시도해 봐야만 될 암류흔의 입장이었다. 선뜻 탄밀의 제의를 받아들일 수밖에 없었다.

"그럼 바로 시작하겠습니다!"

탄밀이 나갔고, 그와 엇갈리듯 열반노가 전신에 피갑칠을 한 채 뛰어들어 왔다. 암류흔이 그토록 말렸음에도 또 철마단 놈들과 드잡이질을 벌이고 온 모양이었다.

"열 형, 몇 번이나 말씀드려야 알아들으시겠소? 놈들과 접전을 피하라고……."

"놈들의 동정이 수상쩍네!"

"뭐요?"

"한창 밀고 올라오던 놈들이 갑자기 후다닥 철수해 버렸다네."

"그거야 어디 어제오늘의 일이오? 놈들은 밀고 올라왔다가는 다시 내려가고 하는 게 일과인데……."

"그게 오늘은 좀 다르네. 다른 날은 기관 매복과 화탄 공격에 의해 물러갔다지만, 오늘은 서광막의 화탄이 떨어졌는데도 물러가 버렸네. 만약 계속 밀고 올라왔다면 아마 여기도 무사하지 못했을 걸세!"

"그건 과연 이상한 일이군!"

매보자가 끼어들었다. 아무리 공손휘가 부상 중이라 대대적인 행동을 하지 못한다고 해도 기회가 왔는데도 그냥 물러설 철마단은 아니었다.

"가봅시다!"

암류흔은 재빨리 임시로 지은 야전용 막사를 빠져나와 근처에 있는 커다란 바위 위로 올라갔다.

"대형도 올라와 보시오. 저게 뭘 의미하는 거 같소!"

암류흔이 가리키는 곳을 향해 매보자도 눈매를 좁혔다. 거기엔 확실히 이상한 일이 벌어지고 있었다.

말할 것도 없이 지금 산 밑에선 북도맹이 포위망을 형성하고 있었다. 그런데 지금 그들은 산을 공격하는 게 아니라 오히려 보호하고 있는 것처럼 다들 등을 돌리고 있는 상태였다.

"이건 뭔가 여기로 치고 들어오는 걸 막고 있는 듯한… 남선련일세!"

산 아래 상황에 대한 감회를 말하던 매보자가 돌연 커다랗게 소리를 높였다.

"드디어 왔군!"

그건 암류흔도 마찬가지였다. 남선련이, 그것도 대규모 인원이 도착하지 않았다면 북도맹이 저런 모습을 보일 턱이 없었다.

"지금 당장 사람들을 모으시오. 함정을 파는 일을 중단하고 곧바로 산 밑으로 쳐내려 가는 거요!"

"너무 성급하게 행동하지는 말게. 확실하게 알아보고 해도 늦지 않네!"

매보자는 어디까지나 신중했다. 자신의 입으로 남선련이 왔다고 해놓고서도 기어이 확인을 해야만 직성이 풀릴 것만 같았다.

"확인해 볼 것도 없소, 대형! 저 아래 망 아우가 있소이다!"

바위 아래 있던 단연의 말에 암류흔과 매보자의 시선이 다시 산 아래로 향했다.

확실히 거기엔 망사웅이 보였다. 워낙 큰 덩치라 단번에 알아볼 수 있었다.

"더 기다릴 것도 없소. 일제히 치고 내려가는 거요!"

"알겠네!"

돌격은 매보자의 대답이 있고 난 뒤 정확하게 이각 뒤에 시작되었다.

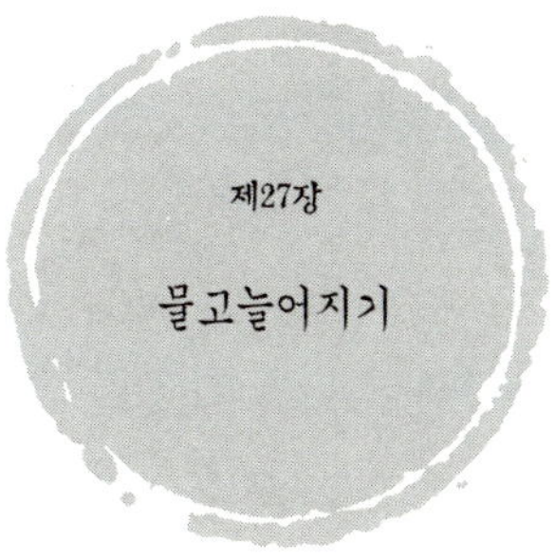
제27장

물고늘어지기

공손휘에게 있어 남선련의 등장은 하나의 크나큰 재앙이었다. 이제 막 아들의 복수를 완료할 시점이라 타격은 더욱 크기만 했다.

'실수다. 내 몸이 회복되면 직접 손을 쓰려 했건만!'

남선련이 나타났다는 보고를 받은 공손휘가 최초로 떠올린 생각이었다.

하지만 후회는 언제나 앞서 가는 법이 없다. 천하삼세가 모두 지금의 자신을 공격하는 건 아니지만 이 상황이 알려지면 서광막도 주력을 내보낼 게 틀림없다.

'조속히 북경으로 돌아가야 한다!'

여기서 머뭇거리다가는 아들의 복수는커녕 자신의 목숨까지 장담할 수 없게 된다.

그러나 북경으로 돌아가면 가능성은 있다. 아무리 삼세가 연합한다고 해도 설마 천자가 있는 황도에서는 함부로 행동하지 못할 테니 충분한 시간을 벌 수 있게 된다.

"철마단주를 불러라!"

결정을 내리자 곧바로 실행에 옮기기 위해 공손휘는 탁목극을 불렀다. 지금에 와서 전적으로 믿을 수 있는 건 철마단밖에 없었다.

사태의 심각성을 인식하고 있는 탁목극도 부름을 받자마자 한달음에 달려왔다.

"탁 단주, 여기로 올 때 용천에 주둔했던 서광막의 동정은 어땠소?"

들어선 탁목극이 숨돌릴 사이도 없이 공손휘가 물었다.

"어쩐 일인지 놈들은 모두 철수하고 말았소이다. 그 후로 한동안 서광막의 동태를 염탐했지만 도무지 움직일 기미를 보이지 않아 맹주께 달려온 것이오."

"그럼 우리가 북경으로 돌아가는 일은 아무런 지장이 없다는 말이오?"

"돌아가실 거요, 맹주?"

"여기서 더 머물러 있는다는 건 개죽음을 하겠다는 말과 같소. 지금 우리 상황을 안다면 서광막도 미친 듯이 덤벼들

테고."

"하긴……."

"우리에겐 시간이 필요하오. 그러니 일단 북경으로 돌아가 재정비를 합시다."

그 점은 공손휘가 새삼 말하지 않더라도 익히 알고 있는 탁목극이었다.

하지만 문제는 어떻게 돌아가느냐 하는 것이다. 이대로 그냥 철수를 했다가는 적들에게 뒷덜미를 물릴 우려가 있다. 그걸 막으면서 물러가야 하는 방법을 강구해야 되기에 탁목극의 머리는 복잡했다.

"우선 한차례 놈들과 크게 싸움을 벌입시다. 그땐 맹주께서도 부상이 다 나으신 것처럼 해서 직접 지휘를 해주시오. 그 후에 먼저 맹주께서 친위대를 이끌고 북상하시면 뒤는 우리 철마단이 맡겠소이다!"

탁목극이 생각해 낼 수 있는 가장 최상의 방법이었고 오랜 세월 동안 북방의 이민족과 싸우면서 쌓여진 경험이기도 한 방법이었다.

"그리 쉽게 되겠소? 남선련에서 보낸 자들의 숫자도 만만치 않던데……."

"그러니까 그들에게 따끔하게 한 방 주자는 거요. 여기서 맥없이 후퇴만 하다가는 결국 우린 전멸하고 말 거요!"

"알겠소. 탁 단주의 말이 상책인 것 같구려."

“그보다 몸은 좀 어떠십니까? 무엇보다 맹주의 옥체를 보중하시는 게 가장 우선이오!”

“많이 좋아졌소이다. 그럼 오늘 저녁 해질 때 놈들을 치는 게 어떻겠소?”

“그게 좋을 듯합니다.”

“그럼 인원 배치는 탁 단주에게 맡기겠소. 나도 그동안 준비를 해두리다!”

탁목극을 내보낸 후 공손휘는 그 자리에 정좌를 하고 앉아 아랫배에 지그시 힘을 가해보았다. 내상이 어느 정도 좋아졌는지 알아보려는 심산이었다.

‘이삼 일만 지나면 거뜬해지겠군!’

확실히 공손휘의 회복 속도는 빨랐다. 불과 어제만 해도 이처럼 아랫배에 힘을 주면 은은한 통증이 복부 깊숙한 곳에서 느껴지곤 했었다.

그런데 지금은 통증은 없고, 그저 약간 불편한 덩어리 하나가 뱃속에 들어앉아 있는 듯한 느낌뿐이었다.

‘당분간 그자와 마주치더라도 정면 대결은 피해야겠군!’

단연의 얼굴을 떠올리며 공손휘가 내린 결심이었다. 비록 이기긴 했지만 얕보고 정면대결을 벌여 큰 손해를 봤다. 그 후에 취우당의 총수란 놈이 희한한 병기로 결정적인 타격을 줬고…….

그때의 생각을 떠올리며 공손휘는 새삼 가슴속이 서늘해

지는 걸 느꼈다. 이 드넓은 천하엔 고수도 많고 신병이기(神
兵異器)도 많다는 사실을 다시금 새겨두는 순간이었다.

공손휘는 몸을 일으켰다. 부상이 이 정도로 회복되었다면
진두에 서서 지휘를 하는 건 물론, 한차례 싸움에 가담해도
될 것 같았다.

옷을 갈아입은 공손휘는 밖으로 나갔다.

"아니, 이게 무슨 일인가?"

밖의 광경에 놀란 공손휘가 근처에 있는 수하들에게 물었
다.

"철마단주의 명령으로 철수 준비를 하고 있습니다."

"뭐라고?"

공손휘는 뛸 듯이 놀랐다. 조금 전까지 크게 싸움을 벌여
뭉쳐 있는 놈들을 한차례 혼내주자고 했었던 탁목극이다.

"당장 탁 단주를 불러라!"

되도록 흥분하지 않은 것 같은 음색으로 얘기하기 위해 공
손휘는 애를 써야만 했다.

탁목극은 곧장 달려왔다.

"이게 어떻게 된 일이오?"

"아, 급해서 일단 이 몸이 단독으로 처리하고 보고를 드리
려고 했었소. 보시다시피 이 근처는 사방이 수로요. 분명 남
선련 놈들은 우릴 수전으로 유도할 것이 분명하오. 그걸 뻔히
알면서 놈들의 농간에 놀아날 수는 없으니 우선 놈들을 너른

평지로 유도하려는 거요!"

탁목극의 말에 공손휘는 고개를 끄덕였다. 북도맹의 최대 약점은 말할 것도 없이 수전이다. 그걸 극복하자는 말이니 반대할 이유도 없었다.

"그럼 어디로 유인하려는 거요?"

"이대로 북경으로 돌아가는 척하며 황반(黃班)으로 유인할 작정이오. 거기라면 평야가 넓고 또 제대로 배를 띄울 수 있는 물길도 백 리가량 떨어져 있으니 더할 나위 없는 곳이오."

공손휘는 강남으로 내려오기 전에 익혀뒀던 지도를 머릿속에 그려보았다. 황반이라는 곳이 선뜻 선명하게 떠오르지 않았다. 아마 그리 중요한 곳이 아닌 모양이다.

"염려 마시오, 맹주. 이미 지도는 확인했소이다. 또한 부하 십여 기를 보내 정찰을 하라고 했으니 우리가 출발할 때쯤엔 소식이 있을 거요."

"거기까지 손을 써뒀다면 더 이상 할 말도 없구려. 탁 단주의 의중대로 하시오."

"알겠소. 우리가 물러나는 걸 알면 필시 놈들은 추격전을 벌일 것이오. 그건 이 몸이 적당히 상대하면서 물러가겠소. 그러니 맹주께서는 선두에 서서 황반으로 가주시기 바라오."

"그리하리다!"

공손휘의 말이 떨어지자마자 탁목극은 다시 부하들이 있

는 곳으로 달려갔다.

'이놈들!'

부드득, 이를 갈면서 공손휘는 산 위와 저 아래 강변에 몰려 있는 숱한 선박들에게로 무서운 눈길을 던졌다. 당장 갈아서 씹어먹어도 시원치 않겠지만 지금은 때가 아니었다.

'우선은 돌아간다. 하지만 언젠가는 네놈들의 간을 꺼내 웅아의 넋을 위로하겠다!'

공손휘가 새삼 복수의 결의를 다지는 동안 북도맹은 이미 출발 준비를 끝내놓고 있었다.

*　　　*　　　*

신타 정호가 남선련의 주력을 이끌고 오자 가장 신바람 나게 설치는 건 매요봉이었다. 정혼자가 자기를 구하러 불원천리 달려와 준 것도 감지덕지인데 마침 위기에 처한 다른 사람들까지 구하게 되었으니 그녀의 콧대는 하늘 높은 줄 모르고 뻗쳐올랐다.

"이봐요. 도대체 뭘 망설이는 거예요? 놈들은 지금 달아나고 있으니 어서 추적하자구요!"

지금도 그녀는 득의양양한 표정으로 모여 있는 사람들에게 큰 소리를 탕탕 치고 있었다.

"흥!"

의문표가 못마땅한 듯 콧방귀를 날렸다.

'불과 얼마 전까지만 해도 우리 취우당의 바짓가랑이를 잡고 늘어졌던 년이······.'

이게 의문표의 솔직한 심정이었다.

의문표도 여자다. 평소에도 자기의 신분을 한껏 과시하는 매요봉이 밉살맞았었는데, 이제 잘난(?) 정혼자 덕에 마치 자신이 모두들을 구한 것처럼 행동하니 고깝기 그지없었다.

"벌주께선 좀 고정하시오. 저건 누가 봐도 유인책이오. 섣불리 덤비다가는 오히려 우리가 당할 수도 있소."

암류혼이 무거운 어조로 말했다. 말투만큼이나 그의 마음도 지금 상당히 무거웠다.

암류혼의 생각대로라면 남선련이 도착하자마자 북도맹과 크게 한 판을 벌였어야 했다.

그런데 그게 빗나가고 말았다. 남선련은 이쪽과 연락이 닿자마자 조용히 물러나 위력 시위만 하고 있을 뿐이었다.

그런 점에서 보자면 싸우자고 설치는 매요봉이 고맙기까지 했다. 앞뒤 재지도 않고 덤비는 것만 아니라면 말이다.

'남선련은 수전, 북도맹은 육지에서의 싸움을 원할 테니 쉽게 불을 붙이기도 어렵겠군!'

"확실히 놈들은 철수를 하는 것 같네!"

북도맹의 동정을 살피러 갔던 매보자가 임시 막사로 들어오며 모두 들으라는 듯 말했다.

"그것 봐요. 이대로 멀건이 놈들이 달아나는 걸 보고만 있을 셈이에요?"

때를 만났다는 듯 매요봉이 다시 한 번 언성을 높였다.

"벌주, 지금 하신 말씀을 그대로 남선련주께도 해주시오. 우리에겐 싸울 힘이 없다는 걸 누구보다 벌주께서 잘 아실 것이오. 그러니 여기서 아무리 말씀하셔도 소용이 없소. 남선련이 주둔한 곳까지 호위해 드릴 테니 제발 지금의 그 말씀을 남선련주께 다시 한 번 해주시오."

암류흔의 어조는 애절했다. 마치 매요봉이 최후의 구명줄이라도 되는 것처럼 간절하게 사정했다.

물론 이건 암류흔의 연기였다. 이렇게라도 해야 매요봉의 하늘 높은 줄 모르는 자존심이 조금은 충족될 터이고 그때야 비로소 이쪽이 마음먹은 대로 그녀를 부릴 수 있게 되니까.

"이렇게 미적거리고만 있으니 남선련주께서 이 자리에 오시지도 않지!"

나름대로 매섭게 통박을 주는 매요봉이었지만 그녀의 어조는 벌써 상당히 누그러져 있었다. 자신이 아니면 아무도 남선련을 움직일 수 없다는 자긍심도 확연히 엿보였다.

사실 남선련주 정호는 어쩐 일인지 처음 얼굴을 한 번 보이고는 지금까지 그 모습이 보이지 않았다.

'아마 매요봉을 피하고 싶은 거겠지.'

이게 나름대로 암류흔이 추측한 정호의 심정이었다.

그도 그럴 것이 매요봉은 암류흔의 눈으로 봐도 문제가 많은 여자였다. 돈과 자기의 몸이면 세상 모든 남자들을 뜻대로 움직일 수 있다고 믿고 행동하니 제대로 정신 박힌 남자라면 좋아할 턱이 없다.

그런 점에서 보면 정호도 불쌍한 남자다. 선대의 약속에 의해 어쩔 수 없이 매요봉 같은 여자와 결혼하게 되었으니 말이다.

"좋아요. 누가 날 호위해 줄 거죠?"

매요봉이 기세 좋게 몸을 일으켰다. 이 시점에서 남선련을 움직여 북도맹을 친다면 자기의 주가는 한 층 더 오른다는 계산이 선 뒤의 행동이었다.

이건 암류흔이 기다렸던 행동이기도 했다.

"내가 직접 모시고 가겠소."

"나도 가리다."

"나도!"

암류흔이 일어서자 두 사람이 따라 일어섰다. 싸움 좋아하는 열반노와 파사륵이었다.

"열 형은 여기 남아 계시오. 우린 싸우러 가는 게 아니라 동상벌주를 호위하기만 하면 되니까!"

"그럼 내가 대신 가겠네."

암류흔이 열반노를 떼놓으려 하자 단연이 대신 자원하고 나섰다.

암류흔으로서야 든든한 일이었다. 단연과 파사륵이 호위한다면 세상 누구도 자신들을 쉽게 건들 수 없을 테니 말이다.

"좋소. 그럼 단 형과 파사륵에게 부탁하기로 합시다."

열반노는 투덜거렸다. 이 산 위로 올라오고 나선 한 번도 속 시원히 싸워본 적이 없었다. 그 불만을 고스란히 드러낸 얼굴로 막사를 나가 버렸다.

암류흔은 잠시 좌중을 둘러보았다. 혹시 서광막에서도 누가 갈까 해서였다.

그러나 누구도 나서지 않았다. 삼세의 연합이 확정되지 않은 상황에서 남선련의 도움을 청하러 가는 발길이 선뜻 내키지 않는 것 같았다.

"자, 갑시다!"

전혀 개의치 않고 암류흔은 서둘렀다. 추격전은 빨리 시작할수록 좋으니 최대한 시간을 아껴야만 한다.

정호가 타고 있는 지휘선에 올라서면서부터 매요봉의 불평은 시작되었다.

"어휴, 이게 뭐야? 왜 이리 지저분해?"

남자들만 타고 있는 배니까 지저분한 건 당연한 일인데 매요봉이 새삼 이렇게 투덜거리고 있는 건 지금부터 확실히 안주인 행세를 하겠다는 속셈이었다.

“어서 오시오. 남선련의 대장로 직을 맡고 있는 연자강이라 하오!”

“련주는 어디 계시나요? 안내해 줘요.”

다른 사람들이 연자강에게 답례도 하기 전에 매요봉이 나서 안내를 청했다.

연자강의 눈썹이 꿈틀거렸다. 자신을 이처럼 무례하게 대하는 건 련주인 정호 외에는 없었다.

하지만 노기를 그대로 표현할 수는 없었다. 이제 곧 자신들의 주모(主母)가 될 여자였으니 연자강은 얼굴에 미소를 떠올릴 수밖에 없었다.

“서광막과 취우당에 오신 분들이오? 잘 오셨소이다.”

“서광막은 오지 않았소. 취우당의 암류흔이오.”

“아, 취우당의 총수께서 직접 오셨구려. 련주께서 반가워하실 거요. 자, 이리로.”

서광막이 오지 않았다는 말에 잠깐 멈칫했던 연자강은 이내 몸을 돌려 안내를 했다.

선실에는 미리 정호가 기다리고 있었다.

“어서 오시오. 오시는 걸 몰라 아무것도 준비하지 못했소.”

“기별도 드리지 않고 이렇게 불쑥 찾아와 송구하오.”

“그것보다 당장 배를 새로 한 척 건조하도록 해요. 명색이 남선련주가 타는 배 꼴이 이게 뭐예요!”

정호의 얼굴을 보자마자 매요봉은 배가 지저분하다는 것부터 지적했다.

"그래, 어쩐 일로 취우당의 총수께서 직접 오셨소?"

매요봉은 무시해 버리고 정호는 암류흔에게 말을 건넸다. 여자는 상대하지 않겠다는 기색이 역력했다.

"우린 단지 매 벌주를 호위해서 왔을 뿐이오. 말씀은 매 벌주께서 하실 것이오."

암류흔의 대답에 정호의 미간이 찌푸려졌다. 매요봉이 무슨 얘기를 할지 뻔히 아는 탓이었다. 또한 그건 그녀가 아니라 정작 암류흔이 바라는 일일 것이다.

"당장 북도맹을 쳐주세요. 지금 그들은 꽁지가 빠지게 달아나고 있으니 그 배후를 치면 금방 깨뜨릴 수 있어요!"

자기가 나설 차례가 되자 매요봉은 기세등등하게 얘기했다. 허리에 손까지 척 얹은 폼이 마치 빚쟁이에게 빚을 받으러 온 사람 같았다.

"그건 어렵겠소!"

정호는 일언지하 거절했다. 말을 돌리지 않는 건 뱃사람 특유의 기질 때문이리라.

"뭐예요? 기세에 겁을 먹고 달아나는 놈들도 치지 못할 정도로 남선련을 약한 가요? 그런가요?"

"놈들의 장기는 뭍에서의 싸움이오. 반면 우린 수전이고. 그러니 놈들을 수전으로 유인해 주시오. 그럼 단번에 쳐부수겠소!"

"하!"

매요봉은 말문이 막혔다. 정호의 말이 조리가 정연해서라기보다는 정혼녀인 자신의 부탁을 일언지하에 거절한 것이 괘씸해서였다.

"총수는 어떻게 생각하시오? 우리가 저들과 육지에서 싸워 이길 수 있을 것 같소?"

매요봉의 태도가 정호를 화나게 했나 보다. 그는 암류혼에게 짓궂은 질문을 던졌다.

"수전이라면 확실히 우리가 이길 것이오. 그러나 땅 위의 싸움도 불리하다고만 할 수 없소. 지금 귀 련에서 주신 화약으로 천기자가 화탄을 제조하고 있으니 그것만해도 전력에 상당한 보탬이 될 거요."

암류혼의 말에 정호는 손사래를 쳤다.

"그보다는 우리가 유리한 쪽으로 적들을 유인하는 게 편할 거요."

'남선련은 싸울 의사가 없다!'

방금 들은 정호의 말에 암류혼은 그 점을 확연히 느낄 수 있었다. 어쩌면 여기까지 와준 것만도 고맙게 여겨야 할지도 모를 일이었다.

이렇게 되면 무턱대고 싸움을 벌여볼 수밖에 없다. 매요봉의 투정에도 꿈적 않는 정호를 북도맹과 싸우게 하려면 그 수밖에 없을 것 같았다.

"이만 돌아가는 게 좋겠소, 매 벌주."

"돌아가다뇨? 남선련이 움직이지 않으면 나도 여기서 한 발짝도 옮기지 않을 거예요."

"그래 봐야 소용없소. 남선련은 놈들이 수전으로 나오지 않는 이상 움직이지 않을 거요. 그보다 달아나는 놈들을 추격하고 싶지 않소?"

이건 매요봉을 데려가기 위한 암류흔의 계책이었다. 그녀를 데려가야 그나마 정호가 움직일 확률이 조금이라도 있으니 말이다.

"정말 추격전을 시작할 건가요?"

"가지 않는 게 좋을 거요. 화탄 몇 개를 앞세운다고 이길 수 있는 놈들이 아니오."

추격전이란 말에 솔깃해하는 매요봉을 정호가 제지했다. 싫든 좋든 그로선 그녀가 자신의 배에 남아 있는 게 좋을 것 같았다. 뒤에 어떻게 되든 최소한 남들로부터 정혼녀를 져버렸다고 손가락질 받을 일은 없을 테니 말이다.

하지만 정호로 인해 이미 매요봉은 자존심이 상해 버린 상태였다. 이대로 머물러 있을 턱이 없었다.

"가겠어요. 북도맹 놈들 때문에 우리 동상벌이 괴멸되고 말았어요. 그 복수를 하지 않는다면 난 인간도 아니에요!"

매요봉은 싸늘하게 내뱉고는 그대로 선실을 나가 버렸다.

"이만 가보겠소!"

정중하게 예를 갖췄지만 암류흔은 정호에게 의미심장한 미소를 보냈다.

매요봉을 이대로 두고 본다면 남선련이 애써 여기까지 온 의미가 희석되고 만다. 그 점을 잘 생각해보라는 뜻이었다.

눈에 보이는 소득은 없었지만 암류흔의 남선련 방문은 전혀 의미가 없지 않았다.

그리고 추격전이 시작되었다.

2

추격전을 시작하자 가장 신난 사람은 당연히 열반노였다. 그동안 싸우지 못해 쌓인 불만을 한껏 발산하며 최선두에 서서 철마단을 쳐부쉈다.

'위험한데…….'

설치는 열반노를 보는 암류흔의 생각이었다. 놈들을 찝쩍거려 유인하면 그만인데 그는 간간이 너무 깊숙이 치고 들어가곤 했다.

"단 형, 열 형을 좀 살펴봐 주시오!"

자기 옆에서 잠시도 떨어지지 않는 단연에게 암류흔은 열반노를 부탁했다.

"열 형보다는 자네가 더 걱정일세."

"내겐 파사륵이 있으니 염려 마시오."

"저 꼴을 보고도 마음을 놓으란 말인가?"

암류흔은 단연이 가리키는 쪽을 쳐다보았다. 자기 옆에서 떨어지지 않은 것 같던 파사륵이 어느새 철마단 깊숙이 들어가 설치고 있는 게 보였다.

"열 형은 너무 걱정하지 말게. 경험이 많으니 위태로운 지경까지는 처하지 않으실 걸세."

"그래도 보는 내가 아슬아슬해서……."

"그보다 놈들을 유인하려면 그럴듯한 미끼가 있어야 되지 않겠나?"

"미끼?"

"자네가 한 번 나서보는 게 어떻겠나? 취우당 총수라면 놈들도 이를 갈며 덤비지 않겠나?"

"흐음!"

이건 생각해 볼 문제였다. 어차피 지금 북도맹은 취우당이나 서광막의 힘으로 상대한다는 건 무리다. 놈들을 유인해서 남선련과 부딪치게 해야만 한다.

"구체적인 방법을 얘기해 보시오."

북도맹 놈들을 유인할 수만 있다면 뭐든 해야 될 암류흔이었다. 단연에게 방법이 있을 것 같아 다급하게 물었다.

"구체적인 게 뭐 있겠나? 그냥 자네가 열 형 옆으로 달려가게. 그럼 내가 소리를 지르겠네. 총수를 보호하라고! 그럼 북도맹 놈들이 자네에게 벌 떼처럼 덤벼들지 않겠나?"

말끝에 단연은 너털웃음을 터뜨렸다. 그럴 상황이 아닌데도 불구하고 그는 거의 하지 않는 농담을 하고 있는 것이었다.

"단 형이 옆에 붙어 있을 거요?"

"아니, 정말 하려고 그러나?"

이번엔 단연이 놀랐다. 농담한 걸 암류흔은 진지하게 받아들이고 실행을 하려고 했으니 말이다.

"지금으로선 그 방법밖에 없을 것 같소!"

"흐음!"

암류흔이 심각하게 대꾸하자 단연의 표정도 덩달아 굳어졌다. 말이 좋아 유인하려고 적 한가운데 뛰어드는 것이지 언제 어떤 상황이 벌어질지 알 수가 없다. 충분히 숙고하지 않으면 안 된다.

"만약 내가 자네 곁에 있으면 놈들이 덤비지 않을 걸세. 저기 파사륵도 그렇지 않은가!"

단연의 말은 사실이었다. 파사륵이 설치는 곳에는 철마단 놈들이 피하기에 급급했다. 그녀가 강하다는 걸 익히 알기 때문이었다.

"그러니 놈들을 유인하기 위해서는 내가 지금처럼 자네 곁에 가까이 붙어 있을 순 없네. 그래도 자네가 위험하다 싶으면 언제라도 달려가겠네!"

"알겠소!"

짤막하게 대꾸하자마자 암류흔은 앞으로 달려나갔다.

"총수!"

갑작스런 암류흔의 행동에 그의 이름을 부른 건 망사웅이었다. 그리곤 곧장 그 뒤를 따르려고 했다.

"그만두게. 다 생각이 있어서 하는 일일세!"

단연이 망사웅을 제지하며 암류흔과는 다른 방향으로 달리기 시작했다.

그러면서 단연은 커다랗게 고함을 질렀다.

"총수께서 적 중에 계신다. 모두 총수를 보호하라!"

그 고함 소리는 암류흔의 귀에도 들렸다. 미리 계획한 일이었지만 그 소리를 듣는 순간 이상하게 우스운 생각이 들었다.

거기에 부응해 암류흔도 가장 가까이 있는 철마단 놈을 향해 유성환의 첫 번째 돌기를 누르며 소리를 질렀다.

"취우당의 총수 암류흔이다. 날 막을 자 있거든 맞서라!"

쓰파앗!

유성환의 새하얀 빛줄기에 격중된 철마단 놈은 철갑옷을 입은 그대로 터져 버렸다.

하지만 효과는 기대 이하였다. 암류흔이 취우당 총수라는 걸 밝혔음에도 철마단은 전혀 관심을 보이지 않았다.

이렇게 되니 흥분하는 건 암류흔이었다. 놈들을 유인하기 위해 기껏 미끼가 되었는데 입질이 전혀 없으니 환장할 노릇이었다.

"우야압!"

그 노기를 암류흔은 남기지 않고 풀었다. 힘차게 솟구치며 유성환의 첫 번째 돌기와 마지막 돌기를 거의 동시에 눌렀다.

쓰파앗, 츄리릿—!

광채와 소리가 한꺼번에 유성환에서 쏟아진다 싶더니 어느새 암류흔의 손에는 여의창이라 이름 붙인 병기가 들려졌다.

암류흔은 조금도 망설이지 않았다. 앞서 달리는 철마단 놈들의 등을 향해 세차게 손을 떨쳤다.

촤르르륵—!

"끄아아악!"

여의창은 암류흔을 실망시키지 않았다. 거기에 관통된 놈에게서 불길이 확 일어났다고 느낀 순간 어느새 갑옷이 흐물흐물 녹아내리기 시작했다. 놈이 타고 있던 말이 타죽은 건 물론이었다.

이렇게 되자 철마단 놈들은 암류흔을 무시하고만 있을 수 없게 되었다. 죽은 자는 고작 두 명에 불과했지만 그 방법이 너무 끔찍했다. 한 명은 폭사, 한 명은 형체도 찾지 못할 정도로 녹아버렸으니 말이다.

"의혈사의 총수 암류흔이다! 네놈들에게 볼일이 없다. 북도맹의 공손휘는 썩 나서거라!"

암류흔은 다시 한 번 고함을 질렀다. 놈들이 동요하기 시작한 지금이야말로 쐐기를 박을 때인 것이다.

촤르르―!

철마단의 한가운데로 뛰어든 암류흔은 마음껏 여의창을 휘둘렀다.

암류흔이 어디서 고절한 창술을 익힌 건 아니었다. 그저 자기가 아는 초식은 모두 여의창으로 시전하고 있는 것에 불과했다. 그게 검법이든 도법이든 상관없이 말이다.

그래도 효과는 좋았다. 여의창에 꿰뚫리거나 단순히 스치기만 해도 갑옷까지 녹이는 불길이 치솟았으니 철마단의 후미는 서서히 혼란에 휩싸였다.

"전열을 정비하고 놈을 쳐라!"

누군가의 입에서 명령이 터져 나오자 그 즉각 열 기 정도의 철마단원이 말머리를 돌려 암류흔을 둘러쌌다.

'됐다!'

암류흔은 내심 쾌재를 불렀다. 이래야 스스로 미끼가 된 보람이 있다. 지금은 고작 십여 명에 불과했지만 이들을 처치하고 나면 더 많은 놈들이 유인책에 휘말릴 게 분명하다.

"우야아아아압!"

기세가 오른 암류혼은 그 자리에서 한 바퀴 크게 회전하며 여의창을 휘둘렀다. 여전히 이것저것 뒤섞인 초식이었다.

하긴 그게 더 큰 위력을 발휘하게 된 원인인지도 모른다. 체계적인 초식을 펼쳤다면 철마단원들이 저처럼 우왕좌왕하지 않았을 터였다. 언제 어디서 튀어나올지 모르니까 놈들은 전전긍긍할 수밖에 없었다.

"혼자서만 재미 보긴가?"

귀에 익은 목소리와 함께 열반노가 불쑥 얼굴을 내밀었다. 적과 자기의 피를 뒤집어써 피로 물들지 않은 곳이 보이지 않았다.

"물러서시오, 형님!"

"갈 때가 되면 가지 말라고 해도 가겠네."

암류혼의 말을 흘려 들으며 열반노는 수중의 구절편을 세차게 휘둘렀다.

쉿, 쉬잇, 쉬잇!

깡, 까깡, 따앙!

열반노의 구절편도 대단한 위력을 발휘했다. 한 번씩 공기를 가를 때마다 철마단의 갑옷을 두드렸고 그때마다 놈들의 투구는 움푹움푹 꺼지며 머리가 빠개졌다.

그러나 암류혼은 답답하기만 했다. 무엇보다 열반노가 곁에 있으니 여의창을 마음껏 휘두를 수가 없었다.

암류흔은 좀 더 앞으로 나아갔다. 위험한 줄은 알지만 철마단 놈들을 묶어두기 위해선 어쩔 수 없었다.

"공손휘는 어디 있느냐? 여기 취우당의 총수 암류흔이 왔다! 벌써 겁을 먹고 꼬리를 사렸느냐?"

암류흔은 마음껏 고함을 질렀다. 여의창을 믿고서 그런 건 아니었다. 유성환도 무리하게 사용하면 부작용이 있다는 걸 알고서 보다 조심스러워진 탓이다.

그렇다고 단순히 북도맹 놈들을 유인만 하자고 고함을 지른 것도 아니었다. 이렇게 함으로써 단연에게도 자신의 위치를 알릴 수 있었던 것이다.

"쥐새끼 같은 놈이 감히 맹주의 존함을 입에 올리느냐?"

고함이 끝나기 무섭게 한 자루 대도가 암류흔의 얼굴 앞에서 커다랗게 확대되며 날아들었다.

이건 정말이지 불의의 일격이었다. 열반노를 피한다는 게 너무 깊숙이 들어온 모양이다.

그렇다고 두 눈 벌겋게 뜨고 당하고만 있을 수는 없는 노릇. 암류흔은 그 자리에 푹 주저앉았다. 당장 얼굴로 떨어지는 대도를 피할 수 있는 방법으로 떠오른 건 그뿐이었다.

그냥 주저앉기만 한 것도 아니었다. 앉은 상태로 놈이 탄 말 다리를 향해 여의창을 힘껏 휘둘렀다.

여의창은 이번에도 암류흔을 실망시키지 않았다. 말 다리부터 타기 시작한 불길은 삽시간에 대도를 휘두른 놈의 갑옷까지 녹여 버렸다.

"앗! 부단주!

"부단주께서 당하셨다. 놈은 취우당의 총수다!"

돌연 앞으로만 달리던 철마단의 한 떼가 방향을 돌렸다. 방금 암류혼이 처치한 놈이 부단주였으니 놈들의 반응이 당연한 것인지도 모른다.

물론 암류혼으로서는 고무적인 현상이었다. 적의 수뇌부 한 놈을 죽였으니 이제 철마단은 싫어도 자신에게 집중할 수밖에 없으리라.

'이쯤에서 몸을 빼도 되겠지!'

생각과 동시에 암류혼은 그 자리에 멈춰 섰다. 그래도 고함을 또 한 번 지르는 건 잊지 않았다.

"내가 바로 암류혼이다! 피라미들은 필요없으니 가서 공손휘를 불러오너라!"

그렇게 고함을 지른 후 암류혼은 곧장 몸을 돌렸다. 이제부터 여기서 빠져나갈 작정이었다.

그러나 암류혼은 아득한 절망감을 느껴야만 했다. 들어와도 너무 깊이 들어와 버린 자신을 발견한 탓이다.

암류혼은 재빨리 주변을 살폈다. 단연이 어디 있는지 알아보기 위해서였다.

보이지 않았다. 단연뿐만이 아니라 떨구고 왔던 열반노의 모습도 찾을 길이 없었다.

"공손휘는 어디 있느냐? 취우당의 총수가 네 목을 가지러 왔노라!"

암류혼은 재차 고함을 질렀다. 이건 단연이 들으라고 한 것이었다.

"놈! 요망한 병기로 설치는구나. 이거나 받아라!"

오라는 단연은 오지 않고 대신 철마단이 휘두르는 대도가 무더기로 암류혼의 전신을 노리고 쏟아져 내렸다.

철마단의 이번 공격은 뭔가 달랐다. 지금까지처럼 개개인이 아닌 단체가, 그것도 체계적으로 암류혼을 압박해 왔다.

"우야압!"

암류혼이 할 수 있는 건 수중의 여의창을 힘껏 휘두르는 것뿐이었다. 그사이 유성환의 첫 번째와 두 번째 돌기를 누를 수 있었던 건 다행한 일이었다.

스파앗, 싸악!

철마단원 중 한 명은 폭사하고 한 명은 갑옷째 갈가리 찢겨져 나갔지만 암류혼이 휘두른 여의창은 허공만 긁고 말았다. 놈들도 그것과 부딪치면 어떤 결과가 나온다는 걸 알았으니, 정면으로 맞서지 않고 교묘한 기마술로 피하기만 했던 것이다.

암류혼은 초조해졌다. 아직도 유성환의 첫 번째와 두 번째 돌기는 효력을 발휘했지만 그건 지나치게 사용할 수 없다는 맹점이 있었다. 더 이상의 위험에 직면하기 전에 단연과 합류해야만 한다. 아니, 적어도 다른 형제들이라도!

다시 유성환의 돌기를 누른 후 암류흔은 그 자리에 쭈그리고 앉았다. 사람을 상대로 여의창을 휘두르는 건 효과가 없으니 말 다리를 노리자는 계산에서였다.

촤르르, 화아악—!

"아악!"

"끄으악!"

이번엔 어느 정도 효과를 봤다. 적어도 세 필의 말이 불길에 휩싸였고 그 위에 탄 놈도 마찬가지로 통구이(?)가 됐을 터였다.

"쥐새끼 같은 놈!"

한 소리 우렁찬 고함이 들린다 싶더니, 암류흔의 정수리를 향해 또 한 자루의 대도가 떨어져 내렸다.

자신도 모르게 암류흔은 눈을 감아버릴 뻔했다. 앉아서 받는 위로부터의 공격은 서 있을 때와는 또 달랐다. 마치 하늘 꼭대기에서 대도가 떨어져 내리는 듯한 느낌이었다.

무의식적으로 암류흔은 유성환을 더듬었다. 그 손길에 세 번째 돌기가 걸린 건 순전히 행운이었다.

싸악!

놈의 대도가 암류흔을 정수리부터 쪼개고 지나갔다.

"끄아아아악!"

그러나 비명을 지른 건 바로 대도를 휘두렀던 놈이었다. 어느새 암류혼의 여의창이 그의 가슴을 관통했기 때문이다.

암류혼으로선 한숨 돌리는 순간이었다. 왜 진즉 이 세 번째 돌기를 생각지 못했는지 스스로가 한심스럽기도 했다.

세 번째 돌기의 효능을 얻은 암류혼은 더 이상 거칠 것이 없었다. 철마단 놈들의 무기는 하나같이 대도였기에 아무런 해도 입지 않기 때문이었다.

하지만 그건 오히려 역효과를 가져왔다.

"끄아악!"

"괴, 괴물이다. 피해랏!"

아무리 대도로 잘라도 죽지 않고 오히려 철갑까지 녹이는 병기를 휘두르는 암류혼을 피해 철마단 놈들이 마구 달아났던 것이다.

"게 섯거라!"

기가 오른 암류혼은 걸리적거리는 철마단을 마구 짓밟으며 달려갔다. 이 기세라면 혼자서라도 놈들을 모두 전멸시킬 수 있을 것 같았다.

하지만 암류혼은 너무 지나쳤다. 적진 속으로 너무 깊이 들어간 건 물론, 적이 철마단뿐만 아니란 사실을 잠깐 망각했었다.

"그놈은 내가 상대하겠다!"

우렁찬 외침이 어디선가 들려온 순간, 암류혼은 가슴에 커다란 둔통을 느끼며 강하게 뒤로 튕겨 나갔다.

“컥, 커헉!”

바닥에 처박힌 채 암류혼은 한 사발은 넘음직한 피를 토하고 말았다. 일어서기는커녕 그대로 숨이 넘어갈 것만 같았다.

“네놈이 암류혼이로구나! 내가 바로 공손휘다. 내 아들의 목숨을 네게 묻겠다!”

“크윽!”

다시 한 사발의 피를 토한 후 암류혼은 간신히 눈을 떴다. 사위어 가는 햇살을 등진 공손휘의 모습이 제대로 보이지 않았다.

암류혼은 간신히 오른팔을 들었다. 어떤 작용을 했는지 여의창은 보이지 않았다.

그뿐만이 아니었다. 가격당한 가슴의 통증 탓으로 신체의 다른 부분을 움직이는 것은 물론, 팔 하나를 들고 있는 것도 힘겹기만 했다.

사실 지금 공손휘의 상태도 그리 좋은 편은 아니었다. 부상이 완쾌되기도 전에 너무 무리한 힘을 사용한 탓이다.

그래도 참을 수가 없었다, 어떤 악연이 있는 건지 몰라도.

취우당은 갈아 마셔도 시원치 않을 이름이었다. 그래서 그 총수가 후미에 나타났다는 얘기를 듣자마자 일부러 여기까지 찾아왔던 것이다.

그리고 지금 공손휘는 자신이 불편하다는 걸 싹 잊을 수 있었다. 취우당의 총수인 암류혼이 바로 눈앞에 쓰러져 있기 때문이다.

"찢어 죽이겠다!"

자신이 말 한 대로 하려는 듯 공손후는 쓰러져 있는 암류혼의 멱살을 잡아 허공으로 쳐들었다.

열반노의 갈라진 목소리가 들려온 것은 바로 그때였다.

"미안하지만 네 상대는 여기다!"

좌르륵!

동시에 열반노의 구절편이 암류혼의 멱살을 잡은 공손휘의 팔을 한차례 훑고 지나갔다.

하지만 공손휘는 꿈적도 하지 않았다. 워낙 무공의 차이도 컸지만 암류혼을 죽이고자 하는 의지도 너무나 강했던 것이다.

"허이차압!"

열반노도 포기하지 않았다. 기묘한 기합성을 다시 토한다 싶더니 이번엔 구절편으로 공손휘의 다리를 후려쳤다.

퍼억!

이번에 구절편은 휘어지지 않았다. 아홉 개의 마디가 서로 붙어서 하나의 길다란 쇠몽둥이처럼 변해 공손휘의 무릎을 강타했다.

"웃!"

이번엔 공손휘도 타격을 입었다. 신형이 크게 휘청거리는

가 싶더니 잡고 있던 암류흔을 놓쳐 버렸다.

"이노옴!"

공손휘는 머리꼭대기까지 화가 치밀었다. 암류흔을 놓쳐 버린 것도 분했지만 고작 구절편의 공격에 타격을 입은 게 자존심에 큰 생채기를 남겼다.

공손휘의 일갈에도 불구하고 열반노는 공격의 손길을 멈추지 않았다. 언젠가 허름한 객잔에서 보여줬던 것처럼 그의 구절편은 마치 고슴도치의 가시처럼 쑥쑥 튀어나와 주변을 휩쓸었다.

그 바람에 낭패를 본 건 철마단이었다. 바닥에 쓰러져 운신도 하지 못하는 암류흔을 공격하려던 자들이 열반노의 구절편에 맞아 오히려 피를 토하며 거꾸러졌던 것이다.

"총수를 모셔라! 총수를!"

암류흔의 곁에서 구절편을 휘두르며 열반노는 연신 고함을 질렀다. 누적된 피로가 여실히 묻어 나오는 목소리였다.

"이노옴!"

재차 노성을 터뜨린 공손휘는 열반노가 형성한 구절편의 원을 향해 두 손을 내밀었다.

꾸웅—!

마치 먼 산 너머에서 천둥이 친 것 같은 소리가 장내를 진동시켰다.

하지만 공손휘나 열반노에겐 그걸로 충분했다. 전자는 그

한 수로 방해자를 처치했고 후자는 그걸로 인해 몸이 허공으로 튕겼다. 때를 놓치지 않은 철마단의 대도에 의해 전신이 난도질당했기 때문이다.

그걸 확인한 공손휘는 재빨리 몸을 돌렸다. 이제야말로 암류흔을 처치할 때인 것이다.

그러나 공손휘를 기다리는 건 처절한 낭패감이었다. 어느새 달려왔는지 단연이 암류흔을 안고 앞을 막는 철마단을 헤치며 사라져 가는 걸 본 탓이다.

"저놈을 놓치지 마라!"

명을 내리는 공손휘의 목소리는 차라리 발악에 가까웠다. 그건 입에 들어온 먹이를 놓친 맹수의 포효와도 비슷했다.

그 일로 인해 철마단주 탁목극의 계획은 틀어져 버리고 말았다. 아무리 말려도 공손휘는 듣지 않았다.

그래서 북도맹은 땅에, 취우당을 비롯한 그 나머지는 배 위에 라는 기이한 대치가 시작되었다.

3

이 모든 사태가 정호는 재미있고, 우습기만 했다. 북도맹을 유인하러 갔던 암류혼이 초죽음이 되어 돌아온 것도 그렇고 공손휘만한 인물이 순간적인 감정을 이기지 못해 계획을 돌려 강변에 진을 친 것도 마찬가지였다.

아마 예전의 정호였다면 술병을 입에 문 채 이 기막힌 일들을 한껏 비웃어줬을 터였다.

하지만 예전의 그가 아니었다. 속마음이야 어떻든 표정에 근심을 가득 실은 채 암류혼이 누워 있는 선실로 들어갔다.

"좀 어떠시오?"

암류혼을 치료하고 있는 신의에게 정호는 나직이 물었다. 그 음색도 진정으로 염려하는 사람의 것이었다.

"위기는 넘겼소. 그런데 뭔가 이상하오. 일단 위기를 넘기니 빠르게 회복되고 있소이다."

연신 고개를 갸웃거리며 신의도 속삭였다. 최대한 환자를 안정시키려는 배려였다.

"정신은 드셨소?"

"아니오, 아직 깨어나진 못했지만 부상이 빠르게 회복되고 있는 건 사실이오."

"어쨌든 다행한 일이오. 정신을 차리시거든 불러주시오."

"려, 련주……."

정호가 막 몸을 돌렸을 때 암류혼의 입에서 나직한 소리가 새어 나왔다.

"어? 정신이 드는가?"

신의가 재빨리 암류흔의 맥을 살폈다. 그 표정엔 당황하는 기색이 역력했다.

확실히 신의는 암류흔에 대해 거듭거듭 놀라고 있었다. 그가 이처럼 심한 부상을 당한 걸 본 것도 처음이었고 살릴 수 없다고 판단했을 때마다 그는 고비를 넘겼었다.

그리고 지금, 아무래도 며칠은 더 혼절해 있을 거라고 여겼었는데 암류흔은 눈을 뜨고 말까지 하고 있는 것이다.

"괜찮나?"

"목이… 무, 물을……."

"가져다주겠네."

신의는 그대로 달려나갔다. 물도 가져와야 했지만 암류흔이 깨어나기만을 학수고대하는 취우당 형제들에게 얼른 이 소식을 전하기도 해야 한다.

"어, 어떻게 됐소?"

자신을 내려다보고 있는 정호에게 암류흔은 물었다. 물론 자신이 혼절한 뒤의 상황에 대한 거였다.

"암 총수의 유인은 성공했소. 놈들은 강변에 진을 치고서 배를 구하는 모양이오."

"흐음."

암류흔은 긴 한숨을 토했다. 몸이 이 지경이 되고서도 유인 책이 성공하지 못했다면 그야말로 낭패가 아닐 수 없었다.

"그럼 놈들이… 수전에 응할 것 같소?"

"아직은 아닐 거요. 놈들은 지금 배가 한 척도 없는 상태요. 배가 있어야 우리에게 싸움을 걸든 말든 할 거 아니겠소."

"놈들에게 배를 제, 제공해 주면……."

"그건 힘드오. 제공해 준다고 해도 우리 역시 다른 곳에서 구해야 하는 입장이오. 설마 놈들이 우리 배를 받지는 않을 거 아니오."

"총수, 괜찮나?"

"구호!"

정호의 말이 끝나기 무섭게 발자국도 요란하게 사람들이 들이닥쳤다. 취우당 형제들과 앵화, 그리고 파사륵이었다.

"난 괜찮소."

형제들을 보며 암류흔은 웃으려고 했다. 하지만 그것도 생각보다 힘들어 그만두고 말았다.

"그런데 열 형은……?"

형제들의 얼굴을 둘러보던 암류흔이 단연을 향해 물었다. 열반노의 모습이 보이기 않았던 것이다.

누구도 선뜻 대답하지 않았다. 그중에서 마음 약한 망사웅은 고개를 돌린 채 어깨를 격렬하게 떨고 있었다.

"대체 어떻게 된 거요!"

격심한 통증에도 불구하고 암류흔은 몸을 일으키며 언성을 높였다.

하지만 침상에 다시 몸을 눕히며 눈을 감았다. 대답을 듣지 않아도 기억이 날 것 같았다. 공손휘에게 불의의 일격을 당하고 그 손길에 잡혔을 때 구절편을 휘두르며 뛰어들었던 열반노의 얼굴이……!

"시신은 찾았소?"

가슴은 격렬하게 진탕되었지만 암류혼의 어조는 잔잔하기만 했다.

"찾을 수 없었네."

대답하는 단연의 목소리도 조금 젖어 있었다.

열반노의 최후를 직접 눈으로 본 건 단연이었다. 암류혼을 구출하러 갔을 때 이미 그는 철마단에 의해 난도질당하고 있는 중이었다.

물론 그 뒤에라도 열반노의 시신 조각이나 찾을 수도 있었다. 북도맹이 강변에 진을 치고 있지만 않았다면 말이다.

"내가 열 형을 죽였어. 내가……."

나직이 내뱉는 암류혼의 목소리가 꽉 잠겨들었다. 입으로 내뱉어보니 객관적으로 여겨지던 사실이 새삼 가슴을 치며 울려왔기 때문이다.

암류혼은 팔로 눈을 가렸다. 쏟아지는 눈물을 형제들에게 보이기 싫어서였다.

아니, 형제들을 대하기 창피해서가 아니었다. 지금도 어디선가 보고 있을 열반노의 넋 앞에 눈물을 보일 자격이 없다고 생각해서였다.

"울게. 마음껏 울고 나면 속도 풀릴 걸세. 우리는 이만 나가세."

그 심정을 익히 알 것 같은 단연이 형제들을 몰고 밖으로 나갔다. 혼자 있을 시간을 암류혼에게 주기 위함이었다.

혼자 있게 되자 암류혼은 오히려 눈물을 거뒀다. 울고만 있을 수는 없는 노릇이다. 이제 이쪽도 원수를 갚을 일이 생긴 셈이다.

'누가 더 철저하게 돌려주느냐 하는 거지!'

아들의 복수와 형제의 원수, 어느 쪽이 더 무거운지는 생각지 않기로 했다. 서로가 그걸 위해 싸운다면 누가 더 치열하게 거기에 매진했느냐에 따라 결과가 달라질 수도 있다.

문득 암류혼은 오른팔을 들어올렸다. 가슴에서부터 상반신 전체로 격심한 통증이 엄습했지만 애써 무시해 버렸다.

암류혼이 생각하고 있는 건 유성환의 마지막 돌기였다. 오른팔이 마비되었을 때 연청색 빛이 감돌면서 그게 나왔던 적이 있었다. 지금도 그렇게 되지 않을까 하는 한 가닥 기대감을 버릴 수 없었다.

딸각!

암류혼은 마지막 돌기를 눌렀다. 기다렸다는 듯 유성환은 연청색 빛으로 물들었고 이윽고 그의 전신을 휘감아 돌기 시작했다.

'흐음!'

암류흔의 미간이 살짝 일그러졌다. 내부 깊숙한 곳에서 시작된 묘한 느낌 때문이었다. 간지러운 것 같기도 하고 따끔거리기도 했지만 아주 기분 나쁜 느낌은 아니었다.

"우웨엑!"

갑자기 암류흔은 한 되는 넘을 것 같은 피를 토했다. 색깔이 새까만 게 마치 중독자의 피를 보는 것 같았다.

그 후로 유성환의 빛은 급격히 사라졌다, 오른손에 여의창만 남기고.

그리고 암류흔은 일어나 앉을 수 있었다. 여전히 가슴 깊은 곳에는 은은한 통증이 남아 있었지만 조금 전보다는 훨씬 나아졌다.

"무슨 일인가?"

빛과 피를 토하는 소리를 들은 신의가 놀란 얼굴로 선실로 들어왔다.

"아니, 자네? 아직 일어나면 안 되네. 좀 더 쉬어야 해!"

침상에 앉아 있는 암류흔을 신의는 억지로 다시 눕히려고 했다.

그 신의의 손을 암류흔은 강하게 부여잡았다.

"난 괜찮소. 하지만 다른 사람들에겐 내가 살아나기 힘들다고 해주시오. 그리고 단 형을 조용히 불러주시오."

"가만 있어보게."

괜찮다는 암류흔의 말에도 신의는 기어이 그의 맥을 잡았다.

"이게 어떻게 된 건가?"

해연한 표정으로 신의는 암류흔의 얼굴을 쳐다보았다. 그의 말대로 몸이 거의 정상으로 회복된 걸 안 탓이다.

"이놈의 조화요."

유성환을 가리키며 가볍게 대답하던 암류흔은 이내 빠르게 말을 이었다.

"지금 내 상태는 당분간 비밀로 해주시오. 다른 사람들에게는 갑자기 상태가 나빠져 죽어간다고 하고……. 어서 단 형을 불러주시오. 은밀하게!"

신의도 의혈사에 몸담고 있는 사람이다. 뭔가 있다는 것을 깨달은 그는 재빨리 밖으로 걸음을 옮겼다.

암류흔은 다시 침상에 누웠다. 방금 토한 피가 심한 중태에 빠진 그를 대변해 주는 것 같았다.

"어쩌다 암 총수가 그렇게 나빠졌다는 거요?"

얼마 지나지 않아 신의를 타박하는 단연의 목소리와 함께 두 사람이 선실로 들어왔다.

"이보게, 암 총수……."

"형님, 전 괜찮습니다. 신의께서는 잠시 자리를 피해주시오."

암류흔은 나직이 속삭였다. 소리가 밖으로 새어나가면 자신이 의도하는 게 틀어질 우려도 없지 않았다.

"신의는 나가서서 내가 죽어가고 있다고 말씀해 주시오. 그리고 형님은……"

암류흔의 목소리가 극도로 낮아졌다.

하지만 그 얘기를 다 듣고 선실을 나서는 단연의 표정은 그리 어둡지 않았다.

*   *   *

장패(張覇)와 조구(曹九)는 철마단의 교두(敎頭)와 부하 사이로 공통점이 있다면 그들이 같은 시간대에 경계근무를 서고 있었다는 점이다.

그리고 또 하나의 공통점이 있었다. 그들은 경계를 서던 중 나란히 정신을 잃었고 지금 깨어났다는 것이다. 그것도 여기가 어디인지도 모른 채 말이다.

"장 교두님, 여기가 어디일까요?"

조구는 깨어나자마자 눈을 빤히 뜨고 자신을 쳐다보고 있는 장패에게 물었다.

"나도 모르겠다. 하지만 아무래도 적에게 잡힌 것 같다."

장패의 말이 아니더라도 그건 조구도 익히 알 수 있었다. 전신이 밧줄로 결박되어 있었기 때문이다.

"자, 이리 오시오. 놈들이 깨어날 때가 됐으니 심문을 해봅시다!"

"쉿, 정신을 잃은 척해라."

갑자기 들려온 말소리에 장패는 재빨리 조구에게 속삭였다. 심문한다는 말로 미루어 적진인 게 분명하니 우선 상황을 살피자는 뜻이었다.

두 사람이 혼절한 척 다시 눈을 감았을 때 두 쌍의 발이 그들의 얼굴 앞에 멈춰 섰다. 바로 정호와 단연이었다.

"이상하군. 깨어날 때가 됐는데……."

"뭐 서두를 건 없소. 그런데 귀 당의 당주는 아무래도 회복되기가 어려운 거요?"

"흐음, 신의께서 포기하고 계신 걸 보면 아무래도…….

"그거 큰일이구려. 지금이 바로 북도맹과 자웅을 결할 때인데 암 총수께서 쓰러져 버렸으니 막막하구려!"

"그러니 이 일엔 남선련주께서 좀 도와주시오. 우린 총수의 복수를 해야겠소!"

"그 심정은 충분히 이해가 가오. 하지만 암 총수가 돌아가시면 우리들만으론 북도맹을 이길 수 없소이다. 우리 남선련은 일단 철수할까 하오!"

"철수라니오? 지금 북도맹 놈들도 상당한 타격을 입고 있소이다. 지금이 바로 그들을 칠 때요!"

"미안하오. 하지만 우리가 나선 건 내 정혼녀 때문이었소. 그녀를 무사히 구출한 이상 우리가 머물 명분이 없어져 버렸소. 냉정하게 들리겠지만 어쩔 수 없구려."

"정녕 돌아가실 작정이오?"

"련 내에서도 총단을 비우고 멀리 양주까지 온 것에 대해 반대하는 자가 많소이다. 이 점 널리 양해해 주시오."

"알겠소이다!"

단연의 목소리가 저절로 높아졌다. 이제 와서 발을 빼려는 남선련의 의도에 분노하고 있는 기색이 역력했다.

"하지만 한 가지는 반드시 도와주셔야겠소!"

"말씀해 보시오. 남선련이 할 수 있는 일이라면 뭐든 해드리리다."

"남선련의 인원이 철수하는 건 말리지 않겠소. 하지만 여기 있는 배의 절반을 빌려주시오."

"배의 절반을 빌려달라니……?"

"생각해 보시오. 만약 남선련이 이대로 철수해 버리면 북도맹이 그냥 있겠소? 곧바로 공격을 개시할 것이오. 그러나 배의 절반을 빌려주시면 북도맹 놈들은 남선련이 여전히 머물러 있는 줄 알고 섣불리 움직이지 못할 거요. 그동안 우리 취우당이 산발적인 기습 공격을 감행하고, 서광막이 지원을 부르면 그럭저럭 북도맹을 상대할 수 있을 거요."

"그러니까 허장성세(虛張聲勢)를 꾸미겠다는 말인데… 그게 통할 것 같소이까?"

"북도맹의 공손휘도 부상을 당한 상태요. 그렇게 꾸며놓으면 틀림없이 속을 것이오. 또한 속지 않는다고 해도 그건 어쩔 수 없는 일. 운에 맡길 수밖에……."

"흐음!"

정호는 침음성을 토했다. 선박을 절반이나 남겨두고 간다는 것에 대한 고민이 깊다는 게 여실히 보였다.

"생각해 보시오. 정 련주의 정혼녀인 매 벌주가 지금까지 무사할 수 있었던 건 우리 취우당의 공이라고 하지 않을 수 없소. 이걸 잊는다면 남선련은 은혜를 모르는 곳이라고 질타를 받을 것이오."

답답하다는 듯 단연은 노골적인 협박의 말까지 꺼냈다.

"너무 그렇게까지 심한 말씀은 하실 것 없소. 알겠소, 선박의 반을 두고 가리다."

"고맙소, 정말 고맙소. 이 은혜는 평생 잊지 않겠소!"

"그만 하시오. 뭐 그만한 일을 가지고. 그런데 이 자들은 아직 깨어나지 않았소?"

감사를 표하는 단연을 말리며 정호는 혼절해 있는 장패와 조구를 발로 툭툭 건드렸다.

"그러게 말이오. 벌써 깨어났어야 하는데… 하긴 이제라도 깨우면 되겠지!"

'이크!'

단연의 말에 장패가 내심 찔끔하고 있을 때,

"아뢰오! 방금 취우당 총수께서 운명하셨습니다. 어서 두

분을 모셔오라는 전갈이오!"

밖에서 누군가 다급하게 고하는 소리가 들렸다. 장패로선 위기를 모면하는 순간이었다.

"뭣이? 총수께서?"

"이렇게 갑자기! 너는 여기서 저 두 놈을 단단히 감시해라!"

보고한 수하에게 일러둔 후, 두 사람은 빠르게 달려나갔다.

약간의 시간이 지난 뒤에야 장패는 눈을 뜨고 주변의 동정을 살폈다. 선실 안은 조구 외에 다른 사람의 기척은 전혀 감지되지 않았다.

이리저리 몸을 뒤튼 장패는 결박된 밧줄을 풀었다. 혈도를 제압한 걸로 안심한 탓인지 느슨하게 묶여 있었던 것이다.

"너도 똑똑히 들었지?"

조구의 결박을 풀어주면서 장패는 나직이 속삭였다.

"예."

"우린 어서 여길 빠져나가야 한다. 그래서 이 소식을 단주께 보고드려야 해."

"하지만 밖엔 감시하는 자가……."

"저자만 처치하면 된다. 취우당의 총수가 죽었다니, 다른 놈들은 모두 거기에 신경이 쏠려 있을 것이다. 어쩌면 쉽게 빠져나갈 수 있을지도 모르지!"

말을 하면서 장패는 살며시 선실 문쪽으로 접근했다. 한 명만이 밖에서 감시할 뿐 아무도 보이지 않았다.

거의 무방비 상태로 서 있는 감시꾼을 제압하는 건 장패로선 식은 죽 먹기였다. 뒤통수를 한 대 갈기는 것으로 충분했다.

선실 밖은 장패의 예상대로였다. 주변은 온통 남선련의 배였지만 암류흔의 죽음이 알려진 탓인지 조용한 가운데서도 어지러운 혼란이 느껴졌다.

"자, 가자!"

"저, 전 수영을 못 합니다요."

금방이라도 물에 뛰어들 듯한 장패에게 조구가 울상을 짓고 말했다. 대륙의 북방에서 나고 자랐던 터라 물에 익숙지 못한 건 당연한 건지도 모른다.

"나도 그렇다. 하지만 여기 있는 널빤지를 이용하면 될 거다."

장패는 과연 교두다웠다. 그 역시 수영은 못하지만 용기가 두려움을 이겼는지 갑판의 널빤지를 이용할 계획을 세웠다.

그렇게 그들은 무사히 탈출에 성공했다.

하지만 장패와 조구는 꿈에도 알지 못했다. 허우적거리는 그들의 뒷모습을 보며 정호와 단연이 시원스레 웃고 있다는 사실을.

웃고 있는 사람은 또 있었다. 죽었다고 발표를 한 후, 휘장을 둘러친 침상에 누워 있는 암류흔이 바로 그였다.

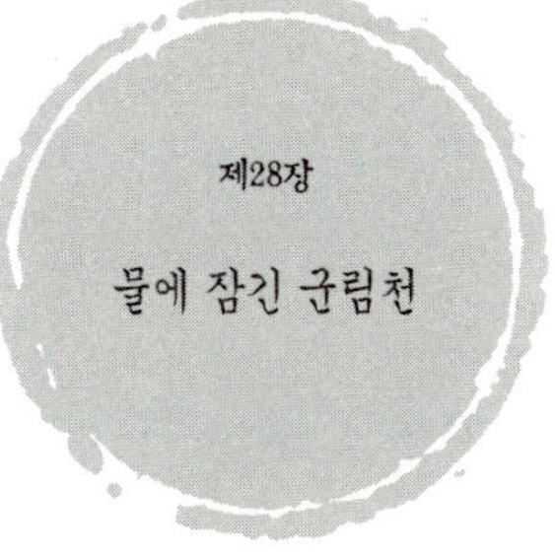

제28장

물에 잠긴 군림천

장패와 조구의 보고를 받은 공손휘는 뛸 듯이 기뻐했다. 암류흔이 죽었다는 것도 그랬지만 무엇보다 남선련의 인원이 모두 철수한다는 게 그를 잔뜩 고무시켰다.

"드디어 놈들을 깡그리 쓸어버릴 기회가 온 것 같소, 탁 단주!"

"하지만 남선련이 철수한다고 해도, 취우당이나 서광막 놈들이 배에서만 머물러 있으면 우리들로선 손을 쓸 방법이 없소이다."

"흐하하하하! 탁 단주는 그걸 걱정하셨소?"

공손휘는 호탕하게 웃어 젖혔다.

"생각해 보시오. 여기서 남선련이 빠지면 수전에 능한 자가 누가 있소? 땅굴이나 파던 서광막이 동정호에서 수전을 좀 해봤다지만, 여기 몰려온 놈들은 고작해야 몇 명 되지도 않소. 총수가 죽은 취우당은 말할 것도 없고."

너무나 자신만만한 공손후의 태도에서 탁목극은 일말의 불안감을 느꼈다. 평생을 말만 타다가 그걸 배로 바꿔 타야된다는 것에 대한 본능적인 불안이리라.

"이참에 나는 놈들의 배를 빼앗아 달아나는 남선련을 추격해 볼까 하오. 이 기회가 아니면 언제 다시 이 강남에 내려와 그들의 버릇을 고쳐 주겠소?"

"그건 재고해 주십시오!"

탁목극이 언성을 높여 공손휘를 말렸다. 그대로 두면 그는 정말로 배를 몰고 남선련을 추격할 터였다.

"아무리 남선련이 기가 죽어 발을 뺐다고 해도 수전에서는 그들을 당할 재간이 없소이다. 이번에는 우선 취우당과 서광막 놈들만 징계를 한 후, 북경으로 돌아가시는 게 상책일 듯 하오!"

"그럽시다. 서광막의 주력이 호시탐탐 노리고 있으니 북경을 오래 비워둘 수야 없지! 안타깝지만 남선련은 다음에 손을 봐주도록 합시다."

"그럼 곧 정찰병을 보내 놈들의 동태를 감시하도록 하겠소."

“수고해 주시오!”

그렇게 탁목극을 돌려보낸 후 공손후는 친위대장을 불렀다.

“부르셨습니까?”

친위대장 진패검(鎭覇劍) 곽지(郭智)가 공손휘에게 깍듯한 예를 갖췄다. 이제 갓 마흔을 넘긴 것 같은 준수한 용모의 중년인이었다.

“지금 당장 금검대원 열 명을 선발해 은밀히 강가에 잠복해 있거라!”

“하면 적의 동태를 살피는 임무입니까?”

“그렇다. 하지만 저기 주둔하고 있는 놈들의 동태가 아니라 은밀히 빠져나가는 남선련의 주력이 어디로 움직이고 있는지를 감시하는 거다. 열 명의 금검대원을 세 시진 간격으로 내게 보내 놈들의 위치를 보고하도록!”

“존명!”

친위대에 있어 항명이나 내려진 명에 대해 이유를 캐묻는 건 있을 수 없는 일이다. 곽지는 그대로 예를 갖춘 후 물러갔다.

“후후후…….”

곽지가 나간 후 공손후는 회심의 미소를 지었다. 탁목극에겐 남선련을 추적하지 않겠다고 했지만 그건 빈말이었다. 이 기회에 남선련의 기반을 흔들어놓을 결심이었다.

딱히 남선련에 무슨 감정이 있는 건 아니었다. 다만 지금 삼세가 연합을 추진 중이란 게 공손휘에게 위기감을 느끼게 했던 것이다.

삼세 중 동상벌은 이미 괴멸된 거나 마찬가지라고 하지만 여전히 그 자금력을 무시할 수 없다. 그걸로 서광막과 동상벌을 지원한다면 북도맹으로선 상당한 부담이 되지 않을 수 없는 일이다.

'요는 수전만 피하면 된다!'

바로 그 점 때문에 공손휘는 친위대장으로 하여금 남선련의 동태를 감시하라고 했다. 그들도 어디선가 정박을 할 테고 그 배 위로 올라갈 수만 있다면 이미 승부는 결정되고 만다. 배 위에서의 싸움은 육지와 다를 바 없을 테니 말이다.

'웅아, 이제 곧 너의 원수 놈들을 네 곁으로 보내주마. 저 승에서나마 마음껏 복수하려무나!'

적을 깨뜨린다는 생각의 끝은 항상 아들에 대한 것으로 옮겨지는 요즘의 공손휘였다. 북도맹이라는 천하에서 제일 가는 기반을 물려줄 후계자가 없어졌다는 허전함 탓인지도 모른다.

그럴수록 아들을 죽인 자에 대한 적개심도 깊어졌다. 탁목극의 반대에도 불구하고 굳이 남선련을 치겠다는 것도 단순히 삼세의 연합에 대한 불안감 탓만은 아닌지도 모른다.

'이 참에 끝을 보겠다!'

언제가 됐든 천하사세는 하나로 통일이 되어야 한다. 이렇게 산 설고 물 선 강남땅까지 내려왔을 때 칠 수 있는 가지는 모두 쳐버려야 한다.

'아들이 죽었다는 걸 알면 탄웅 놈도 펄펄 뛰겠지!'

이미 자신은 아들을 잃었다. 서광막주인 탄웅도 마땅히 그리 되어야 공평하다고 공손휘는 생각했다.

"보고드립니다. 남선련이 움직이기 시작했습니다!"

"뭣이? 이리 들어와서 자세하게 말하라!"

생각에 잠겨 있던 공손휘는 수하의 보고에 벌떡 몸을 일으켰다. 드디어 결전의 시간이 임박해 오고 있었기 때문이다.

"남선련의 배들이 움직이기 시작했습니다. 그런데 이상한 것은 작은 배들만 십여 척씩 무리 지어 상류로 향하고 큰배들은 그대로 정박하고 있습니다!"

"당연하지!"

상황을 모르는 수하의 눈에는 이상하게 보일지 모르지만 적의 작전을 훤히 아는 공손휘에겐 오히려 당연한 일이었다.

'작은 배로 인원만 빠지겠다는 수작이겠지!'

"알겠다. 나가서 더욱 철저히 감시하거라! 놈들의 움직임이 멈추거든 다시 보고하거라!"

"존명!"

수하가 복명하고 달려나간 뒤에도 한참 동안 공손휘는 진막 안을 서성거렸다.

'아직은 때가 아니다. 조금만 더 기다리자!'

공손휘가 기다리는 건 바로 금검대의 보고였다. 지금 움직이고 있는 남선련의 배들이 적어도 이백 리 이상 멀어진 뒤에 공격을 감행할 생각이었다. 그전이라면 언제든 그들이 돌아올 수 있을 테니까 말이다.

이제 공손휘는 배들이 정박해 있는 곳까지 은밀히 접근할 수 있는 방법을 고심하기 시작했다.

장강의 하구는 그 폭이 넓다. 당연히 남선련의 배들까지의 거리도 멀다. 그렇지 않았다면 벌써 불화살을 퍼부어 몽땅 태워 버렸을 것이다.

'장패는 널빤지를 이용해 탈출했다고 했었지.'

어쩌면 거기에 해답이 있는지도 모른다.

"밖에 누가 있느냐?"

돌연 공손휘는 바깥을 향해 고함을 질러 수하를 불렀다.

"부르셨습니까?"

"백여 명을 뽑아 산으로 가라 일러라. 나무를 베어오는 거다."

"예? 나무를요?"

수하는 의아스럽다는 듯 고개를 갸웃거렸다. 난데없이 벌목을 하라니 이유는 모르지만 그럴 수밖에 없었다.

"까닭은 몰라도 좋다. 되도록 굵은 나무를 베어 오도록 해라."

“그럼 얼마나 베어야 할지요?”

“우리 모두에게 하나씩 돌아갈 수 있도록 베라고 해라. 모두의 목숨이 걸린 일이니 실수없도록!”

“존명!”

수하가 물러가자 공손휘는 탁목극을 다시 불러들였다.

“놈들의 동정은 어떻소?”

“여전히 작은 배를 이용해 인원을 빼내는 것 같소이다!”

“그따위 속임수에 우리가 넘어가리라 생각하고 있는 모양이오. 그보다 탁 단주, 아무래도 철마단은 갑옷을 벗어야 할 것 같소이다.”

“그게 무슨 말씀이오?”

되묻는 탁목극의 어조엔 은근한 반발이 묻어 있었다.

철갑무장은 바로 철마단의 상징이나 다름없다. 그걸 벗으라는 건 그들의 자긍심을 던져 버리라는 말과 같았다.

그 기분은 공손휘도 알아차렸고 충분히 이해도 할 수 있었다. 그래서 부드러운 말투로 입을 열었다.

“흥분하지 말고 내 말을 들어보시오.”

그 후에 공손휘는 자기의 계획을 차근차근 설명해 주었다.

탁목극도 납득을 한 모양이다. 그 시각 이후로 철마단은 철갑옷을 벗고, 말도 버렸다.

공손휘가 내렸던 벌목 명령은 일사천리로 진행되었다. 무공을 아는 사람들에게 있어 나무를 베는 건 그리 어렵지 않은 일이었다.

그렇게 베어진 통나무들이 진막 앞에 산더미처럼 쌓인 건 해가 뉘엿뉘엿 넘어가기 시작한 유시(酉時)가 끝나갈 무렵이었다.

공손휘의 명은 거기서 끝나지 않았다. 밤사이 은밀하게 이 많은 통나무들을 십 리 정도 상류로 이동시키라는 지시를 새로이 내렸다.

북도맹 무사들은 투덜거렸지만 공손휘는 웃고 있었다. 내일이면 저기서 뭉기적거리고 있는 취우당과 서광막 놈들을 치고 다시 남선련까지 깨뜨릴 생각을 하니 쉬이 잠이 올 것 같지 않았다.

*   *   *

그날 밤에 웃고 있는 사람은 비단 공손휘만이 아니었다. 휘장을 둘러친 암류흔의 침상 주변에 모인 사람들은 더 크게 웃고 있었다.

"북도맹 놈들은 확실히 수전은 물론 배에 대해 전혀 모르고 있는 것 같소이다. 조금만 유심히 살폈다면 여기 있는 배들이 며칠 전보다 훨씬 더 깊이 잠겨 있다는 걸 간파했을 텐데!"

드물게도 정호는 들떠 보였다. 예전의 그와는 달라졌다지만 천성적으로 염세적인 성격인 그가 유난히 밝은 표정을 짓고 있는 요즘이었다.

그 까닭은 정호 자신도 몰랐다. 그냥 취우당 형제들이나 탄밀과 같이 있으면 기분이 좋았다. 단지 그뿐이었다.

"그런데 혹시 이 배가 침몰하는 건 아니오? 이렇게 많은 사람이 타고 있으니……."

매보자가 염려스럽게 물었다. 작은 배를 몰고 철수하는 척꾸민 사람은 불과 백 명도 채 되지 않았다. 나머지 인원은 모두 남은 배에 타고 있으니 정원을 초과해도 심하게 초과한 셈이었다.

"하하하, 염려하지 마시오. 침몰하기는커녕 기동하는데도 아무 이상이 없을 거요!"

정호는 호언장담을 했다. 배에 대해서 누구보다 잘 아는 그인지라 어느 정도의 인원을 태워야 하는지에 대해서도 이미 계산을 끝낸 상태였던 것이다.

"북도맹이 꽤나 바쁘게 움직이고 있는 것 같더이다. 아마 통나무를 이용해 이 배에 오르려는 의도겠지!"

"이대로 머물러 있어도 괜찮겠소?"

매보자의 말에 단연이 또다시 근심스럽게 물었다. 그 역시 배나 수전에 대해서 모르긴 마찬가지였다. 약간의 불안감이 없지 않을 수 없었다.

"놈들은 상류에 통나무를 띄우고 물살을 타고 배로 접근할 계획임이 분명하오. 알고서 속지는 않을 거요."

"련주께서 무슨 생각을 하고 있는지 구체적으로 얘기해 주시면 보다 안심이 되겠소."

단연의 채근에 정호는 주위의 사람들을 둘러보았다. 삼세의 연합에 대해 강경한 반대를 하는 막도종은 아예 다른 배에 타고 있어 모습이 보이지 않았다.

정호가 특히 눈치를 살핀 사람은 탄밀이었다. 아직은 삼세의 연합이 결정되지 않았으니 잠재적으론 적이다. 그 앞에 수전에 대한 자기 작전을 설명한다는 건 그리 달갑지 않은 일이었다.

하지만 이내 정호는 입을 열었다. 수전의 작전이란 게 지금 자신이 계획한 것 하나만이 아닌 것이다. 한둘쯤 노출되었다고 해서 그리 불리할 것도 없었다.

"물론 놈들이 이 배에 접근하도록 방관하고 있지는 않을 거요. 하지만 지금 움직이는 건 상책이 아니오. 놈들이 통나무를 타고 우리들 배에 거의 접근했을 때 우리 역시 슬슬 하류로 떠내려가면서 놈들을 유인할 거요. 너무 멀어진다 싶으면 멈추고, 가까워졌다 싶으면 다시 내려가고… 일단 물에 들어오면 요리는 우리 남선련이 할거요!"

자신도 모르게 단연은 고개를 끄덕였다. 배를 그처럼 자유자재로 움직일 수 있는 능력에 감탄했다는 표정을 감추지 않았다.

"그건 그렇고 암 총수도 속이 시커먼 사람이로군!"

난데없이 상춘풍이 입을 열었다.

"대체 무슨 말을 하려고 그러나? 그만두게!"

단연이 재빨리 상춘풍을 제지했다. 그의 가벼운 성품으로 보아 말을 막 할 것이고, 지금 암류흔의 심정으로는 그런 얘기를 곱게 받아들일 수 있을 것 같지 않아서였다.

"다른 얘기가 아니오. 일이 여기에 이를 때까지 우리 형제들도 감쪽같이 속인 암 총수의 뱃속이 시커멓다고…….."

"그만두라는데도!"

목소리를 약간 높이며 단연은 눈짓으로 휘장이 쳐진 침상 쪽을 가리켰다. 암류흔을 의식하라는 신호였다.

"소생은 암 총수를 충분히 이해할 수 있습니다."

지금까지 한마디도 하지 않던 탄밀이 조용히 말을 뱉었다.

"자고로 적을 속이려면 우리 편부터 속이라고 했습니다. 암 총수는 거기에 충실했을 뿐 다른 뜻은 없었을 겁니다."

"아무리 그래도 그렇지…….."

"그래도 다행한 일 아닙니까? 총수께서 무사하시다니. 소생은 정말 잘못되신 게 아닌가 싶어 가슴이 덜컥 내려앉았습니다."

탄밀의 어투는 어디까지나 정중했다. 그는 아마 적인 공손휘에게도 말만은 각듯이 할 것이 분명했다.

그런 탄밀이 단연은 마음에 들었다. 겉보기엔 다소 유약해 보일지 몰라도 저런 사람이 의외로 강한 경우가 많다. 만에 하나 저 모습이 꾸민 것이라면 그는 틀림없이 희대의 효웅(梟雄)이 되리라.

"그런데 서광막에서 탄 공자가 처한 상황을 알고 있소?"

단연이 조심스럽게 물었다. 뭘 염탐하려는 게 아니라 순수한 호기심 때문이었다. 아들이 위기에 처했다는 걸 알면 세상의 어느 아버지가 그냥 있겠는가 말이다.

"부친께서는 우릴 약하게 키우진 않으셨습니다."

함축적인 탄밀의 대답이 또 한 번 단연을 감탄시켰다. 위기에 처했다고 해서 부친에게 도움을 청하는 그런 졸장부는 아니라는 얘기였다.

"그런데 탄 공자, 공자의 부친께서는 삼세의 연합에 대해 어떻게 생각하고 계시오?"

이건 매보자의 질문이었다. 정보 상인답게 뭐든 캐내려는 버릇이 다시 도진 것이다.

사실 이건 묻지 않아도 어느 정도 짐작할 수 있는 문제였다. 막도종의 태도를 보면 서광막은 삼세의 연합에 반대하고 있는 것 같다고 매보자는 짐작했다.

이번엔 탄밀이 정호의 눈치를 살폈다. 남선련의 주력을 이끌고 여기까지 온 걸 보면 삼세의 연합에 반대하는 것 같지는 않았지만 그렇다고 서광막 내부의 알력은 쉽게 입에 담을 성질의 것이 아니었다.

"뭘 그리 망설이시오. 여기 있는 사람들은 이제 같은 편이나 다름없으니 편하게 얘기해 보시오."

매보자가 은근한 어조로 덧붙였다. 여기서 탄밀이 입을 닫아버리면 기껏 말을 꺼낸 자신의 입장이 이상해질 것 같다고 생각해서였다.

"아버님께서는 삼세의 연합에 찬성하고 계십니다. 하지만 본 막 전체가 아버님과 뜻을 같이하는 건 아닙니다. 그렇게만 알고 계십시오."

"반대가 있다고? 서광막이야 북도맹과 정면으로 싸우지 않았소? 그런데 반대하는 분들이 있다니?"

좀 더 알아낼 요량으로 매보자가 재우쳐 물었지만 탄밀은 더 이상 입을 열지 않았다.

그들의 얘기를 휘장 한 장을 사이에 둔 암류흔은 모두 듣고 있었다.

'이 싸움은 반드시 이겨야겠군!'

비단 열반노의 복수를 위해서 만은 아니었다. 그건 자신의 의지를 관철시키는 것이기도 했다.

암류흔은 삼세의 연합에 대해 처음부터 회의적이었다. 그건 언젠가 천하사세 중 한곳이 무림 전체를 통괄하는 걸 의미하고, 바로 그 점이 싫었던 것이다.

암류흔의 의혈사의 세작이다. 비록 지금은 독자적으로 움직이고 있지만, 의혈사도 한때는 국가에서 운영하던 곳이었다. 그러니 천하사세가 하나로 통합된다면 그건 국가에 귀속되어야만 한다. 그렇지 않다면 무림은 이대로 분열되어 있는 게 훨씬 낫다.

'동상벌은 이미 괴멸되었고 이 싸움에서 북도맹에게 타격을 준다면 그들도 머지않아 서광막이나 남선련에 의해 멸망할 것이다. 그 후엔 서광막과 남선련이 남는데…….'

그렇게 되면 십중팔구 동상벌의 재력은 남선련을 지원하는데 쓰일 터였다. 정혼한 사이이기도 했고 또 이번에 매요봉이 정호의 신세를 톡톡히 졌으니 어쩔 수 없는 일이었다.

'그렇다면 서광막이 많이 기우는데 매요봉이 남선련을 지원하지 못하게 하려면……?'

생각을 거듭하던 암류흔은 문득 고개를 세차게 흔들었다. 이건 뒷날의 일이다. 지금 당장은 북도맹을 어떻게 치느냐 하는 것에 집중해야만 한다.

'과연 정호의 말대로 북도맹이 움직여 줄까?'

그렇게만 된다면 정호의 말대로 싸움은 싱겁게 끝날지도 모른다.

하지만 세상일이란 게 그렇게 쉽게만 풀리는 게 아니란 걸 암류흔은 너무도 잘 안다. 최악의 경우 취우당 형제들만큼은 안전하게 몸을 뺄 수 있는 방법을 강구해 둬야 한다.

물론 비겁하다는 욕을 얻어먹을 각오는 돼 있는 암류혼이었다.

하지만 열반노가 죽은 마당에 다른 형제들을 더 잃을 수는 없었다.

'아무래도 단 형과 파사륵의 활약을 기대할 수밖에 없겠군.'

생각을 끝낸 암류혼은 조용한 목소리로 단연을 불렀다.

2

주위의 적극적인 만류에도 불구하고 공손휘는 기어이 뗏목에 직접 몸을 실었다. 손수 아들의 원수를 갚겠다는 데 달리 말릴 수단도 없었다.

"몸은 좀 어떠시오?"

공손휘와 같은 뗏목에 탄 탁목극이 걱정스레 물었다. 어떤 대답이 나올지는 뻔히 알고 있었지만 묻지 않을 수 없었다.

"다 나았소. 그러니 걱정 마시오."

공손휘의 대답은 탁목극의 예상대로였다.

그게 탁목극은 훨씬 불안했다. 부상이 완전히 회복되기도 전에 공손휘는 암류혼과 열반노를 죽였다. 그 과정에서 또 약간의 충격을 받은 것이다.

그걸 뻔히 알고 있는데 큰소리를 친다는 건 공손휘의 부상이 의외로 깊다는 걸 감추기 위한 건지도 모른다.

하지만 탁목극은 더 이상 묻지 않기로 했다. 조금 있으면 싸움이 시작될 테니 그전엔 최대한 불길한 얘기는 피하고 싶었다.

"조금 전에 들어온 금검대의 보고에 의하면 철수한 남선련 놈들이 이미 남경을 지나 장강을 거슬러 올라가고 있는 중이라 하오. 거기서 여기까진 삼백 리가 넘는 거리니 이 밤중에는 놈들이 돌아오지 못하리다!"

"하지만 우리의 작전을 놈들이 눈치 챘을 수도 있소이다."

한마디 해놓고서 탁목극은 내심 '아차' 싶었다. 싸움을 앞두고 더 이상 좋지 않은 얘기를 꺼내지 않겠다고 내심 작정한 게 바로 조금 전이었던 것이다.

"눈치 챈들 대수겠소? 놈들도 배를 다루는 건 서툴 텐데. 흐하하하!"

하지만 공손휘는 대수롭지 않게 웃어넘겼다. 이제 잠시 후면 아들의 원수를 갚는 건 물론, 천하사세를 통합하기 위한 초석을 닦을 수 있다는 생각에 한껏 들뜬 모습이었다.

"어떻게든 놈들의 배에 오르기만 하면 우리가 이기는 거요. 그러니 일단 출발하면 전속력으로 떠내려가야 하오."

"우리 철마단이 앞장서서 길을 열겠소이다!"

탁목극이 강한 어투로 말했다. 어차피 싸울 거라면 선봉에서는 게 그나마 철마단의 직성에 맞을 터였다.

"고맙소. 오늘 승리하게 되면 그건 순전히 탁 단주와 철마단의 덕이오. 내 잊지 않으리다!"

"별말씀을! 그동안 맹주께 받은 은혜의 십분지 일이나마 갚을 수 있다면 다행한 일이겠소."

사실 철마단이 비적에서 준군사적인 성격을 띠게 된 것도 막후에서 공손휘가 영향력을 발휘했기 때문이다. 탁목극은 그게 못내 고마워서 스스로 북도맹에 귀속되기로 했던 것이다.

"출발할 때가 되지 않았소?"

공손휘의 말에 탁목극은 하늘을 올려다보았다. 별들이 출발하기로 했던 자정에 가까웠음을 알리고 있었다.

"조금만 더 기다려 보시지요. 만약의 경우를 대비해 수하 한 명을 우리가 주둔했던 곳에 남겨뒀소이다. 혹시라도 놈들이 움직이면 신호를 하라고."

"그건 잘한 일이오. 쥐새끼 같은 놈들이 미리 달아나 버리면 큰일이니까."

시간은 흘러 어느덧 자정을 지났다.

그러나 탁목극이 기다리는 신호는 오지 않았다. 배에 타고 있는 놈들에게서 아무런 변화가 없다는 뜻이었다.

"출발하십시다! 놈들은 여전히 배에 머물러 있는 것 같소이다."

“알겠소. 자, 출발!”

공손휘의 한마디에 북도맹의 무사들은 일제히 통나무를 안고 물에 뛰어들었다.

그 맨 선두는 뗏목에 탄 공손휘와 탁목극이었다.

며칠 전 내렸던 비로 인해 강물의 유속이 생각보다 훨씬 빠른 것도 공손휘의 마음에 든 것 중 하나였다.

*   *   *

‘놈들이 온다!’

무슨 소리가 들린다거나 움직임이 감지된 건 아니었다.

하지만 암류흔은 마치 상류 쪽에서 엄청난 해일이 밀려오고 있는 듯한 느낌이 강하게 들었다. 바로 북도맹이 움직이고 있다는 의미였다.

그래도 초조해지는 건 어쩔 수 없었다. 너무 느긋한 모습을 하고 있는 정호 때문이었다.

“슬슬 닻을 올려야 하지 않겠소?”

묻는 암류흔의 음색이 가늘게 떨리고 있었다. 몇 번이나 경험한 공손휘의 가공할 무공 탓도 있었지만 이제 잠시 후면 북도맹을 이 장강에 수장시킬 수 있다는 흥분도 가미된 음색이었다.

“아직은 아니오. 조금 더 기다리시오.”

정호는 여전히 느긋했다.

그렇다고 그의 머릿속까지 한가한 건 아니었다. 물살의 빠르기와 적과 아군과의 거리 등을 끊임없이 계산하고 있었다.

그런 정호를 보는 게 답답해진 암류흔은 시선을 탄밀에게로 돌렸다.

'정말 어울리지 않는 병기군!'

누가 봐도 탄밀은 귀공자처럼 생겼다. 그런데 그가 들고 있는 병기는 날이 새파랗게 선 두 자루 낫이었으니, 이처럼 어울리지 않는 것도 없었다.

그 뿐만이 아니라 탄밀의 표정도 조금 변한 것 같았다. 항상 온화한 얼굴이던 그였는데 지금은 눈빛부터가 살벌하게 발하고 있어 간이 작은 사람은 마주보기도 어려울 정도였다.

'하긴 달리 서광막의 이공자일까!'

평소와 다른 탄밀의 모습을 암류흔은 그렇게 해석했다. 누구나 싸움에 임하면 틀림없이 얼굴이 아귀처럼 변할 터였다. 예외가 있다면 단연이나 파사륵 정도가 표정의 변화 없이 적을 쓰러뜨릴 수 있으리라.

"활을 준비하라!"

느긋하게 있던 정호가 갑자기 매서운 어조로 명을 내렸다.

동시에 갑판 위엔 아연 긴장감이 감돌았다. 드디어 싸움이 시작되려는 참이었다.

그 명은 곧바로 다른 배로 전달되었고 부산한 움직임이 어둠 속에서도 느껴졌다. 남선련의 사수들이 활에 화살을 재고 있는 것이리라.

움직이는 건 남선련의 사수들만이 아니었다. 정호의 명이 떨어지기 무섭게 활귀와 쌍도끼가 암류흔의 양쪽으로 다가와 딱 붙어 섰다.

"왜 이러시오?"

"단 형님의 말씀일세. 자네 곁에서 조금도 떨어지지 말라고 하시더군!"

"공손휘는 단 형님께서 상대하겠다고 하셨네."

활귀와 쌍도끼가 거의 동시에 말했다. 단연은 암류흔이 공손휘에게 덤벼들 걸 염려하고 있는 것 같았다. 열반노의 목숨빚이 있으니 그런 걱정을 하는 것도 당연했다.

"허어, 참! 내가 그렇게 어리석은 놈으로 보이우?"

기가 막힌다는 듯 주변을 둘러보던 암류흔의 표정이 살짝 굳어졌다. 어느새 정호가 활을 들고 있는 걸 봤기 때문이다.

"곧 시작될 거 같소!"

긴장된 표정으로 속삭이며 암류흔은 유성환의 마지막 돌기를 눌렀다. 연청색 빛이 반짝인다 싶더니 어느새 여의창이 그의 손에 모습을 드러냈다.

퓨슝—!

정호가 활을 쏜 것도 거의 동시였다. 처음엔 평범하게 날아가던 화살은 어느 순간 요란한 소리와 함께 마치 유성처럼 빛을 발하며 어둠에 잠겨 있는 강 상류 쪽으로 꽂혀들었다.

그게 시작이었다. 미리부터 대기하고 있던 사수들이 일제히 화살을 발사해 한동안 주변은 마치 소나기를 맞고 있는 천막 안처럼 요란한 소음에 휩싸였다.

보기 드문 장관이었고 위력적인 공격이었지만 정호는 별 기대를 하지 않았다. 애당초 적을 확인해서 쏠 수도 없었거니와 북도맹 놈들은 모두 통나무에 의지해 떠내려 오고 있다. 신체의 대부분이 물에 잠겨 있을 테니 화살이 적중될 확률은 거의 없었다.

그럼에도 불구하고 정호가 굳이 화살 공격을 감행한 것은 이유가 있었다. 놈들에게 직접적인 피해를 주지는 못하더라도 이걸로 놈들을 격분시키는 효과는 충분했다.

게다가 선제공격을 했다는 것도 중요했다. 단순히 적의 공격을 기다렸다가 반격하는 것과 비교했을 때 사기에 미치는 영향은 지대한 것이다.

"됐다. 그만 쏘고 닻을 올려라!"

어느 정도 화살을 쏴대던 정호는 다시 명을 내렸다. 이제부턴 본격적으로 북도맹 놈들을 보다 깊은 물길로 유인하려는 의도였다.

남선련의 움직임은 일사불란했다. 어둠 속에서 정호의 명은 정확하게 전달되었고, 근 백 척에 달하는 배가 약속이라도 한 것처럼 동시에 하류로 떠내려가기 시작했다.

"속도에 유의해라. 적들과의 거리가 너무 멀어지면 안 된다!"

정호는 이 점을 가장 중요시했다. 화살 공격을 받은 적들은 바짝 달아 있을 게 분명하다. 하더라도 거리가 너무 벌어지면 물에 익숙지 못한 자들은 포기해 버릴 우려도 없지 않다.

그렇게 배들은 점점 하류로 흘러갔다. 그럴수록 강폭은 넓어지고, 수심도 깊어졌다.

"속도를 늦춰라!"

배가 일단 속력이 붙으면 그 속도를 쉽게 제어하기 어렵다. 그래서 정호는 어느 정도 탄력이 붙는다 싶자 서행할 것을 명했다.

배들의 속도가 점차 떨어지기 시작했을 때 암류흔은 몸의 이상을 느꼈다. 가만히 있음에도 불구하고 띵한 현기증이 느껴졌던 것이다.

'멀미를 하는 건가?'

지금까지 배를 타본 적이 없는 건 아니었다.

그러나 그건 유람 삼아 편안히 가는 것이었지, 지금처럼 선채로 흔들리며 탄 것은 아니었다. 배가 자유자재로 움직이는 것과 반비례해서 암류흔의 속은 더욱 불편하게 메슥거렸다.

'빌어먹을!'

입 안에 고인 침을 뱉으며 암류흔은 내심 투덜거렸다. 이럴 바엔 차라리 배를 멈추고 한바탕 싸우는 게 나을 것 같았다.

그렇다고 대놓고 표를 낼 수도 없어 암류흔은 양옆에 서 있는 활귀와 쌍도끼를 살펴보았다. 그들도 그리 편한 것만은 아닌지 어둠 속에서도 안색이 약간 창백해졌다는 걸 알 수 있었다.

"철삭!"

또 다른 명이 정호의 명이 떨어졌다.

그게 뭘 의미하는 건지 암류흔이 미처 알아차리기도 전에,

촤르륵—!

쇠사슬이 풀려 나가는 소리가 어둠에 잠긴 물결 위로 번져 나갔다.

"배를 세워라!"

철삭을 푼 지 얼마 지나지 않아 정호는 정선(停船) 명령을 내렸다.

"이제부터 각오하시오."

정호의 말에 암류흔이 다급하게 물었다.

"여기서 놈들과 싸울 거요?"

"더 유인하려고 하면 놈들이 아예 포기할 거요."

더 이상의 말은 필요없다. 어차피 이대로 피하기만 하면 북도맹 놈들에게 결정적인 타격을 주지 못한다. 어떻게든 한 번

은 싸워야 하고 그게 배 위라면 이쪽이 불리할 건 없었다.

갑판 위에 스산한 살기가 흘렀다. 뱃전에 부딪치는 물결 소리까지 금방이라도 목에 꽂히는 비수가 될 것 같은 암울한 불길함도 함께 떠돌았다.

철컥, 촤르륵—!

돌연 전방의 어둠 속에서 쇠사슬이 부딪치는 소리가 들려왔다. 조금 전에 깔아둔 것에 뭔가가 걸린 모양이었다.

그 '뭔가'가 뭔지는 굳이 확인하지 않아도 좋았다. 통나무를 타고 내려오는 북도맹 놈들이 뻔할 테니 말이다.

아니나 다를까, 다급하게 내지르는 비명성이 적막에 잠긴 물결 위로 커다란 파문을 만들어내며 울려 퍼졌다.

"이, 이게 뭐냐? 아아악!"

"당황하지 마라. 당황하지 말고 통나무 위로 올라서라!"

놈들이 혼란에 휩싸여 있다고 생각했을 때, 시커먼 물체 하나가 물결 위에 둥실 떠올랐다 싶은 순간 이내 커다랗게 확대되며 다가왔다.

"피해랏!"

누구의 입에서 터져 나온 고함인지는 알 길이 없었다. 다만 그 소릴 듣는 순간 다들 옆으로 몸을 날렸다.

꽈앙—!

벽력이 터지는 듯한 폭음과 함께 갑판의 앞부분이 그대로 부서져 나갔다.

"쥐새끼 같은 놈들, 여기 모여 있었구나!"

그 다음에 들려온 건 분명 공손휘의 목소리였다.

그게 신호라도 된 것 같았다. 마치 커다란 망치로 헌 벽을 허무는 것처럼 여기저기서 쿵쿵거리는 소리가 들리더니 곧바로 악을 쓰는 함성으로 변했다.

"와아, 죽여라!"

"철마단의 위력을 똑똑히 보여줘라!"

드디어 북도맹이 배에 오르기 시작한 모양이다. 한두 척의 배에서 불길이 인다 싶더니, 빠른 속도로 다른 배로 번져 갔다.

삽시간에 벌어진 일련의 사태가 암류혼은 당혹스러웠다. 싸움이 이처럼 급속하게, 또 배들이 이처럼 쉽게 불길에 휩싸일 줄은 몰랐기 때문이었다.

하지만 정호는 침착하기만 했다. 남선련의 무사들이 적을 한 명씩만 껴안고 물속으로 빠져 들어가도 이건 이기는 싸움인 것이다. 상대가 아무리 공손휘라 하더라도 배에 오른 이상 두려울 것이 없었다.

"이놈들!"

크게 한 소리 지른다 싶더니, 공손휘는 그 자리에서 한 바퀴 회전하며 두 손바닥을 연신 떨쳐 냈다.

꽈르릉, 꽈앙!

공손휘가 뿌린 암경이 부딪친 곳에선 어김없이 파괴가 뒤

따랐다. 돛대든 난간이든 그 힘이 미치는 곳에 있는 건 성한
게 없었다.

"맹주의 상대는 나요!"

그렇게 설치는 공손휘를 막아선 건 단연이었다. 선실에서
휴식을 취하다 이제 밖으로 나온 모양이었다.

단연의 등장에도 공손휘는 전혀 개의치 않았다. 오로지 파
괴가 목적인 양 조금도 망설임 없이 사방으로 암경을 뿌려댔
다.

"위험!"

그중 하나가 곧바로 암류흔을 향해 날아들었다.

그걸 가장 먼저 본 건 쌍도끼였고, 거의 동시에 활귀가 쌍
도를 휘둘러 암경을 베어갔다.

"피하시오!"

쌍도끼의 손에 떠밀려 옆으로 쓰러지면서도 암류흔은 고
함을 질렀다. 칼로 암경을 베려는 활귀의 행동이 마치 죽으려
는 사람처럼 보였기 때문이었다.

드드등—!

마치 거대한 마차가 전복되는 듯한 소리가 활귀의 칼날에
서 울려 퍼졌다.

그와 동시에 활귀의 신형은 뒤로 빠르게 튕겨 나갔다. 난간
이 없었다면 물에 빠졌을 게 분명하다.

"활 형!"

암류흔은 재빨리 활귀에게 다가갔다.

"흐흐흐, 역시 살아 있었구나. 죽었다는 말을 들었을 때부터 의심을 했었지!"

누군가가 암류흔의 앞을 막아섰다. 철마단주 탁목극이었다.

하지만 암류흔으로선 그가 누군지 알 턱이 없었다. 귀찮은 파리 한 마리 쫓아버리는 듯한 동작으로 여의창을 휘둘렀다.

여의창이 그저 허공만 갈랐다는 건 굳이 확인하지 않아도 알 수 있었다. 타격감이나 불꽃이 없었기 때문이다.

대신 암류흔에게 엄습해 온 것은 날이 시퍼렇게 서 있는 대도였다. 여의창이 어떤 효능이 있다는 걸 잘 아는 탁목극이 그걸 피하면서 역습을 감행한 결과였다.

"헛!"

자신도 모르게 암류흔은 다급한 호흡을 끊어 삼켰다. 비로소 상대를 너무 경시했다는 걸 깨닫고는 새삼 여의창이 들린 손에 힘을 가했다.

"총수에게서 떨어져라!"

단연에게서 암류흔의 안전을 부탁 받았던 쌍도끼였다. 그가 위기에 처하자 앞뒤 가리지도 않고 탁목극에게 달려들었다.

"단주님을 방해하지 마라!"

배에 오른 건 공손휘와 탁목극만이 아니었다. 어느새 철마 단원들과 북도맹 놈들이 개미 떼처럼 기어올라 와 있었고, 그 중 몇몇이 쌍도끼에게 공격을 퍼부었다.

"귀찮다, 물러서라!"

쌍도끼는 자신에게 덤벼드는 철마단원들에게 쌍도끼를 휘 두르며 암류흔에게 접근했다. 방어 따위는 안중에도 없고 철 저하게 적을 깨부수는 데만 주력하고 있었다.

퍼버버벅!

마치 쌀부대를 두드리는 듯한 소리가 들리며 쌍도끼 주변 에서 피와 살 조각이 튀었다. 그 자신과 철마단원의 것이 뒤 섞인 것이다.

그럼에도 불구하고 쌍도끼는 암류흔의 위기를 해소하지는 못했다. 오히려 그 자신이 부상을 당해 자칫 위태로운 지경에 처할 것만 같았다.

하지만 그사이 암류흔은 주변을 살펴볼 여유를 얻을 수 있 었다. 공손휘에게 어느새 파사륵이 덤벼든 게 보였다. 자존심 강한 단연이 남의 도움을 받는다는 게 의외였지만 지금 상황 에선 그걸 따질 계제가 아니었다.

다시 눈을 돌린 암류흔은 활귀의 상태를 확인했다. 입으로 가늘게 피를 흘리고는 있었지만 금도대원 두 명을 상대로 잘 싸우고 있었다. 부상이 생각보다 무겁지 않은 것 같았다.

"어딜 보고 있나?"

쉬잇—!

탁목극은 암류흔의 주의가 흐트러진 걸 놓치지 않았다. 대도를 휘둘러 그대로 목을 베어왔다.

암류흔은 그 대도에는 신경 쓰지 않았다. 벌써 유성환의 세 번째 돌기를 눌러 병기에 손상을 입을 염려는 없었다.

"차압!"

그렇게 부담없이 여의창을 휘두르며 암류흔은 우렁찬 기합을 질렀다. 같은 편에게 자신이 여전히 건재하다는 걸 알리기 위함이었다.

그러나 암류흔에게 타격을 준 건 탁목극의 대도가 아니었다. 그의 발이 명치 깊숙이 꽂히며 순간적으로 호흡이 끊어져버렸다.

"우혁!"

암류흔은 그대로 배를 싸안으며 그 자리에 무너졌다.

"물러서라!"

거기에 뛰어든 사람은 활귀였다. 그사이 상대하던 두 명의 금도대원을 베어 넘기고 위기에 처한 암류흔을 구하러 달려온 것이다.

암류흔에게 공격을 가하려던 탁목극은 일시지간 손발이 어지러워졌다. 그만큼 활귀의 공격은 갑작스러웠고, 그 위력은 대단했다.

실제로 활귀의 도법은 상당한 진보를 보이고 있었다. 단연에게 손목 사용을 연구해 보라는 말을 들은 이후의 변화였다.

하지만 암류혼을 노리는 적은 탁목극 하나만이 아니었다. 다른 철마단원과 북도맹의 금도대, 은도대원들이 왈칵 덤벼들었다.

아직도 암류혼은 호흡을 제대로 하지 못하는 상태였다. 쓰러진 상태로 사력을 다해 여의창을 휘두르긴 했지만 그건 별로 위력적이지 못했다.

바로 그때 놀라운 변화가 일어났다. 암류혼에게 덤벼들던 놈들의 동체가 일제히 몇 개로 쪼개져 버렸던 것이다.

그리고 바로 그 뒤에는 탄밀이 두 자루 낫을 가슴 앞에 교차시킨 모습으로 서 있었다.

3

탄밀에게 있어 낫을 사용한 살인은 이번이 처음이 아니었다.

그러나 사람을 낫으로 죽일 때마다 경험하는 건 목젖 따가운 구토였다. 지금은 억지로 참고 있지만, 어떤 때는 살인 그 자체보다 이게 더 견디기 힘들 때도 있었다.

바로 그 이유 때문이리라. 한 번의 낫질로도 충분히 죽일 수 있는 적들의 몸뚱어리를 몇 개의 토막으로 갈라 버리는 것 말이다. 구토를 참으려고, 보다 더 잔인해지면 이 더러운 느낌도 떨쳐 버릴 수 있을 것 같아 악귀와 같은 마음으로 낫을 휘둘렀다.

그 결과 탄밀의 주변으론 널직한 공간이 생겼다. 너무도 잔혹한 그의 손속에 북도맹 놈들이 위축된 탓이다.

그사이 호흡을 고른 암류흔은 천천히 몸을 일으켰다.

"고맙소!"

그 말을 끝으로 암류흔은 곧장 활귀가 싸우고 있는 곳으로 달리기 시작했다. 탁목극의 대도 아래에서 그가 위기에 처한 걸 본 직후였다.

"차압!"

다급한 마음에 암류흔은 여의창부터 떨쳤다. 탁목극의 대도가 활귀의 어깨에 떨어지기 직전이었다.

여의창은 빨랐다. 그 중간에 걸리는 모든 것을 불태워 버리며 쏜 화살보다 빠른 속도로 탁목극에게로 꽂혀들었다.

하지만 탁목극이 조금 더 빨랐다.

싸각!

암류흔은 그 소리를 들은 것 같았다. 활귀의 왼쪽 팔이 허공으로 떠올랐고, 피가 뿜어지는 그 짧은 순간이 마치 억겁처럼 긴 시간인양 느껴졌다.

"끄아아압!"

기합이라기보다는 차라리 비명에 가까운 외침을 토하며 암류흔은 여의창을 마구 휘둘렀다. 마치 현란한 불꽃이 그의 전신을 둘러싼 것과 같은 장관이 연출되었다.

그렇지만 암류흔이 바랐던 만큼의 효과는 나지 않았다. 여의창의 위력을 익히 아는 탁목극이나 고수 급들은 모두 재빨리 피했고, 걸린 건 조무래기 몇 명뿐이었다.

암류흔으로선 눈알이 뒤집힐 것만 기분이었다. 벌써 열반노를 잃었고 활귀까지 죽어가고 있는 마당에 자신이 너무도 무기력한 것만 같았다.

그렇다고 놈들이 암류흔의 기분을 알아주는 건 아니었다. 일단 여의창을 피하고 나면 틈을 노려 반격을 가해왔다.

다행인 건 놈들이 대도로 공격한다는 점이었다. 유성환의 효능에 의해 상처를 입지 않았기에 망정이지 그렇지 않았다면 암류흔의 몸은 벌써 수십 토막이 났을 터였다. 열반노가 그랬던 것처럼 말이다.

"끄아아압!"

암류흔의 입에서 재차 고함이 터져 나왔다. 활귀의 어깨를 자른 탁목극이 이번엔 쌍도끼에게 접근한 걸 본 탓이다.

"가보시오!"

불쑥, 정말 난데없이 모습을 드러낸 사람은 신타 정호였다. 자기 별호에 맞추려고 그랬는지 몰라도 쇠로 만든 커다란 노(櫓)를 들고 있었다.

이번에 암류흔은 고맙다는 말을 할 여유도 없었다. 그저 온몸으로 둘러싼 놈들에게 부딪쳐 가며 저만치 떨어져 있는 탁목극을 향해 여의창을 휘두르기에 급급했다.

"그놈은 주먹으로 상대해라! 병기가 통하지 않는 놈이다!"

여의창을 여유롭게 피한 탁목극이 수하들에게 주의를 주었다.

하지만 이미 늦고 말았다. 암류흔에게 덤벼들던 북도맹 놈들은 신타 정호의 쇠 노에 맞아 피떡이 되어 뒹굴고 말았다.

거기엔 탄밀의 낫도 한몫했다. 북도맹의 수뇌 급 인물들은 취우당에게 맡기기로 작정을 한 것처럼 철저하게 공손휘와 탁목극을 배제한 다른 놈들만 상대하고 있었다.

'저놈만은 반드시 내 손으로 죽인다!'

암류흔은 어금니를 짓깨물었다. 열반노도 활귀도 모두 철마단이나 탁목극에게 당했다. 공손휘보다 훨씬 용서하지 못할 자로 인식되는 건 너무도 당연했다.

촤르륵, 꽈앙!

암류흔이 다시 한 번 날린 여의창이 탁목극을 지나쳐 갑판 바닥을 두드렸다.

화르륵!

순식간에 불길이 치솟았다. 평소 정호가 애용하는 큰 배였기에 망정이지 다른 배였다면 벌써 불길에 집어삼켜졌을 터였다.

물론 암류혼은 그런 것엔 신경도 쓰지 않았다. 지금 눈에 보이는 건 오직 탁목극뿐이었다. 알고 있는 온갖 초식을 총동원해서 여의창을 휘두르는 것도 그 이유 때문이었다.

그에 비해 탁목극은 비교적 여유로웠다. 이미 암류혼의 약점을 잘 알고 있기에 여의창을 피하는 간간이 손발로 공격을 감행해 왔다.

그래도 암류혼은 일말의 안도감을 느꼈다. 더 이상은 탁목극이 쌍도끼를 공격하지 못했기 때문이다.

여태 한 손으로 여의창을 휘두르던 암류혼은 돌연 왼손으로 오른쪽 손목을 잡았다. 유성환의 돌기를 이용하기 위해서였다.

하지만 마음과는 달리 그걸 선뜻 사용할 수는 없었다. 만에 하나 빗나갈 경우 같은 편에게 피해를 줄 수 있기에 신중해야만 했다.

그렇게 되자 여의창을 휘두르는 것도 점차 체계가 잡혀갔다. 지금까지처럼 마구잡이(?)가 아니라 탁목극을 한 방향으로 몰기 시작했다는 얘기다.

그리고 어느 순간 암류혼은 유성환의 두 번째 돌기를 눌렀다. 스스로 바둑판이라고 이름 지었던, 상대가 조각조각 잘려 죽는 효능이 있는 것이었다.

그와 동시에 여의창도 휘두르며 달려들었다. 워낙 탁목극의 몸놀림이 빨라 바둑판을 피할 가능성도 배제할 수 없어서였다.

스파앗!

예상대로 탁목극은 바둑판을 피했고 애꿎은 돛대가 산산조각 나서 무너져 버렸다.

그래도 암류흔은 기회를 잡았다. 바둑판을 피하느라 크게 움직인 탁목극의 정수리를 향해 여의창을 힘껏 휘두를 수 있었다.

촤르르—!

지금까지보다 더 강한 빛과 불길이 여의창 끝에서 일렁거렸다. 격중된다면 탁목극은 뼈조차 남기지 못하고 타버릴 게 분명했다.

그러나 탁목극은 영악했다. 들고있던 대도를 던져 날아오는 여의창의 방향을 빗나가게 했다.

타앙!

여의창이 이번엔 선실로 들어가는 입구를 강타했다. 당연한 결과로 거기서도 불길이 솟구쳤고 벌써 돛대가 박살난 배는 그걸로 기우뚱거리기 시작했다.

그사이 탁목극은 암류흔과의 거리를 바짝 좁혔다.

파바박, 퍼억!

좁힌 거리를 그냥 묵힐 탁목극이 아니고 보면 그의 손발을 총동원한 공격이 암류흔의 전신에 파고들었다.

암류흔도 피하지 않았다. 탁목극의 손발이 격중될 때마다

전신이 오그라들 정도로 고통스러웠지만 수중의 여의창을 휘
두르는 건 잊지 않았다.

이 순간 암류흔은 자신이 왜 권법을 좀 더 연마하지 않았는
지 절실히 후회했다. 휘두르는 여의창은 번번이 빗나가고, 탁
목극의 손발은 몸으로 막는(?) 꼴에 처했으니 당연한 일인지
도 모른다.

퍼억!

다시 한 번 탁목극의 주먹이 암류흔의 가슴을 강타했다.

"커헉!"

이번엔 암류흔도 더 이상 버티지 못했다. 한 모금 선혈을
뿜으며 뒤로 튕겨져 나갔다.

그러나 그 순간 암류흔은 오른손을 세차게 휘둘렀다.

좌르륵!

여의창이 그대로 쭉 뻗어나가며 방금 암류흔을 쳤던 탁목
극의 주먹을 살짝 스쳤다.

"웃!"

이건 탁목극으로서도 의외의 일이었다. 뒤로 튕기는 그 찰
나에 암류흔이 여의창을 휘두를 줄은 예상치 못했던 것이다.

그래도 탁목극의 반응은 빨랐다. 여의창이 주먹을 스치자
마자 벌써 그는 물로 뛰어들었다.

"서라!"

다른 생각을 할 것도 없이 암류흔도 물로 뛰어들었다.

치리릿―!

암류흔이 물에 잠긴 것과 동시에 기묘한 소음과 물방울을 남기며 여의창이 사라져 버렸다. 알 수 없는 작용이 원인인 것 같았다.

물론 암류흔은 그런 것엔 전혀 신경 쓰지 않았다. 오직 탁목극을 찾는 데만 전력을 기울였다.

찾는 건 그리 어렵지 않았다. 불이 붙어 타오르기 시작한 선박의 불빛으로 주변이 훤하게 밝았기 때문이다.

철마단 중에서도 탁목극은 수영을 할 줄 아는 몇 안 되는 사람 중 하나였다. 그는 벌써 여기저기 걸려 있는 통나무 중 하나에 몸을 싣고 있었다.

탁목극은 자신의 손을 살폈다. 최대한 빨리 물에 뛰어들었지만 여의창이 스친 곳엔 벌써 커다란 물집이 잡혀 버리고 말았다.

'다행이군!'

이게 솔직한 탁목극의 심정이었다. 조금만 늦었더라면 그 역시 여의창에 당한 부하들처럼 숯덩어리 시신이 되었을 테니까 말이다.

물집을 터뜨리며 탁목극을 주변을 둘러보았다. 아직 싸움이 한창이었다. 특히나 격렬한 곳은 방금 뛰어내렸던 배 위에서의 싸움. 즉 공손휘와 단연, 그리고 파사륵이 어울린 곳이었다.

‘맹주의 부상이 생각보다 많이 나은 모양이군!’

그렇지 않다면 두 사람을 상대로 저렇게 비등한 싸움을 벌일 수 없을 터였다.

그 점에 조금 안도하며 탁목극이 다른 곳을 살피기 위해 시선을 돌렸을 때 의지하고 있던 통나무가 크게 흔들렸다.

“우웃!”

갑작스런 사태에 깜짝 놀라며 탁목극은 재빨리 통나무를 잡았다. 그 순간 화상을 입은 손에 엄청난 통증이 밀려와 자신도 모르게 다시 손을 떼고 말았다.

콰악!

탁목극이 목 뒤를 휘감은 강철같은 팔뚝을 느낀 건 바로 그때였다. 누군가 자신의 목을 졸라 물속으로 끌어넣고 있었던 것이다.

“흐헙, 쿨럭!”

급작스럽게 한 모금의 물을 삼키고 나서야 탁목극은 정신을 번쩍 차렸다.

‘이대로 끌려가면 죽는다!’

생각은 곧바로 행동으로 연결되었다. 목을 휘감은 팔뚝을 쥐고 있던 손을 푼 탁목극은 양쪽 팔꿈치를 맹렬히 뒤로 휘둘렀다.

퍼버벅!

뒤에서 목을 감고 있는 자의 옆구리에 탁목극의 팔꿈치가 아무런 저항 없이 꽂혀들었다.

'후욱, 헙!'

탁목극의 팔꿈치에 옆구리가 가격당한 순간, 암류흔의 호흡은 다시 한 번 끊어졌다. 순간적으로 목을 감은 팔에 힘이 팍 풀어졌다.

암류흔은 고함을 지르고 싶었다. 그렇게 하면 보다 힘을 가할 수 있을 것 같아서였다. 물속이라 그리할 수 없었기에 대신 어금니를 강하게 앙다물었다.

그와 함께 암류흔은 다리로 탁목극의 허리까지 휘감았다. 같이 죽어도 좋으니 끝까지 물속으로 끌어들이기 위함이었다.

그 와중에도 탁목극의 공격은 계속되었다. 한결같은 팔꿈치 공격뿐이었지만 당하는 암류흔의 입장에서는 무척이나 고통스러웠다.

결국 암류흔의 팔에서 힘이 빠져 버렸다. 애당초 호흡이 불가능한 공간에서 옆구리까지 가격당했으니 더 버티기 힘들었다.

하지만 암류흔은 결코 포기하지 않았다. 팔에서 힘이 빠진다 싶자 그대로 탁목극의 경동맥(頸動脈)이 있는 곳을 이로 물고 늘어졌다.

푸드득!

탁목극의 전신에서 경련이 일어났다. 설마 암류흔이 물어

뜯을 줄은 몰랐기에 육체적 고통보다는 정신적 충격이 더 컸던 것이다.

빠득!

이윽고 암류흔의 송곳니가 탁목극의 목덜미 깊숙이 파고들었다.

암류흔은 또다시 숨이 막히는 걸 느꼈다. 탁목극의 피가 목구멍을 타고 넘어왔기 때문이다.

하지만 입을 뗀다고 해도 여기는 물속이다. 어디에도 호흡하기는 불가능할 터, 암류흔은 더욱 강하게 물면서 고개를 세차게 흔들었다.

꿀럭, 꾸룩!

경동맥이 끊어진 탁목극의 목에서는 피가, 그리고 그의 입에선 물방울이 거칠게 새어 나왔다.

그래도 탁목극은 한사코 위로 솟구치려고 버둥거렸다. 어떻게든 공기만 들이마시면 살아날 수 있을 것 같았다.

그걸 두고볼 암류흔이 아니었다. 세차게 물장구를 치는 탁목극의 발을 잡아 아래로 끌어내렸다.

암류흔의 상태라고 해서 그리 좋을 턱이 없다. 그 역시 진즉부터 호흡을 하지 못해 띵한 현기증에 시달리고 있었다. 아마 열반노나 활귀의 얼굴을 떠올리지 않았다면 자신이 먼저 물 위로 올라갔을지도 모른다.

마침내 탁목극의 전신이 서서히 늘어지기 시작했다. 기도

가 막히고 동맥으로부터 대량의 출혈을 했으니 더 이상 버틸 재간도 없었으리라.

푸드득!

세차게 한 번 경련을 일으킨 탁목극의 몸이 서서히 가라앉으며 아래로 떠내려갔다.

그제야 암류흔은 사력을 다해 부상하기 시작했다.

"푸하, 허어억, 허억!"

밖으로 나오자마자 암류흔은 세차게 공기를 들이마시며 주변을 휘둘러보았다. 처음에 빠졌던 곳에서 상당히 떠내려왔다는 걸 알 수 있었다.

물살을 거슬러 몇 차례 헤엄을 치던 암류흔은 이내 포기하고 말았다. 몸이 문자 그대로 물먹은 솜처럼 한없이 무겁게만 느껴졌기 때문이었다.

가장 가까이 있는 배에서 늘어져 있는 밧줄을 잡았을 때, 암류흔의 눈엔 까닭 모를 눈물이 방울져 흐르고 있었다.

"열 형, 활 형⋯⋯. 이겼소."

이 말도 무의식중에 되뇌었을 뿐, 암류흔은 자신이 말을 하고 있다는 사실도 인식하지 못했다.

암류흔이 물속으로 뛰어드는 걸 봤지만 단연으로선 손 쓸 방도가 없었다. 공손휘를 상대하는 것만으로도 힘에 겨웠기 때문이다.

지난번 격돌에서 부상을 당한 건 공손휘만이 아니었다. 단연도 상당히 깊은 부상을 입었지만 형제들에게 걱정을 끼치기 싫어 말을 하지 않았을 뿐이다. 선실에 있다가 싸움이 시작된 뒤에야 달려나온 것도, 파사륵의 도움을 아무 말 없이 받아들인 것도 바로 그런 이유에서였다. 한마디로 단연에게 있어 이 싸움은 애당초 무리였다는 얘기다.

단연은 이제 막 공손휘를 덮쳐 가는 파사륵에게 잠깐 시선을 주었다. 몇 번인가 위기에 처했을 때 덕을 보기는 했지만 그녀도 결정적인 도움은 되지 못했다. 싸움 경험이 적은 탓인지 실력이 월등히 차이나는 상대에겐 터무니없을 정도로 강했지만 공손휘 같은 고수를 만나니 제대로 실력 발휘를 하지 못했다.

따다당!

지금도 금속성이 날만큼 강하게 서로 부딪치고 그 충격의 여파는 파사륵이 고스란히 받고 있었다. 그 예로 그녀는 뒤로 강하게 튕겨 나와 갑판 바닥에 거칠게 처박혔다.

"호오옵!"

그 순간 단연은 묘한 기합성을 토하며 두 손을 양 옆구리에 붙였다.

투웅!

마치 커다란 망치에 얻어맞기라도 한 것처럼 단연의 발이 위치한 부분의 갑판이 조각조각 갈라지기 시작했다.

이 한 수로 단연은 모든 걸 결정지을 생각이었다. 이대로라면 공손휘를 이기는 건 요원할 터, 죽기를 각오하고 공격을 펼쳐 최대한의 타격을 가할 생각이었다.

'그 뒤는 파사특이 해주겠지!'

물론 이건 단연이 바람으로만 끝날 수도 있다. 그래도 이 방법밖에는 없었다.

단연의 결사적인 기세를 눈치 챘는지 공손휘도 지금까지보다 훨씬 신중해졌다. 눈매를 좁히며 단연을 향해 아주 천천히 두 주먹을 내밀었다.

두 사람은 일 장 정도 떨어진 상태였다. 손도 발도 닿지 않는 거리였지만, 벌써 싸움은 치열하게 시작되고 있었다.

구우우웅—!

두 사람이 띄운 공간 사이에서 기묘한 소리가 들려왔다. 한겨울 하늘 높은 곳에서 울어대는 태풍의 소리 같기도 하고, 비껴가는 바람에 의해 울리는 깊은 동굴이 내는 소리 같기도 했다.

그 뿐만이 아니었다. 그 소리보다 더 강한 기운이 두 사람 주위에 휘몰아쳐 바로 옆에서 타고 있는 불꽃조차 밀려 나갔다.

'우웃!'

단연의 미간이 심하게 일그러졌다. 어깨가 심하게 떨리면서 금방이라도 공손휘의 기운에 밀려 허공에 몸이 떠오를 것만 같았다.

빠가각!

뭔가 부서지는 소리가 들린 건 바로 그때였다. 결코 단연의 발밑에 있는 갑판의 널빤지가 쪼개지며 낸 소리는 아니었다.

그 소리의 진원지는 파사륵이었다. 그녀는 팔을 얼굴 앞에 교차시킨 상태로 두 사람이 형성한 막강한 기운 속으로 뚫고 들어가고 있는 중이었다.

그건 두 사람 모두에게 충격적인 일이었다. 파사륵이 이처럼 무식한 수단을 쓸 줄은 몰랐던 것이다.

그 놀람은 대치하고 있는 힘에도 영향을 주었다. 중간에서 격돌하고 있던 두 개의 기세가 크게 출렁거린다 싶더니, 이내 커다란 폭음과 함께 사방으로 산산이 비산하고 말았다.

투웅!

공손휘와 단연이 각자 서너 발짝씩 물러섰을 때, 홀연 파사륵의 신형이 지운 듯 사라져 버렸다.

"크하아아악!"

사람의 입에서 나온 것이라고는 믿기 어려운 처절한 비명이 바로 그 뒤를 이었다.

순간적으로 드넓은 강 위에 정적이 흘렀다. 싸우던 사람들이 일제히 손발을 멈추고 비명이 들린 쪽으로 시선을 돌렸기 때문이었다.

비명은 공손휘의 입에서 터져 나왔다. 두 개의 기운이 폭사

될 때 사라졌던 파사륵이 어느새 그의 아랫배 깊숙이 오른손을 찔러 넣었던 것이다.

공손휘는 두 눈을 한껏 부릅떴다. 그 눈동자엔 이 사실을 믿지 못하겠다는 불신의 빛이 가득했다.

부들, 부들!

격렬하게 떨리는 손을 공손휘는 힘겹게 쳐들었다. 이대로 파사륵의 머리를 내려칠 생각이었다.

그러나 그전에 파사륵은 손을 뽑아버렸고, 한차례 크게 휘청인 공손휘는 그대로 무너져 버렸다.

쿠웅!

천하를 네 등분하여 한 시대를 군림했던 거목이 쓰러지며 낸 소리였다.

"와아!"

"와아아! 공손휘가 죽었다!"

북도맹을 제외한 모든 사람이 환성을 질렀다.

하지만 단연의 귀에는 아무것도 들리지 않았다. 그저 한숨 자고 싶다는 생각뿐이었다.

*   *   *

암류혼이 의혈사 부총령으로부터 개봉으로 출두하라는 명을 받을 건 그로부터 한 달 후였다.

확인하지 않아도 출두의 이유는 자명했다. 작금 천하의 패권을 두고 서로 으르렁거리고 있는 서광막과 남선련의 싸움에 개입해 최대한 그들을 혼란시키라는 것일 터였다.

또한 그날은 팔 하나가 잘린 활귀가 오랜 병상을 털고 일어난 날이기도 해서 취우당 형제들이 모처럼 활짝 웃는 날이기도 했다.

제일부 끝

　돌이켜 보면 작년 한 해는 내게 있어 불행의 연속이었던 것 같다. 처음엔 어머님이 수술을 하셨고, 그 뒤엔 외사촌 동생의 암이 재발했고, 연말엔 작은 누나가 또 수술을 했었다. 참으로 글로 쓰려고 해도 엄두가 나지 않을 만큼 기구했다.

　어쨌든 '세작 암류흔' 일부가 끝났다. 딱히 위에 열거한 이유 때문은 아니지만, '세작 암류흔' 은 일부로써 일단락 짓고자 한다. 정신적으로 온전히 집중하기 힘들고, 육체적으로도 힘이 들어 더 이상은 쓰기가 어려울 것 같다는 판단이 서 접는 것이다.

세상에 힘든 일이 있다면, 또 한편으론 안식과 희망도 있다. 내게 있어 그건 바로 사람이었다.

솔직히 연이은 가족들의 투병에서 날 가장 힘들고 난처하게 했던 건 금전적인 부분이었다. 남들에게 선뜻 부탁하기 어려운 부분인지라 몹시도 날 곤란케 만들었다.

그때 주변의 많은 분들이 나를 도와주셨다. 친구, 동료 및 선배 작가 분들…….

특히 청어람 출판사의 서경석 사장님의 도움을 나는 잊을래야 잊을 수 없다. 사장님은 몇 년 전 어머님께서 뇌수술을 하셨을 때에도 선뜻 도움의 손길을 내밀어주셨다.

이번에도 마찬가지였다. 시장에 내놓으면 팔리지 않아 번번이 죽만 쑤는 못난 글을 불평 한마디 하지 않으시고 출간을 허락해주시는 것만 해도 감지덕지인데, 얼마 전 또 큰 신세를 졌다. 잘 쓰지 않는 후기를 이렇게 쓰는 것도 사장님께 감사 인사를 드리고 싶다는 게 가장 큰 이유였다.

최선을 다해서 이 책을 썼다고 한다면 그건 거짓말이다. 이 책을 쓴 시간이나 병원에 있었던 시간이 비슷했기에 다른 책들보다 정성이 부족했던 건 사실이다. 이 점에 대한 질책은 언제든 달게 받을 각오다.

이제 해가 바뀌었다. 내 집안은 물론, 무협을 읽는 모든 독자 분들의 가정에 행복만 가득하길 기원드린다.
아울러 무협 시장이 조금만 더 활성화되었으면 바람도 함께 가져본다.

2007. 1. 31. 새벽에…….

나투 배상.

다세포 소녀 원작 만화 출간!!

전국 서점가 최고의 화제작!

OCN 슈퍼액션 드라마 시리즈 방영!

왜? 사람들은 다세포 소녀에 주목하는가! 상식을 뒤엎는 기발하고 엉뚱한 상상력!

『다세포 소녀』의 숨겨진 힘!!

다세포 소녀 원작만화 (전 5권 예정)
B급 달궁 글·그림 | 값 9,000원 / 부록 예이츠 시집

몇 페이지만 읽어도 좌중을 휘어잡을 이야깃거리가 넘쳐난다!
둔감해진 머리에 영감을 주는 아이디어가 마구마구 솟구친다!
원작을 더욱더 빛내주는 기발한 댓글 퍼레이드!
300만 다세포 폐인을 열광시킨 상식을 뒤엎는 엉뚱한 상상력!

또 하나의 이야기! 또 하나의 재미!

소설 『다세포 소녀』

초우 장편소설 | 값 9,000원 / 원작자 B급 달궁

"그건 모르겠고, 나는 외눈의 사랑이야. 사랑을 줄 수는
있어도 마주 할 수 없는 사랑이지. 두 눈을 가진 사람은 주
고받을 수 있지만, 나는 주는 것만 할 수 있어. 나는 주는
사랑으로 족해. 외사랑이지."
－외눈박이

입소문을 통해 아는 분은 다 알고 계십니다!
올 한해 공인중개사 최고의 화제작!

1~2권 합본 | 이용훈 지음
3~4권 합본 | 이용훈 지음
5~6권 합본 | 이용훈 지음
용 어 해 설 | 이용훈 지음
1~2차 문제풀이집 | 이용훈 지음

수험생 기본 필독서
만화 공인중개사

제목 : 만화공인중개사 쓰신 분에게 감사드립니다.

학원을 두달 다녔어요. 근데 과연 그 숫자 와우기 그런게 몇 문제나 나올까 생각을 했어요.
아니라는 생각이 드네요. 학원강의를 뒤로 하고 서점을 갔어요. 내 머리에 가장 이해될 수 있는
책이 없나 하구요. 거기서 만화를 발견했어요. 무조건 세번 봤어요. 3개월 걸렸어요. 문제 집을
보라고 했는데 그건 시행을 못했어요. 근데 합격을 했네요.

어떻게 감사의 말을 해야 될지…

도서관에서 만화책 들고 다니니까 사람들이 바웃더라구요. 만화책으로 공인중개사를 공부한
다고 미친사람처럼 보더라구요. 근데 그거 다 감수하고 했던 내가 자랑스럽습니다.

어떻게 감사의 말을 해야 할지 정말 감사합니다.

부디 행복하세요. 제 나이 41살에 좋은 스승을 만난 거 같습니다.

엎드려 감사드립니다.

−본사 홈페이지에 독자분이 올린 메일 中 에서 발췌−

잘나가고 싶은 사람은 읽어라!

그에게 한눈에 반했다! 그것은 분위기 탓?
애인과 나란히 걸어갈 때 당신은 좌, 우 어느 쪽에 서는가?
이성은 왜 서로 끌리는 걸까? 그 심층 심리를 해명한다!

30초의 심리학

■ **30초의 심리학**
아사노 하치로우 지음 / 계일 옮김 | 값 8,500원

처음 본 사람인데 와 닿는 느낌이
너무나도 강렬한 사람이 있다.
흔히 하는 말로 '필이 꽂힌 사람',
그래서 잊혀지지 않는 사람,
한눈에 반했다고 하는 것이 바로 그것이다.
이런 인간의 감정을 논하는 데
남녀의 구분이 있을 수 없다.
사랑하는 그, 혹은 그녀를
생각하는 것만으로도 가슴이 두근거린다.
이상할 것 없다. 당연히 그럴 수 있는 것이다.
그렇기에 인간을 감정의 동물이라 하지 않는가.
그러나 그렇게 좋아하는 그 사람이
어느 날 갑자기 싫어지는 경우는 왜일까?

Psychology